*Über das Buch* »Das Leben ist die Fülle, nicht die Zeit, und noch der nächste Augenblick ist weit!« Die Schlußworte des Herzogs im Schauspiel ›Der Schleier der Beatrice‹ sind gleichsam Motto aller Stücke dieses Bandes. Die sinnenfrohen Menschen der Renaissance und die der Jahrhundertwende Schnitzlers haben in ihrer Individualität manches miteinander gemein: sie sind Genießer und sie träumen. »... darum gibt es nur Feste, solang man auch morgen jung ist«, heißt es z. B. in ›Sylvesternacht‹. Erfüllen sich ihre aus Selbstüberschätzung, Ehrgeiz und Anspruch gewachsenen Ideale nicht, beenden sie noch im Scheitern das Begonnene abrupt, mit List und mit Gewalt. In anderen vermischt sich Keuschheit mit Begierde, was sie wie Kinder wirken läßt, die mit der Krone spielen, weil sie glänzt ...

*Der Autor* Arthur Schnitzler wurde am 15. Mai 1862 in Wien geboren. Noch bevor er auf das Akademische Gymnasium kam, als Neunjähriger, versuchte er, seine ersten Dramen zu schreiben. Nach dem Abitur studierte er Medizin, wurde 1885 Aspirant und Sekundararzt; 1888 bis 1893 war er Assistent seines Vaters in der Allgemeinen Poliklinik in Wien; nach dessen Tod eröffnete er eine Privatpraxis. 1886 die ersten Veröffentlichungen in Zeitschriften, 1888 das erste Bühnenmanuskript, 1893 die erste Uraufführung, 1895 das erste Buch, die Erzählung ›Sterben‹ bei S. Fischer in Berlin. Beginn lebenslanger Freundschaften mit Hugo von Hofmannsthal, Felix Salten, Richard Beer-Hofmann und Hermann Bahr. Das dramatische und das erzählerische Werk entstehen parallel. Stets bildet der einzelne Mensch, die individuelle Gestalt »in ihrem Egoismus oder ihrer Hingabe, ihrer Bindungslosigkeit oder Opferbereitschaft, in ihrer Wahrhaftigkeit oder Verlogenheit« (Reinhard Urbach), den Mittelpunkt seiner durchweg im Wien der Jahrhundertwende angesiedelten Stoffe. Arthur Schnitzler hat, von Reisen abgesehen, seine Geburtsstadt nie verlassen; am 21. Oktober 1931 ist er dort gestorben.

# Arthur Schnitzler
# Das dramatische Werk

In chronologischer Ordnung

1
Anatol

2
Freiwild

3
Das Vermächtnis

4
Der Schleier der Beatrice

5
Lebendige Stunden

6
Zwischenspiel

7
Der junge Medardus

8
Das weite Land

9
Komödie der Worte

10
Die Schwestern oder Casanova in Spa

11
Das Wort

12
Im Spiel der Sommerlüfte

# Arthur Schnitzler
# Der Schleier der Beatrice

*Dramen 1899–1900*

Fischer
Taschenbuch
Verlag

Ungekürzte, nach den ersten Buchausgaben durchgesehene Ausgabe
Veröffentlicht im Fischer Taschenbuch Verlag GmbH,
Frankfurt am Main, April 1999

Lizenzausgabe mit freundlicher Genehmigung
des S. Fischer Verlags GmbH, Frankfurt am Main

Gesamtherstellung: Clausen & Bosse, Leck
Printed in Germany
ISBN 3-596-11504-3

Inhalt

Der Schleier der Beatrice 9
Abendspaziergang 157
Die Mörderin 167
Die Gouvernante 195
Das Haus Delorme 207
Sylvesternacht 229

Bibliographischer Nachweis 241

# Der Schleier der Beatrice

*Schauspiel in fünf Akten*

## Personen

LIONARDO BENTIVOGLIO, *Herzog von Bologna*
GRAF ANDREA FANTUZZI
TERESINA, *seine Schwester*

| | |
|---|---|
| SILVIO COSINI, *Geheimschreiber*<br>CARLO MAGNANI<br>HAUPTMANN GUIDOTTI<br>DER JUNGE MALVEZZI<br>DER ALTE CHIAVELUZZI | *am Hofe des Fürsten* |

ORLANDINO, *sein Neffe*

| | |
|---|---|
| ZAMPIERI<br>BRUNI | *junge Adelige* |
| RIBALDI<br>VALORI<br>ARLOTTI<br>CAMPEGGI | *Hauptleute* |

FILIPPO LOSCHI, *Dichter*
AGOSTINO DOSSI, *Musiker*
ERCOLE MANUSSI, *Bildhauer*

| | |
|---|---|
| TITO TIBALDI<br>ANTONIO NIGETTI | *reiche junge Bologneser* |

DER ALTE NARDI, *ein Wappenschneider in Bologna*
FRAU NARDI

| | |
|---|---|
| ROSINA, *19 Jahre*<br>FRANCESCO, *18 Jahre*<br>BEATRICE, *16 Jahre* | *ihre Kinder* |

VITTORINO MONALDI, *in der Werkstatt des alten Nardi*
CAPPONI, *Händler mit Gewürzen und Wohlgerüchen*
BENNOZZO, *sein Sohn*
BASINI, *Kaufmann*

| | |
|---|---|
| CLAUDIA<br>CATERINA | *junge Bologneser Frauen* |

MARGERITA, *ein junges Mädchen*

ISABELLA, LUCREZIA – *florentinische Courtisanen*

BATTISTA, *Diener des Filippo*

ERSTER, ZWEITER, DRITTER – *junger Adeliger*

ERSTER, ZWEITER, DRITTER – *Bürger*

ERSTES, ZWEITES – *Mädchen*

ERSTER, ZWEITER, DRITTER, VIERTER, FÜNFTER – *Bote*

ERSTER GEIGER

ZWEITER GEIGER

EIN FLÖTENSPIELER

EIN LAUTENSPIELER

STIMME EINES GEFANGENEN

ADELIGE, BÜRGER, BÜRGERFRAUEN, BÜRGERMÄDCHEN, SOLDATEN, WACHEN, COURTISANEN, DIENER

*Spielt in Bologna, zu Beginn des 16. Jahrhunderts.*

# Erster Akt

*Der Garten des Filippo Loschi. Im Hintergrund grenzt er an eine Mauer, die man nicht ganz sieht, da sie durch Bäume zum großen Teil verdeckt wird. Die Mauer ist ziemlich hoch. Jenseits von ihr, durch eine supponierte Straße getrennt, sieht man Kirchtürme, Häuser; in der Ferne Hügel. Rechts vorn führt eine breite Freitreppe sechs Stufen aufwärts zu einer Art offener Vorhalle, die von Säulen gestützt ist. Diese Vorhalle ist rechts hinten durch die Fassade des niederen Hauses abgeschlossen. In der Mitte der Fassade eine Tür, die in das Innere des Hauses führt. – Drei Alleen münden im Vordergrund; eine kommt von links vorn, eine andere von rechts hinten, also hinter dem Hause hervor – eine dritte Allee vereinigt sich vorn mit der linken und verliert sich nach einer Biegung im Hintergrund. Vor dem Hause, ziemlich nahe, ein hoher Baum, eine Marmorbank unter ihm. Heißer Sommernachmittag.* FILIPPO LOSCHI *auf der Bank ausgestreckt, die Arme unterm Kopf gekreuzt.* AGOSTINO DOSSI *steht links von ihm, die Laute in der Hand. Eben spielt er die letzten Akkorde. Nun läßt er die Laute sinken. Stille.*

FILIPPO
Zu Ende?
AGOSTINO Ja.
FILIPPO Hast du das Lied gemacht?
AGOSTINO
Ich sagte lieber nein. Denn Worte gibt's,
Die selbst sich ihre Melodie erschaffen,
Und diese sind davon.
FILIPPO Ich möcht' ihn kennen,
Der diese Worte fand.
AGOSTINO Träumst du, Filippo?
FILIPPO
Nicht mehr als sonst an lichten Sommertagen.
*Als besänne er sich*
Hast du den Namen schon genannt?

AGOSTINO Filippo!
Ist's möglich, daß du dein Gedicht nicht kennst?
FILIPPO *aufschauend*
Ich selbst?
AGOSTINO Und kennst es nicht?
FILIPPO Beim Himmel, nein!
's ist wohl zu lange her.
AGOSTINO Zu lang, Filippo?
Noch blühn die gleichen Rosen hier am Strauch,
Seit du's ersannst.
FILIPPO Kein Jahr noch!
AGOSTINO Noch kein Monat!
FILIPPO *sehr lebhaft, wie für sich*
Noch nicht drei Tage!
AGOSTINO Nein, 's ist länger her.
FILIPPO *ist aufgestanden*
Und so entfremdet meinem Heut dies Gestern,
Daß sie, 'genüber Aug' in Aug' gestellt,
Einander nicht erkennen, Brüdern gleich,
Die nachts auf dunkler Straße sich begegnen.
Nein, Agostino, nenn' es nicht mein Lied.
Was wir vergessen konnten, war nie unser;
Nur was wir halten, was wir jederzeit
Rückrufen können, wenn es noch so tief
In unsrer Seele sich versteckte, noch so weit
In einem Winkel sich der Welt verbarg,
Gehört uns zu. Dies Lied ist nicht mehr mein!
AGOSTINO
Nicht dein dies Lied? Es war für Teresina!
Und du erkennst es nicht?
FILIPPO So wenig kenn' ich's,
Als hätt' ich's nie gehört.
AGOSTINO Und sprichst dies aus,
Als durftest du's vergessen!
FILIPPO Nein, als müßt' ich –
Und nicht dies Lied allein!

AGOSTINO *wie in Angst* Filippo, sag' mir,
Was ist geschehn? Drei Tag' lang blieb dein Haus
Verschlossen mir und allen andern Freunden,
Heut endlich läßt du – ohne Lust – mich ein,
Zerstreut, verlegen reichst du mir die Hand,
Dein Auge glänzt wie von verliebten Träumen; –
Was ich, höchst seltsam, dir berichten komme –
Wie müß'ges Schwätzen weisest du von dir
Und bittest mich um Lautenspiel und Sang.

FILIPPO
Wahrhaftig, bat ich dich? Sag' doch, was gibt's?
Venedig zieht heran, ja, so begannst du –
Und Mariscotti ist ein Schurke – nicht?

AGOSTINO
Wir fürchten's. Doch nicht von Venedig sprach ich.
Der Herzog von Romagna droht mit Krieg.

FILIPPO *ganz mechanisch*
Der Borgia? Das ist schlimm!

AGOSTINO Schlimm? Mehr als das!
Unheimlich hört sich's an, daß seit zwei Tagen,
Als hätte sie ein Sturm zu uns gejagt,
Vom Süden und vom Westen –
*Zwei Diener des Filippo sind aus der Tiefe des Gartens gekommen, sie tragen Körbe; sie haben die Allee mit Blumen bestreut und gehen daran, auch die Treppe zu bestreuen. Aus der anderen Allee kommen zwei andere Diener, welche Schüsseln mit Obst und Zuckerwerk tragen und über die Stufen ins Haus gehen. Filippo folgt ihnen mit den Augen.*

AGOSTINO *ist befremdet, hat sich unterbrochen und spricht jetzt weiter*
Was ist dies?
Bereitest du ein Fest?

FILIPPO Das arme Wort!
Nun ja, was von dem Stumpf der Kerze kommt,
Wie was die Sonne sendet, heißt uns Licht; –
So feir' ich denn ein Fest.

AGOSTINO An solchem Tag?
Du bist gelaunt zu scherzen! – Hör' mich an:
Mit jeder Stunde rücken Cesars Scharen
Bologna näher, und Herr Mariscotti,
Der unsrer teuern Stadt Geschicke lenkt,
Solang der Herzog fern, erscheint geneigt,
Dem Borgia sich und uns zu überliefern.
Was zur Verteidigung er anbefahl,
Ist Trug, zu schlecht, um Narren naszuführen,
Die Tore, heut gesperrt und wohlgehütet,
Vor morgen abend fliegen alle auf,
Cesar zieht ein, und wir sind seine Knechte.

FILIPPO *beunruhigt*
Gesperrt die Tore, alle, auch für uns?

AGOSTINO
Wie das – für uns?

FILIPPO Ich meine, niemand kann
Die Stadt verlassen?

AGOSTINO Wie? Du willst –

FILIPPO Antworte –
Kein Ausweg aus der Stadt? Nein, 's ist nicht wahr.
Sie können nicht von allen Seiten kommen!

AGOSTINO
Bist du von Sinnen? Willst du fort?

FILIPPO Sagt' ich's –?

AGOSTINO
Bologna willst du? willst die Braut verlassen?

FILIPPO
Ich habe keine.

AGOSTINO Wie?

FILIPPO Hab' keine Braut!

AGOSTINO
Nein, dies ist nicht Filippo, der so sprach –
Sag', daß du einer bist, der sich mit List
In meines Freunds Gestalt verkleidet hat,
Und daß der selbst, gegebnem Worte treu,
In dieser Stunde dort ist, wo er soll.

FILIPPO
Filippo bin ich, der ich immer war.
AGOSTINO
So hat ein Zauber dich der Braut entfremdet;
Doch der dich rückruft, ist von größrer Macht.
*Dringend*
Eh' diese Sonne untergeht, Filippo,
Wer weiß, vielleicht in dieser Stunde schon,
Hat Teresina niemand mehr als dich.
An ihrer Mutter Sterbelager wacht sie
Allein – zum unglücksel'gen Los bestimmt,
Am gleichen Tag, was ihr von Menschen wert,
Die Mutter – und den Bruder zu beweinen.
FILIPPO
Kam eine schlimme Nachricht von Andrea?
AGOSTINO
Nein, keine schlimme kam – wie keine gute.
Doch 's ist gewiß: er selbst – kommt nicht zurück.
FILIPPO
Was sagst du da? –
AGOSTINO Andrea kommt nicht wieder!
Wie keiner rückkehrt, der vor einem Jahr
Mit unserm Herzog auf die Reise ging,
Wie Bentivoglio selbst nicht wiederkehrt.
FILIPPO
Wer sagt's? Sind sie nicht auf dem Heimweg alle?
AGOSTINO
Sie waren's – jetzt sind sie auf einem andern!
FILIPPO
Ist dies gewiß?
AGOSTINO Die letzte Kunde kam
Aus Rom. Der Herzog, heute scheint's unglaublich,
Verließ die Stadt, wo ihn die Herren Borgia
Bewirtet, lebend; – seither aber kam
Kein Bote, keine Nachricht nach Bologna,
Und was der Papst in Rom versäumt, wir fürchten,

Er ließ es auf dem Weg hierher besorgen,
Und Mariscotti wußte auch um dies.

ERCOLE MANUSSI *ist durch die Tür auf die Terrasse getreten*
In Flammen steht die Welt! Was kümmert's Euch?
*Er geht die Stufen herunter*
Der eine lümmelt auf der Bank, der andre
Hält seine Laute zärtlich in den Armen,
Und über Rosen schreit' ich zu Euch hin.
So wißt Ihr nichts?

FILIPPO Umfriedet ist mein Garten,
Die Fenster sind verhängt, den Lärm und Unsinn,
Der durch die Straßen fegt, lass' ich nicht ein;
Es finden seine Boten doch den Weg.

AGOSTINO
Was gibt's?

ERCOLE Der Herzog ist zurückgekehrt!

AGOSTINO
Ist das gewiß?

ERCOLE Hier diese Augen sahn ihn.

AGOSTINO
Hörst du, Filippo?
*Zu Ercole*
Sag' uns mehr!

ERCOLE Noch nachts,
Durch welches Tor, weiß niemand, – unerkannt
Betrat er seine Stadt. Schon früh am Morgen
Schwirrt' ein Gerücht durch die bewegten Gassen,
Dran keiner glaubte. Man erzählte mehr:
Des Mariscotti Neffe sei entflohen,
Er selber läg' in Ketten. Doch 's blieb still
Rings um das Schloß. Die Wachen zogen auf,
Wie sonst, und von den Türmen, von den Mauern
Kam immer neue Kunde: daß von Süden,
Endlos gereiht, die röm'schen Truppen nahn,
Daß in Faënza Cesars Schützen stehn,
Und auf der fernen Straße von Montese,

Als flög' es aus dem Boden mit dem Staub,
Der es umhüllt, ein Heer von Reitern wüchse,
Nun wußten wir verloren die Fünfhundert,
Die Mariscotti gestern ausgeschickt,
Nur um zu früh verdächtig nicht zu sein.
Und Unruh' lohte auf, durch jene Fabel,
Von Bentivoglios Heimkehr unterzündet.
Man fühlte sich bedroht, wenn nicht verraten.
Die Söldner an dem Tore von Isaia
Beschließen vor das Schloß zu ziehn und dort
Antwort zu fordern, was die Absicht sei.
Ribaldi führt sie hin, und ihnen nach
Stürzt flutend aufgeregtes Volk zum Tor.
Da springt es auf, und uns entgegen tritt
– Drang denn kein Schrei des Jubels bis hierher? –
Der Bentivoglio und dein Freund Andrea!

FILIPPO *steht erregt auf*
Auch er?

ERCOLE Drum wundert's mich, daß du daheim.
Und ist dir nicht bekannt, daß er zurück ist,
Weißt du auch nicht, daß seine Mutter starb,
Heut nacht, noch eh' er kam?

AGOSTINO Hörst du, Filippo?
Die Mutter Teresinas tot!

FILIPPO *kühl verlegen* So war's
Andrea nicht vergönnt, sie zu umarmen?

AGOSTINO
Und weiter sagst du nichts, Filippo?

FILIPPO Wahrlich,
Daß diese güt'ge Frau verschied, ist schmerzlich.

ERCOLE *befremdet*
Wo bin ich hier? Bald scheint mir selbst, was draußen
Sich zuträgt, nicht mehr wahr! In diesen Zweigen
Ruht laue Luft, die nichts vom glühnden Ernst
Des Tages weiß. Was ist's mit dir, Filippo?

FILIPPO *schweigt.*

AGOSTINO
Besinn dich und geh hin.
FILIPPO
Wohin?
AGOSTINO
Es gibt
Nur einen Weg für dich. Vergingst du dich,
Vergaßest dein Gelöbnis, – diese Stunde
Weckt die Erinnrung dran aus tiefstem Schlaf.
Und zögerst du, dem reinen Blick der Braut
die treuvergessne Stirn zu bieten, denk', –
An einem Sarg wird manche Schuld verziehn!
FILIPPO *mit plötzlicher Heftigkeit*
Wer spricht von Schuld? Im Herbste fallen Blätter,
Im Frühjahr sprießen andre! Sagt Ihr drum,
Daß einer schuldig ward? Ich bin es nicht!
Es sei, daß Schuldigsein bedeutet: ew'gen
Gesetzen unterworfen sein. Ist's so,
Dann wartet Schuld von Kindheit auf in uns,
Wie unser Tod in unserm Busen harrt,
Solang wir atmen. Wenn ich schuldig bin,
So ist die Jugend ein Geschenk der Hölle,
Ist Schönheit Sünde und das Glück ein Gift,
So tückisch wie kein andres.
ERCOLE
Ist es das?
Nun, – hab' ich's recht gefaßt, mit kleinern Worten
War's abzutun. Sag' doch in Kürze so:
Mir hat die lange Brautschaft nicht behagt,
Und meine durst'ge Jugend suchte Trost
Bei einer, die gefällig war und hübsch.
FILIPPO *nach kurzem Besinnen*
Ich sag' in Kürze: geht, ich bitt' Euch, beide!
ERCOLE *will zuerst auffahren, dann ernst*
Für kleinen Zank zu ernst ist dieser Tag.
Drum rat' ich dir: begrüße deinen Freund,
Eh' er dich fragen kommt, wie du's vergaßest.
FILIPPO
Die Antwort finden, denk' ich, steht mir zu.

ERCOLE

Doch ihm das letzte Wort, und allzu teuer
Wär' so ein Rausch bezahlt. Es sei, du denkst,
Ob so, ob anders, kommen wird es doch.

FILIPPO

Wie meinst du das?

ERCOLE Nun hört! Für diesen Kopf
Und den und deinen und für jeden so,
Der heut auf Bologneser Schultern sitzt,
Geb' ich

*Gebärde*

so viel nicht mehr. Rings ganz umschlossen
Ist unsre Stadt; und daß der Herzog heimkam,
Freu'n sich nur die, die vor dem Tor zu sterben
Als beßres Los begrüßen, denn der Gnade
Des Borgia überliefert sein und leben.
Bolognas Freiheit ist dahin, und wer
Sie liebt, mit ihr. Den Herzog kenn' ich wohl:
Er säumt nicht einen Tag. Vor morgen abend
Ist die Entscheidung da, doch gibt's nur eine.
Drum sucht' ich Euch. Jedoch bevor ich kam,
Ging ich in meine Werkstatt, schlug in Stücke
Den angefangnen Guß, dann sperrt' ich zu.
Denn was auch über uns beschlossen sei,
So wie wir uns in guten Tagen fanden,
Laßt uns zusammenbleiben bis zum Ende.

FILIPPO *wie aufschreiend*

Zu Ende? Kam dies alles über Nacht?
Kein Ende, nein, für mich kein Ende!

BATTISTA, *der Diener Filippos, kommt von der Terrasse*

Gnädiger Herr, der Geheimschreiber Seiner Hoheit des Herzogs, der edle Herr Silvio Cosini, ist eben in das Haus getreten.

FILIPPO

Wer, sagst du?

AGOSTINO

Silvio Cosini?

BATTISTA
Der Geheimschreiber Seiner Hoheit des Herzogs.

FILIPPO
Und fragt nach mir?

BATTISTA
Der Herr Geheimschreiber kommt zu dem gnädigen Herrn im Auftrage Seiner Hoheit.

FILIPPO
Im Auftrag?

AGOSTINO Geh Battista,
Dein Herr läßt bitten.

BATTISTA *ab.*

FILIPPO Was will mir der Herzog?
Er kennt mich nicht.

ERCOLE So kennt er deinen Ruhm.

SILVIO COSINI *kommt von der Terrasse.*

FILIPPO *ihm entgegen*
Ich bin Filippo Loschi, den Ihr sucht.
Seid mir willkommen, edler Herr Cosini.
Hier meine Freunde: Agostino Dossi
Und Ercole Manussi.

COSINI *zu Ercole* Wohlbekannt.
Der Fechter, der im Park zu Cento steht,
Ist Euer Werk?

ERCOLE Er ist's.

COSINI *zu Agostino* Und täusch' ich mich,
Wenn ich in Euch den Jüngling wiederkenne,
Der uns – wann war's nur? –

AGOSTINO Als von Padua
Der Fürst an unsres Herzogs Tafel speiste.

COSINI *sich erinnernd*
Am Tag, bevor Bologna wir verließen.
Glaubt mir, wir hörten manchen Lautenspieler
Seit jenem Tag – es kam Euch keiner gleich.
So nehm' ich's denn als gutes Zeichen an,
Die Meister dreier Künste hier zu finden.

AGOSTINO
Verstattet unserm Staunen eine Frage.
Wann kamt Ihr an?
ERCOLE Es hieß, daß nur der Herzog
Und Graf Andrea heimgekehrt, die andern
Noch auf dem Weg und mit sehr wenig Hoffnung,
Die Heimat jemals wieder zu begrüßen.
COSINI
Vor gar so bösem Abschluß unsrer Fahrt
Bewahrte uns der Himmel. Mit sechs Freunden
Erreicht' ich wenig Stunden nach dem Herzog
Die Stadt. Und auch zehn Tiere, reich beladen,
Ja, selbst drei Wagen brachten wir nach Hause,
Darauf so seltne Schätze sind, daß uns
So Kön'ge als Gelehrte drum beneiden.
ERCOLE
So wett' ich, es sind griech'sche Manuskripte,
Von Euch entdeckt!
COSINI Auch daran fehlt es nicht.
Und Münzen, Edelsteine, alte Waffen,
Auch prächt'ge Stoffe gibt's, genug, um zwanzig
Der schönsten Fraun Bolognas drein zu kleiden.
Und dann aus Marmor einen Speerewerfer,
So ist die Haltung – leider fehlt ein Arm –
Vor unsern Augen aus dem Schutt gegraben
Bei Carsoli – gäb's Gott, es blieb' uns Muße,
Nach Cento in den Garten ihn zu setzen –
*Zu Ercole*
Zu Seiten jenes Fechters, der uns wert.
Und doch, soviel wir bringen, uns ward mehr
Geraubt, und mehr als solche Schätze. Zwei
Der Unsern, Gofalo und Marco Pitti,
Den Blick schon diesen Türmen zugewandt,
Erlagen Mörderstreichen, sieben Knechte
Mit ihnen.
ERCOLE Wie? So fielt Ihr doch den Leuten
Des Borgia in die Hände?

AGOSTINO Armer Pitti!
Ich kannt' ihn wohl! Wie fröhlich zog er aus, –
Und nun im Angesicht der Heimat sterben!

COSINI
Dem Herzog war es zugedacht, wir wissen's!
Ihm gab der Himmel ein, vorauszueilen,
Auf anderm als dem vorbestimmten Weg.
Doch nun, soviel zu sagen wäre, endlich
Zu meines Herren Auftrag.
*Da Agostino und Ercole sich entfernen wollen*
Kein geheimer,
So wenig als der Ruhm Geheimnis ist.
*Zu Filippo*
Ich bin gesandt, Euch meines Herzogs Gruß,
Bewunderung, und für den heut'gen Abend
Den Ruf an seinen Hof zu überbringen.

FILIPPO
An Eures Herzogs Hof?

COSINI *etwas befremdet, scherzend*
Wohl auch des Euern!

FILIPPO
Doch wagt' ich nie, zu meines Herren Füßen
Von meinen armen Liedern eins zu legen –

COSINI
Ein andrer tat's für Euch!

FILIPPO Der Graf Andrea?

COSINI
So ist's. Gar oft, wenn uns der Reise Zufall
Im Freien rasten ließ, las uns Andrea –
Der Herzog schwärmt für seiner Stimme Wohllaut –
Aus dem Petrarca vor und aus Virgil.
Doch Eure Verse spricht er frei. Da leuchtet
Sein Aug' in Stolz, daß solche Wunderworte
Die hohe Tugend seiner Schwester preisen,
Und daß sie Euch verlobt, der sie besang.
Ja, glaubt mir: Eurer Lieder heiße Andacht

Entflammte manchen unter uns so sehr, –
Nicht mich, Ihr Herren, mein' ich, ich bin alt –
Daß, Euch bewundernd, er zugleich Euch grollte,
Der Sehnsucht weckt und sie mit gleichem Wort,
Die hoffnungslose, in Verzweiflung wendet.
Der Herzog aber, mehr bewegt als alle,
Sprach so zu uns: An eines Fürsten Seite
Ist solchen Dichters Platz; ich danke Gott,
Der mir vergönnt hat, dieser Fürst zu sein;
Und kehr' ich nach Bologna heim, so sei
Vor allen andern er zu mir geladen.
Getreu dies zu bestellen ist mein Amt.
Im ungewissen liegt der nächste Tag,
Und etwas aufzuschieben wäre kühn.
Zu seltnem Fest lädt Euch der Herzog ein,
Umglüht von roten Fackeln der Gefahr,
Und unter schicksalsvollen Sternen. Drum,
Gefällt's Euch, Herr Filippo, folgt mir gleich.

FILIPPO *nach kurzem Schweigen*
Ihr seid am falschen Orte, Herr Cosini!
Ich bin heut nicht mehr, den der Herzog sucht,
Und folgt' ich seinem Ruf, wie ein Betrüger
Stünd' ich vor ihm. Drum und aus andern Gründen –
Wenn's Euch beliebt, aus Laune, bleib' ich fort.
Es feiert jeder so sein Fest für sich,
Mit gleichem Recht, mit anderm Sinn ein jeder.

COSINI *sich zu den andern wendend, erstaunt*
Ihr Herrn –

ERCOLE 's ist eine Laune, wie er sagt,
Und weggespült vom nächsten Augenblick.

COSINI
So wart' ich einer klaren Antwort. Stellt,
Ich bitt' Euch, Euer Nein auf kräft'ge Füße.
Zum Herzog kann mich dieses nicht geleiten.
Daß man ihm weigert, was er anbefiehlt,
Erfuhr kein Bentivoglio je, viel wen'ger,

Daß einem güt'gen Wunsch man sich versagt;
Zu guter Stunde nicht, wie gar in solcher,
Da jedes Ja und Nein zum Zeichen wird,
Und mehr bedeutet als sich selbst.

FILIPPO Sehr wahr!

*Dumpfes Glockengeläute von den Türmen.*

AGOSTINO
Was soll dies Zeichen? Kündet es Gefahr?

ERCOLE
Von allen Türmen klingt's!

AGOSTINO
Wie Totenglocken!

COSINI
Das sind sie.

ERCOLE Niemals hört' ich sie so mächtig!

AGOSTINO
Doch einmal: als des Herzogs Mutter starb!

COSINI
Und weiß man hier nicht, wem sie heute gelten?

AGOSTINO *verstehend*
Der Gräfin Leichnam bringt man wohl zur Gruft?

COSINI
In dieser Stunde.

AGOSTINO Komm, Filippo!

ERCOLE Höre,
Zum Hause der Fantuzzi wolln wir alle!

FILIPPO
Mich laßt daheim!

AGOSTINO So ist es wahr, Filippo,
Daß alle Stimmen, die auf Erden gelten,
Sinnlos vorüberhallen deinem Ohr?
Noch tönt es von den Türmen. Komm, Filippo,
Was dich umhüllt in diesen letzten Tagen,
War Wahn – in dieser Stunde fällt es ab!

FILIPPO *mit mehr Überlegenheit als Pathos, aber sehr lebhaft*
Wahn ist nur eins: das nicht verlassen können,

Was uns nichts ist, ob Freund, ob Frau, ob Heimat, –
Und eins ist Wahrheit: Glück, woher es kommt!

AGOSTINO
Dies deine Antwort?

FILIPPO
Nimm es so.

COSINI
Und auch
Dem Fürsten sendet Ihr nicht andre?

FILIPPO
Nein.

ERCOLE
So laßt uns gehn, Ihr Herrn. Es ist nicht Zeit,
Verrückte klug zu machen.

COSINI
Herr Filippo,
Um meines Fürsten wie um Euretwillen
Kränkt's mich, so unbegreiflichen Empfang
Der ehrenvollen Botschaft ihm zu melden.

AGOSTINO
Ich flieh' ohn' jeden Abschied deine Nähe,
Als eines, dem nichts mehr mit uns gemein.
*Ercole, Agostino, Cosini ab.*
*Wenn sie fort sind, bleibt Filippo eine Weile still, dann geht er rasch durch die Allee nach hinten und lauscht. Er kommt wieder nach vorwärts, nähert sich dem Hause, geht drei Stufen hinauf, bleibt auf der dritten Stufe stehen und ruft.*

FILIPPO
Battista!

BATTISTA *erscheint gleich auf der Terrasse, wo er stehen bleibt*
Gnädiger Herr?

FILIPPO
Du wirst zwei Pferde schaffen auf der Stelle.

BATTISTA *zeigt ein erstauntes Gesicht.*

FILIPPO
Verstehst du mich? Zwei Pferde!

BATTISTA
Heute, gnädiger Herr?

FILIPPO
Was geht's dich an, ob heut, ob morgen!

BATTISTA

So war's nicht gemeint, gnädiger Herr! Wie dürft' ich wagen – aber ich will nur bemerken, daß es eine vollkommene Unmöglichkeit sein wird, heute Pferde zu bekommen.

FILIPPO

Geh zum Regondi, vierundzwanzig hat der
Im Stall!

BATTISTA

Herr, gerade von dem weiß ich zuversichtlich, daß er kein einziges mehr hat. Ghiberti hat alle in Beschlag genommen.

FILIPPO

Wer ist Ghiberti?

BATTISTA

Der Reiterhauptmann! Am Tor von San Stefano!

FILIPPO

So geh zu einem andern! Suche beim
Marsiglio, – besser noch – tu in der Stadt
Dich um und kauf' sie Söldnern ab!

BATTISTA

Herr!

FILIPPO

Nimm Geld, soviel du willst! Nur schaff' mir Pferde!
Und säum' nicht länger! Geh! Hast du sie erst,
So hörst du alles, was zu wissen not.
Noch eins: auf deinem Wege hör' um dich,
Nach Botschaft von den Türmen, welche Straße
Noch frei, wo – *Er unterbricht sich*
ah, wo ein Entkommen möglich.
Und wenn – Doch geh!
*Ruft ihm nach*
Battista!

BATTISTA

Gnädiger Herr?

FILIPPO

Dies ist für dich allein.
Und jetzt geh rasch und komme rasch zurück!

BATTISTA *geht.*

FILIPPO *allein. Verläßt die Stufen, eilt, als wenn er etwas gehört hätte, wieder durch die Allee nach hinten, dann kommt er langsam nach vorwärts und beginnt zu sprechen*

Auf leichten Flügeln rauscht mein Leben hin;
Sie aber hängen schwere Worte dran,
In ihre Tiefen es zu ziehn. Was ist mir
Dies alles? Wo ich bin, gilt nicht, was unten
Schicksal und Weg bestimmt. Entkommen, sagt' ich?
Dies ist kein Fliehn. Ich schließ' die Tür nicht ab,
Und wenn Andrea kommt, steh' ich ihm Rede.
Doch sein zu warten, hält mich hier so wenig,
Als dieser Stadt Gefahr. Und hätt' ich Macht,
Mit einem einz'gen Hauch sie zu befrein,
Doch Beatrice wär' mir drum verloren,
Gäb' ich Bologna hin; – und loht in Flammen
Die Heimat hinter mir, wär's mir nichts weiter
Als meines Glückes würd'ger Opferbrand.

*Es ist ziemlich dunkel geworden, durch die Allee aus dem Hintergrund kommt* BEATRICE, *nicht sehr eilig, schwebenden Gangs. Filippo geht ihr entgegen.*

BEATRICE

Da hast du mich! Wie dunkel ist es hier!
Die Straßen sind beinah noch hell. Und höre,
Die Unruh' draußen! Aber hier ist's still.
Ich wollt', ich könnte lange bei dir bleiben.

FILIPPO

Das wirst du!

BEATRICE *sich auf die Bank niederlassend*

Laß mich jetzt ein wenig ruhn.
Ich bin ganz müd'. Was hab' ich alles heut
Gesehn – gehört! Ganz wirr bin ich.

FILIPPO *wie zu einem Kind* Weißt du,
Daß großes Übel diese Stadt bedroht?

BEATRICE

Bin doch kein Kind! Wie sollt' ich das nicht wissen?
Hätt' bald nicht hergefunden. Auf dem Platz
Vor San Petron gab's ein Gedränge! denk' nur,

Der Kamm aus meinem Haar ist fort! Er glitt
Herunter, – hätt' ich mich nach ihm gebückt,
Nie wieder hätt' ich aufstehn können.

FILIPPO Sage:
Dich ängstigt nicht, was du gehört?

BEATRICE O sehr!
Und viele haben Angst! Doch andre freun sich,
Die reden laut und kühn, und einen hört ich,
Der stellte auf die Stufen sich und rief:
Dem Borgia Tod!
*Lachend*
Da schrien gleich alle mit!

FILIPPO *betrachtet sie mit einem entzückten Blick*
Liebst du mich sehr?

BEATRICE Du fragst? Ich lieb' dich so,
Daß alles anders ist, seit ich dich kenne.
Wie soll ich dies nur sagen? Sieh, mir ist,
Als waren lauter Puppen sonst um mich
Die Menschen alle: – und seitdem – nun ja,
Seit jenem Fest – drei Tag' erst, denk' Filippo,
Daß ich zum erstenmal dich sah – drei Tage,
Der Tanz vorm Tor, das Spiel, das Armbrustschießen,
Der Wettlauf von den zahmen Leoparden,
Das ist drei Tag' erst! – Nein, wie alles anders
Und bunt ward – und die Puppen Menschen!
*Wie erfreut*
Sieh!
Das wollt' ich sagen.

FILIPPO *entschlossen* Höre, Beatrice!
Noch heut verlassen du und ich die Stadt.

BEATRICE *sieht ihn erstaunt an.*

FILIPPO
Versteh mich gut! So kühn die Leute reden,
Der Tod schwebt über allen Dächern. Ich
Und du, wir wollen leben, Beatrice!
Drum sollst du mit mir fort.

BEATRICE Noch heute?

FILIPPO Ja.

Weil schon das Morgen uns vernichten kann.
Bist du bereit?

BEATRICE Mit dir?

FILIPPO Mit mir.

BEATRICE Wohin?

FILIPPO

Nicht dies ist wichtig! Bist du nur bereit?

BEATRICE

Doch ist's gewiß, du läßt mich nicht allein?

FILIPPO

Du Kind!

BEATRICE O glaube nicht, daß ich mich fürchte!
Wie oft, bis tief zur Dunkelheit, bin ich
Auf Wies' und Feld und Hügeln vor den Toren
Herumspaziert, und niemand war mit mir.
Doch sah ich immer unsre Türme ragen,
Und leises Summen kam zu mir von weitem,
Und immer wußt' ich: unten ist die Stadt.
Doch in der Fremde kann man sich verirren.

FILIPPO

Für dich wird nirgends Fremde sein. Ganz andres
Bleibt zu bedenken. Niemals, Beatrice,
Wirst du die Deinen wiedersehn.

BEATRICE Die Meinen?

*Sinnt*

Siehst du, dies alles hab' ich längst gefühlt!
Jetzt aber weiß ich's erst.

FILIPPO Was denn?

BEATRICE Denk' nur:

Mir ist, als hätt' ich in der Eltern Hause
Nur ausgeruht, wie man auf Reisen tut,
Und käme von wo anders her und müßte
Wo anders hin; und wacht' ich morgens auf,
Und schaute so um mich, da war mir oft –

FILIPPO

Wie war dir da?

BEATRICE Als wär' ich nicht zu Haus.

FILIPPO *zerstreut*

Nun ja. *Er ist aufgestanden und die Stufen hinaufgegangen.*

BEATRICE Was blickst du aus?

FILIPPO Die Stunden fliehn.
Ich sehe nach dem Diener, nach den Pferden.

BEATRICE

Sagt' ich dir schon? Mein Bruder ist Soldat!

FILIPPO

Ich kenn' ihn nicht.

BEATRICE Vergeßlicher! Du kennst ihn!
Sahst ihn doch an dem gleichen Tag wie mich
Zum erstenmal – im gleichen Augenblick.
Er war mit mir, Rosina, meine Schwester,
Und Vittorino –

FILIPPO *leichthin*

Der in dich verliebt ist?

BEATRICE

Sieh, das vergaß er nicht!

FILIPPO *zerstreut*

Dein Bruder ließ
Sich werben?

BEATRICE Nein, der lief gleich selber hin
Zum Tor von San Vitale. Dort stehn alle,
Die frei sich melden. Ja, das ist auch einer,
Der riefe: Tod dem Borgia! Der ist wild!

FILIPPO

Da gibt's viel Tränen wohl bei Euch zu Haus?

BEATRICE

Wer sollte weinen? Meine Mutter liebte
Francesco nie; die Schwester freut sich eher,
Da sie nun ganz nach Wunsch wird schalten können.

FILIPPO

Und du?

BEATRICE Er will ja fort, wie sollt' ich weinen?

FILIPPO
Und Euer Vater?

BEATRICE Kann's ja nicht verstehn.

FILIPPO
Wie meinst du das?

BEATRICE Hab' ich dir's nicht erzählt?
Für ihn steht alles still seit sieben Jahren,
Und alles, was wir tun, ist Spiel von Kindern.

FILIPPO *betreten*
Wie das?

BEATRICE Die Leute sagen: Tollheit sei's.
Ich aber weiß ganz gut, 's ist was geschehn
Vor sieben Jahren, das ergriff ihn so,
Daß ihm die Zeit erstarrt ist. Und so kommt's, –
Wir sind noch heut für ihn die kleinen Kinder
Von damals. Und so spricht er auch zu uns, –
Und nimmt uns auf die Knie', mich und Rosina, –
Francesco läuft davon – erzählt uns Märchen,
Und wiegt uns, singt dazu, – wir müssen lachen.

FILIPPO *näher zu ihr*
Du lachst? – Ist dies nicht ohnegleichen traurig?

BEATRICE
Was weiß er denn davon? – So wird er alt
Und fühlt es nicht, und meine Mutter blieb
So schön und jung für ihn als je, und alles,
Was sie ihm Schlimmes zugefügt, vergaß er.

FILIPPO *sie lange betrachtend*
Wie gut, daß ich aus all dem dich entferne!
Wie gut, daß du ein Kind, so wirst du mein,
Wie du es mußt. Denn ich hab' nichts als dich.
Ich hatte mancherlei, doch nichts war ganz,
So warf ich alles hin für dich allein.
Denn dich besitz' ich, und Besitz ist Glück,
Und nur was wir erschaffen, ist Besitz.

BEATRICE
Wie gut gefällst du mir, wenn du so sprichst!
*Sie steht auf*
Nun ist's auch über deinem Garten Nacht.
Ich frag' dich was, Filippo!

FILIPPO *wieder ausblickend, zerstreut*
Nun, ich höre.

BEATRICE *zu ihm tretend*
Sag' doch: wirst du mein Pferd beim Zügel halten?
Drauß' auf der finstern Straße?

FILIPPO *lachend* Immerfort?

BEATRICE
Das mußt du tun! Versprich's mir!

FILIPPO *küßt sie lächelnd; dann ungeduldig*
Kommt er nicht?
Wir wollen ihn im Haus erwarten. Wein und Früchte
Stehn auf dem Tisch, ein Mahl vor unsrer Reise.
Komm, Beatrice! *Er beginnt, die Stufen hinaufzugehen.*

BEATRICE *noch im Garten, folgt ihm*
Hab' ich's schon erzählt?
Den Herzog sah ich.

FILIPPO *stehenbleibend* So?

BEATRICE Und er sah mich –

FILIPPO *sich nach ihr umwendend*
Was soll mir das?

BEATRICE
Er ritt durch unsre Straße,
Und blickte lang mich an.

FILIPPO Das ist die Art
Von Männern, schöne Frauen anzuschaun.
Was geht's dich an?

BEATRICE Rosina stand daneben.
Denk' nur: kein Blick auf sie! Ich glaubte schier,
Sie würde krank vor Schmerz, denn du mußt wissen,
Sie liebt ihn sehr, den Herzog – Andre liebt sie auch,
Um wahr zu reden, doch den Herzog so,

Daß sie dies Jahr, das er auf Reisen weilte,
Vor Sehnsucht krank ward, – und nun kommt er wieder,
Und reitet uns vorbei, und sieht nur mich.

FILIPPO
Du eitles Kind, bewegt dich das so sehr?

BEATRICE
Nicht darum sagt' ich's, hätt's auch schon vergessen,
Nur träumt' ich dann so wunderlich –

FILIPPO
Bei Tage?

*Er kommt die Stufen langsam herab.*

BEATRICE
Es war so schwül. Ich ging in meine Stube,
Nur um dem Zorn Rosinas zu entfliehn, –
Geschlagen hätt' sie mich, sie tat's schon oft, –
Und auch ein andres Kleid – für dich – zu nehmen,
Und andre Schuh'. Da setzt' ich mich aufs Bett
Und wollte mir die Bänder schnüren, weißt du,
Und schlummert' ein und träumte sonderbar.
Sonst schwindet jeder Traum, wenn ich erwache,
Den aber seh' ich so vor mir –

FILIPPO
Was war's
Für Traum?

BEATRICE
Denk' nur, ich war die Herzogin!

FILIPPO *tritt herunter, auf sie zu.*

BEATRICE
Was hast Du?

FILIPPO
Beatrice! – Nun, erzähle!

BEATRICE
Ich war die Herzogin. Auf einem Thron
In einem großen Saal bin ich gesessen,
Der Herzog neben mir, und viele Menschen –
Es waren hundert oder tausend, Männer
Und Fraun und Kinder waren da, dieselben,
Die täglich in den Gassen ich begegne.
Auch du warst da und knietest vor mir nieder,

Wie all die andern. Doch ich wußte nicht,
Daß du Filippo warst; es war dein Antlitz eben!
Du gingst vorüber wie die andern und
Verschwandest. Sieh, auch dieses weiß ich noch,
Daß ich die Hand hier *Sie hebt ihre Linke* auf die Lehne stützte,
Den weichen Samt mit meinen Fingern strich,
Und so hab' ich gelächelt, siehst du – fürstlich!
Ein wenig stolz, doch gütig auch. Dann klang
Musik, so schön und voll wie viele Orgeln!
Doch wußt' ich: keine Orgeln sind's – und suchte
Mit meinen Augen nach den Musikanten
Und fand sie nicht. Da stand der Herzog auf,
Nahm meine Hand und führt' mich durch den Saal,
Vorbei den Menschen, die sich tief verneigten.
Die große Türe tat sich auf, und plötzlich
Verstummte die Musik, und Stille war,
So still, wie's auch in tiefster Nacht nicht ist.
Nun schritten wir durch einen schmalen Gang,
Der ohne Decke war. Die Wände reichten
Unendlich hoch, und oben war der Himmel,
Viel weiter, als er sonst, mit roten Wolken.
Dann schritten Stufen wir hinab ins Dunkle –
Ich sah den Herzog nicht, sah gar nichts mehr,
Mit einmal hört' ich seine Stimme nah
An meinem Ohre »Beatrice« flüstern,
Und heller wurd' es, grüne Kerzen brannten
In einer Ampel ob dem Bett, ich sah
Des Herzogs Augen leuchten über mir –
Und fühlte seine Lippen nah den meinen,
Noch spürt' ich ihren Hauch – und so erwacht' ich.

FILIPPO

Beatrice!

BEATRICE *etwas erschrocken, unsicher, aber ohne Verständnis*

Ist dies ein wunderlicher Traum!

FILIPPO Beatrice!
Und so kommst du zu mir!

BEATRICE Sollt' ich nicht kommen!
Nein, wie du seltsam bist! Was ist dir nur?

FILIPPO
Kommst so beschmutzt hieher –

BEATRICE *heiter, als hätte er sie mißverstanden*
Ein Traum war's doch!

FILIPPO
Ich wollt', es wäre Wahrheit, Beatrice!
So könnt' ich eher ohne Schmerz und Ekel
Dich sehn; das Leben selbst tut alles ab.
Doch Träume sind Begierden ohne Mut,
Sind freche Wünsche, die das Licht des Tags
Zurückjagt in die Winkel unsrer Seele,
Daraus sie erst bei Nacht zu kriechen wagen;
Und solch ein Traum, mit ausgestreckten Armen,
Sehnsüchtig läßt er, durstig dich zurück.
So wenig warst du mein, daß, schlossest du
Die Augen, deine Seel' auf Abenteuer
Ausfliegen konnte, und ich war dir nur
Von Tausend einer, kniete wie die andern
Vor dir und war dir nichts und bin dir nichts,
Ich, der dir so viel gab, als du nicht ahnst,
So viel, daß meiner Liebe wert zu sein,
Dich Ekel fassen müßte, wenn du denkst,
Es leben andre Männer auf der Welt!
Willst du, daß, dem gefäll'gen Eh'mann gleich,
Ich fremden Kuß von deinen Lippen trinke,
Und kommst daher als Dirne deines Traums?
Geh, Beatrice!

BEATRICE Ja, was tat ich denn?
Liebst du mich jetzt nicht mehr, Filippo –? Du! …

FILIPPO
Dich lieben? Graun vor dir hat mich erfaßt.

BEATRICE

Filippo, nie bis heut dacht' ich des Herzogs!

FILIPPO

Doch heute warst du sein!

BEATRICE Im Traum!

FILIPPO Drum geh!

BEATRICE

Du sagst es ganz im Ernst, Filippo, wie?
So nimmst du mich nicht mit auf deine Reise?

FILIPPO

Nun braucht es keiner Reise mehr!

BEATRICE Glaubst du,

Ich ginge nicht voll Freuden mit dir fort?
Ich lieb' dich ja, Filippo!

FILIPPO O, ich weiß!

Auch heute gingst du fort mit mir, so gern,
Als du mir vor drei Tagen bist gefolgt!
So geh doch!

BEATRICE Und wann soll ich wiederkommen?

FILIPPO

Wiederkommen?
Zu mir? Ja, sage, hast du's nicht gefaßt?
Nie wieder, nie!

BEATRICE *mit großen Augen*

Nie wieder, nie!

FILIPPO

Noch einmal
Nur deine Hand berühren, macht mich schaudern!
Doch dich umarmen, da ich dich erkannt, –
Beim Himmel, eher schlief' ich mit Gespenstern –
*Mit einer Gebärde des Schauderns*
O geh!

BEATRICE

So ist es wahr, er schickt mich fort!
*Er wendet sich ab, sie bleibt stehen. Pause.*

FILIPPO *sich zu ihr wendend*

Sind's Tränen?

BEATRICE Sieh, so lieb' ich dich!

FILIPPO

Und als
Der Fächer dir zerbrach am ersten Abend,
Im selben Augenblick, da hinter dir
Die Tür zum Garten schloß, in diese Schatten
Wie in die Dunkel eines neuen Schicksals
Du tratest, hast du damals nicht geweint?
So große, dumme Tränen einem Fächer –
Und mir! Denn eins ist dir so schwer, so leicht
Wie's andre! Lebe wohl!

BEATRICE Und niemals wieder?

FILIPPO

Im Leben nicht!

BEATRICE *lächelt.*

FILIPPO Und warum lächelst du?

BEATRICE

Im Leben nicht – du sprachst es selber aus!
Fühl' ich, daß ich nicht sein kann ohne dich,
Und hab' zu sterben Lust, so komm' ich wieder,
Und nehm' dich mit.

FILIPPO So spielst du mit dem Tod,
Wie mit dem Leben! Geh und lebe wohl!

BEATRICE

Auf Wiedersehn, Filippo!

FILIPPO Lebe wohl!

BEATRICE *geht langsam durch die dunkle Allee nach hinten und verschwindet.*

FILIPPO *allein; hat ihr nachgesehen. Nach einer längeren Pause*
Als schwebte sie davon!
Und diese glaubt' ich mein! Vor Scham vergeh' ich!
Ist's auch der Menschen Los, nie ganz besitzen,
Sie spotten dieses Fluchs; denn keiner auch
Schenkt ganz sich her. Nur ich, der Tiefbetrogne,
Gab alles hin für nichts, Ruhm, Ehr' und Mut,

Und war bereit, so vor der Feinde Drohn
Wie vor dem Degen eines Freunds zu fliehn,
Als rechter Bube!
Eil' ich ihr nicht nach?
Es gäb' ein Mittel, kühn und ohnegleichen,
Sie zu gewinnen! Den, der sie mir nahm
Im Traum, in Wahrheit töten! Doch der Einfall,
Statt mich zum Schloß des Herzogs hinzujagen,
Bannt hier mich fest, und der Entschließung Kraft
Stirbt auf dem steilen Weg zur Tat dahin.
Daß ich sie heimgeschickt mit schönen Worten,
Ist mir genug. Und quillt aus dieser Torheit
Einmal ein Lied, so ist's der höchste Preis,
Den mir das Leben hinwirft für die Schmach,
Daß ich zu schwach bin, es mit Stolz zu leben.
*Er lauscht*
Das Tor wird aufgetan! *Mit Hoffnung* O wär's Andrea!
Wie schnell kam dies! Nun gibt's in dieser Stadt
Nicht einen Zweiten, so bereit wie mich,
Dies alles zu beenden.

*In der Tür, welche aus dem Zimmer auf die Terrasse führt, erscheinen:* ANTONIO NIGETTI *und* TITO TIBALDI; *der eine sehr dick und groß, der andere zierlich und klein. Mit ihnen* LUCREZIA *und* ISABELLA, *zwei florentinische Courtisanen. Hinter ihnen, wie sie allmählich weiter nach vorn treten, vier Musikanten: zwei Geiger, ein Flötist und ein Lautenspieler. Noch bevor sie auftreten, hört man sie spielen. Die Musikanten bleiben auf der Terrasse stehen. Zwei Diener mit Fackeln haben sich zur Seite der Tür aufgestellt.*

TITO *angeheitert* Das ist Filippo Loschis Haus, und hier ist er selbst! Seid uns gegrüßt, Filippo Loschi!

ANTONIO *betrunken* Schweigt, Ihr verfluchten Musikanten. Soll man euch die Instrumente in Stücke hauen?
*Die Musik verstummt.*

TITO Filippo Loschi, wir wünschen Euch einen guten Abend!

So unbedeutende Geschöpfe wir sind, wir haben ein gewisses Recht dazu, Euch einen angenehmen Abend zu wünschen, da wir ihn selber bringen.

ANTONIO Wir bringen ihn selbst als nichtswürdige Geschöpfe, die wir sind.

TITO Denn wenn diese schönen Mädchen sich an Euerm Anblick ebenso sehr berauschen, als an Euern Liedern, so ist Wahnsinn ihr Los und das unsere Verzweiflung.

ANTONIO *schreiend* Das unsere Tod!

FILIPPO *sehr befremdet, aber höflich*

Ich bin erfreut, so heitre junge Herrn
Und schöne Fraun in meinem Haus zu sehn,
Jedoch –

ISABELLA Ihr seid sehr liebenswürdig!

LUCREZIA Ihr seid schön!

FILIPPO

Zwar unbekannt, nenn' ich Euch doch willkommen!

TITO Ich heiße Tito Tibaldi. Dieser: Antonio Nigetti. Aber was können Euch unsere Namen bedeuten?

ANTONIO Niederträchtige Namen!

TITO Man wird sie mit uns begraben, und früher, als uns lieb ist; so ist es nicht der Mühe wert, sie zu merken. Und was wir sind? jung, reich und gewissermaßen schön!

ANTONIO Hübsch, höchstens hübsch!

TITO Und morgen nichts mehr von alledem!

ANTONIO Elende Speise für Würmer!

FILIPPO *belustigt*

Das wolle Gott verhüten!
*Für sich* Was sind das für komische Menschen?

TITO Und diese hier sind junge Mädchen aus Florenz. Sie sind nach Bologna gekommen, um zehn oder zwölf lustige Tage mit uns zu verbringen. Für die Lustigkeit haben wir bestens gesorgt, nur die Zahl der Tage steht nicht bei uns. Jeden ihrer Wünsche haben wir ihnen erfüllt; – aber da sie vernahmen, daß vielleicht schon morgen unsere geliebte Stadt an allen vier Ecken in Flammen aufgehen wird, hatten sie nur mehr einen –

ISABELLA Euch zu sehen! Denn Eure Lieder, Filippo, sind so süß, wie der Hauch des Geliebten über schlafenden Wimpern, und so schmeichlerisch, wie göttliches Verzeihen für alle Sünden.

FILIPPO *der immer heiterer wird*

Seh' ich Euch an, so wollt' ich eh'r, sie reizten
Zu neuen Euch.

LUCREZIA

Filippo, hättet Ihr nicht hier geweilt,
Wo Ihr auch lebtet, dorthin war mein Weg –
Und mußt' ich barfuß stein'ge Pfade wandeln!
Und ist es wahr, daß morgen tausend Schrecken
Einziehn in diese Mauern, lachend werf' ich
Mich in den Staub – ich lebte lang genug,
Haucht Ihr nur einen Kuß in meine Locken!
Doch wärt Ihr tot gewesen, niemals wieder
Hätt' ich wie andre Frauen lächeln können,
So liebt' ich Euch, noch eh' ich Euch gesehn.

FILIPPO *für sich*

Will dieser schwere Tag so heiter enden?
Als glitt' ihm von den kummervollen Schultern
Dunkles Gewand, und säh' ich zum Beschluß
In lichter Seide seine Glieder spielen?
*Zu den andern*
Wie dank' ich für so vieles? Was beliebt
Den Gästen? Hier im Garten auszuruhn,
In grünen Gängen sanft sich zu ergehn,
Im Saal an Obst und Wein sich zu erlaben?

TITO Soll es uns armseligen Narren wirklich vergönnt sein, den letzten Abend unsres jämmerlichen Lebens –

ANTONIO Ein Leben von Schurken und Tagedieben!

TITO Am Tische des herrlichen Filippo, an der Seite des Unvergleichlichen zu verbringen?

ANTONIO Ertöne, holde Flöte, Lautenspiel, umschwärme mich! – *Musik.*

FILIPPO

Was mein bescheidnes Haus so edlen Gästen
Gewähren kann, ist gern und rasch geschafft.
*In der Türe, für sich*
Kam alles dies zu spät? Es ist zur Stelle!
So kam es früh genug. Der nächsten Stunde
Erwartung rinnt erwärmend durch das Blut,
Und mit Behagen ahn' ich ihre Fülle!
*Er geht in den Saal.*

ANTONIO Nun, folgen wir ihm, holdeste Isabella!

ISABELLA Was wollt Ihr von mir?

ANTONIO Isabella! Euer zärtlicher Antonio bittet um Euern Arm!

ISABELLA Ist denn niemand da, der mir diesen Betrunkenen vom Halse schafft?

TITO Lucrezia!

LUCREZIA Wer seid Ihr denn?

TITO Wer ich bin, Lucrezia? Derselbe, meine Schönste, dem Ihr erst heute mittag gestattet habt, diese Perlen um Euern weißen Hals zu schlingen.

LUCREZIA *reißt sich die Perlen vom Hals und wirft sie ihm vor die Füße*
Da habt Ihr sie! Und nun weiß dieser Nacken
Von Euren Perlen nichts und Euern Armen!
*Antonio und Tito sehen einander betroffen an.*

FILIPPO *wiederkommend*
Bereitet ist die Tafel, tretet ein!

ISABELLA O liebster Filippo! Wollt Ihr nicht erst diese unleidlichen häßlichen und heiseren Leute fortweisen lassen?

FILIPPO

Was soll ich? Wie?

TITO *zu Lucrezia* Ihr werdet mir doch wenigstens erlauben, an Eurer Seite Platz zu nehmen, holde Lucrezia?

LUCREZIA

Das dürft Ihr! Aber hört: berührt Ihr nur
Mein Knie – ich schwör' es! diese Nadel stech' ich
Mitten ins Herz Euch!

TITO *ängstlich* Doch seid Ihr glücklicherweise nicht gewohnt, Schwüre zu halten.

LUCREZIA

Der Liebe Schwüre nicht – doch solche halt' ich!
Fragt Euern Vetter in Florenz!

ANTONIO Angebetete Isabella, ich hoffe, Ihr werdet mich nicht in gleicher Weise bedrohen, wenn ich es wage –

ISABELLA So grausam bin ich nicht als Lucrezia, und eben darum rat' ich Euch: entfernt Euch lieber! Ihr habt uns zu Filippo Loschi gebracht, Euer Amt ist zu Ende! Von dieser Sekunde an gehört Euch kein Blick, kein Wort mehr – Affe! Dieses war das letzte! – Kommt, schönster Filippo!

FILIPPO *belustigt*

Ihr Herren, glaubt, daß ich untröstlich bin!
Doch ratet selbst: was ist zu tun?

ANTONIO Laßt es gut sein. Tito, wir wollen gehen. Es gibt andere Weiber und tugendhaftere, ja vielleicht sogar lasterhaftere, was mir noch lieber wäre!

TITO *hebt die Perlen vom Boden auf* Für diese hier wird sich ein geschmeidigerer Nacken finden!

FILIPPO

Ihr Herren, hört – wir wollen um sie fechten!

ISABELLA Was hilft's ihnen, wenn sie dich verwunden? Lieber küssen wir deine blutenden Wunden, als ihre Lippen!

ANTONIO *wütend* So wünscht' ich, sie kämen aus Neapel, nicht aus Florenz! He, Musikanten! Folgt uns zurück zu Menasci und ertränkt unseren Ärger in heiteren Tönen!

ISABELLA Was fällt Euch ein? *Zu den Musikanten* Ihr bleibt! Wir wollen in den Saal, Filippo – diese aber mögen hier auf der Terrasse stehen bleiben und spielen, spielen, immerzu spielen. *Musik beginnt.*

LUCREZIA

So tön' es durch die offne Tür zu uns
Und hüll' in helle Klänge unsre Wonnen,
In milde Weisen unsern Schlummer ein!

BATTISTA *kommt rasch von hinten* Gnädiger Herr – *Er hält erstaunt inne.*

FILIPPO *der eben mit den Mädchen in den Saal wollte, wendet sich um.*

BATTISTA *noch atemlos* Die Pferde, gnädiger Herr!

*Musik verstummt.*

FILIPPO Was für – *Er erinnert sich und lacht.*

BATTISTA Es ist mir gelungen, gnädiger Herr, um den Preis von zweihundert Goldstücken –

FILIPPO Du hast sie mir verschafft?

BATTISTA Mit der größten Mühe, gnädiger Herr!

FILIPPO

Indessen fing ein andres Stück hier an!
Und er läuft wie 'n verschlafner Komödiant
Mit seiner alten Rolle auf die Szene.
Ist's wahr, du hast die Pferde mir verschafft?

BATTISTA *ganz erschrocken* Herr, ich schwöre Euch, sie stehen vor der Gartentüre, ich habe sie an die Gitterstäbe gebunden!

FILIPPO *mit einem plötzlichen Entschluß*

Für diese beiden Herrn stehn sie bereit!
Schlagt's mir nicht ab! Bedenkt: der gute Alte,
Die ganze Stadt sucht' er nach ihnen ab.

TITO Herr, ist es durchaus notwendig, mit so schwer gekränkten Personen noch Scherz zu treiben?

ANTONIO Es schreit zum Himmel!

FILIPPO

Da sei Gott vor! Als Zeichen meines Danks,
Daß ihr so gut den Weg zu mir gefunden,
Und zu so guter Zeit, als ihr nicht ahnt,
Nehmt dies Geschenk! Battista, du geleite
Bis vor die Tür die Herren, und in die Bügel,
Wofern es nötig – was mir möglich scheint –
Hilf ihnen mit der schuld'gen Höflichkeit.
Lebt wohl und laßt's euch in Menascis Schenke
So wohl gehn, als ihr mir's daheim vergönnt!

*Battista, Antonio und Tito ab.*

ISABELLA *lachend* Lebt wohl!

*Beide Mädchen in den Saal. Die Musikanten spielen.*

FILIPPO *allein auf den Stufen der Terrasse; lebhaft*

Hinnehmen mit Entzücken, was sich schenkt,
Und frei zu sein? Mit Macht an sich zu reißen,
Und selbst sich zu behalten, wär' es das,
Was diesen Augenblick so leicht emporträgt?

DIE MÄDCHEN *von drinnen*

Filippo!

FILIPPO

Vielleicht auch, daß das Leben vor dem Ende
Mir bunte Abenteuer sendet, wie die Bilder,
Die durch die Sinne jagen, eh' man einschläft; –
Wach sein ist's nicht mehr, und noch nicht der Schlaf!

DIE MÄDCHEN *erscheinen in der Tür*

Filippo!

FILIPPO

Ich komme! –– Nicht mit schwerem Sinn bedacht,
Nein, ganz gelebt sei endlich diese Nacht!

*Die Musikanten spielen, Filippo geht in den Saal, von den Mädchen an der Tür empfangen. Der Vorhang fällt.*

## Zweiter Akt

*Straße in Bologna. Die Straße läuft gegen den Hintergrund zu, von rechts nach links. Links ein Eckhaus, rechts desgleichen. Vor diesen Häusern ist gleichfalls eine quer über die Bühne verlaufende Straße gedacht, so daß die vordere Mitte der Bühne eine Straßenkreuzung vorstellt. Vor den Häusern sind durchaus Säulengänge, und ein Teil der Personenbewegung spielt sich unter den Bogen ab. In den Häusern Kaufläden mit Auslagetischen davor. In dem Eckhause rechts befindet sich, der Straßenkreuzung näher, der Kaufladen des alten Nardi, neben demselben, mehr gegen die Kulisse gerückt, der Laden des Capponi, eines Händlers mit Spezereien und Wohlgerüchen. Vor dem Laden des Nardi ein leerer Tisch, vor dem des Capponi zwei Tischchen mit kleinen Flaschen, Schachteln usw. Abenddämmerung.*

*Mäßige Bewegung in den Straßen. Von links kommen Bürger im Gespräch, welche dann die Straße nach hinten zu einschlagen. Ihnen begegnen, aus dem Hintergrund kommend, einige Soldaten, ungeordnet; sie gehen über die Bühne nach rechts. Dann kommen von links junge Mädchen, junge Leute, welche den Soldaten folgen. Frau Nardi und Rosina sind auf kurze Zeit in der Türe ihres Ladens zu sehen und verschwinden bald.*
CAPPONI *steht vor seinem Laden, begrüßt einige vorbeigehende Leute. Von rechts kommen* CLAUDIA *und* CATERINA*, zwei Bologneser Frauen.*

CLAUDIA Hier ist's. – Guten Abend.
CAPPONI Guten Abend, meine Damen. Was steht zu Diensten?
CLAUDIA Ich möchte ein Fläschchen von Euerm Rosenwasser kaufen.
CAPPONI Welche Art von Rosenwasser? Wir haben etwa 25 oder 30 verschiedene. Ach Gott! Das gewöhnliche Paduaner Rosenwasser, das neapolitanische, das zyprische –
CLAUDIA *ungeduldig* Ich weiß nicht, wie es heißt, ich hab' es im vergangenen Winter gekauft. Allerdings stand ein ganz anderer da, der es verkaufte, ein hübscher Knabe.

CAPPONI Bennozzo, mein Sohn! Ach Gott!

CLAUDIA Warum seufzt Ihr? Ist er gestorben?

CAPPONI Was fällt Euch ein! Daß ich seufze, ist eine Angewohnheit, eine üble Angewohnheit, wenn Ihr wollt, oder auch eine philosophische Angewohnheit. Aber, um auf das Rosenwasser zurückzukommen, so könnte es immerhin auch das persische gewesen sein.

CLAUDIA Ja, so nannte es Euer Sohn!

CAPPONI Gleich wird es zu Eurer Verfügung sein, werte Frau! Ich hab' es da hinten aufbewahrt. Stünd' es hier vorn mit den andern, so hätt' ich den ganzen Tag alle jungen Mädchen und Frauen von Bologna vor dem Laden stehen und die jungen Leute natürlich dazu. Ach Gott! Und ein jeder möchte sich eine Nase voll nach Hause bringen, ohne was dafür zu zahlen.

CLAUDIA *zu Caterina* Nimm doch auch ein Fläschchen!

CATERINA Wozu? Ich brauche nichts dergleichen. Ich tue nichts anderes, als jeden Morgen den Saft einer sizilianischen Orange in mein Bad träufeln lassen, das genügt vollkommen.

CLAUDIA Mein Mann liebt es, wenn meine Haut nach Blüten duftet, nicht nach Früchten.

CAPPONI *mit der Flasche, hält sie den Damen entgegen.*

CLAUDIA Ja, das ist sie! Rieche doch daran, Caterina! Nun, was sagst du?

CATERINA Nun ja, wenn ein Mann nicht mehr ganz jung ist –

CLAUDIA Da habt Ihr Euer Geld.

CAPPONI Um Vergebung, schönste Frau! Ihr gebt mir gerade den zehnten Teil von dem, was ich zu bekommen habe!

CLAUDIA Ich weiß doch, was ich im Winter dafür bezahlte.

CAPPONI Ja, das waren andere Zeiten! In ein paar Tagen wird man mir das Hundertfache für diese Flasche bezahlen. Alles wird teurer. Es gibt keine Möglichkeit mehr, die Waren in die Stadt zu bringen! Alle Verbindungen sind abgeschnitten! In acht Tagen haben wir die Hungersnot, wenn wir überhaupt noch am Leben sind, was mir höchst zweifelhaft ist – womit ich die Damen aber nicht beleidigen will!

CLAUDIA Dann gibt man Euch keinen Groschen mehr für Euer

Rosenwasser. Nun sagt mir aber ehrlich: was ist denn darin enthalten? Es kann nicht nur der Saft von Rosenblättern sein.

CAPPONI Was sollte es anderes sein?

CLAUDIA Ist es nicht irgend etwas, was man sonst Liebestränken beizumischen pflegt? Ich habe Gründe, das anzunehmen.

CAPPONI Was fällt Euch ein! Ich heiße Capponi, wohlgemerkt: Capponi! Und gebe ich mich nicht mit den sonderbaren Mischungen ab, wie andere Leute, wie Basini zum Beispiel!

CATERINA Was gibt's bei Basini?

CAPPONI Gott behüte mich, davon zu reden! Ich könnte ihn an den Galgen bringen und die Damen, die bei ihm kaufen, nicht minder! Ach Gott!

CATERINA Was sagt Ihr? *Zu Claudia* Gestern erst habe ich deine Schwester in seinen Laden treten sehen.

CAPPONI Er könnte zwar sagen, es ist Zufall, daß man ihn nachts in der Nähe des Friedhofs umherstreichen sieht; aber ist auch das Zufall, daß er neben der Friedhofsmauer um Mitternacht mit den Nägeln die Erde aufkratzt? Nun, ich will nicht mehr sagen, um so mehr, als Basini nichts anderes tun kann, wenn er sich seine Kunden erhalten will. Denn bei ihm kaufen eben nur Frauenzimmer, die Ungeheuerlichkeiten nötig haben, um ihre Liebhaber zu entflammen; zu Eurem ergebenen Diener hingegen kommen die schönsten Frauen von Bologna, die nur zu lächeln brauchen, um aus jedem Mann zu machen, was sie wollen!

BASINI *ist langsam die Straße von rückwärts nach vorn gekommen. Es ist ein langer, hagerer, ältlicher Mann, der die anderen mit Überlegenheit behandelt* Guten Abend!

CAPPONI Das ist er. *Er macht den Frauen Zeichen* Eben hab' ich von deinen vorzüglichen Gewürzen und Seifen gesprochen, mein teurer Basini.

BASINI Hat er gesagt, daß ich ein Giftmischer bin?

CATERINA So was Ähnliches!

BASINI Tut nichts, morgen sind ja doch alle Menschen gleich in Bologna, Giftmischer wie ich und Ehrenmänner wie du!

CAPPONI He, Basini, bist du so verzagt? Ich nicht! Unsere Mauern sind stark, und unser Herzog ist ein Held!

BASINI Was hilft das alles gegen einen Teufel wie Borgia?

CATERINA Teufel, sagt Ihr? Er soll so schön sein!

CAPPONI Der Borgia ist noch weit – hehe!

BASINI Nicht so weit, als Ihr glaubt. Wie wär' es sonst zu erklären, daß man hier weiß, was er gestern geschworen hat?

CAPPONI Nun, was hat er denn geschworen?

BASINI Daß er ein fürchterliches Gericht über diese gottlose Stadt halten wird.

CAPPONI *erschrickt zuerst; dann schlägt er Basini auf die Schulter* Immer erzählt er Schnurren! *Zu den Frauen* So ist er – hab' ich's nicht gesagt?

BASINI Nun, was mich anbelangt, ich habe meinen Laden gesperrt und tu' ihn nie wieder auf.

*Soldaten ziehen vorbei.*

CLAUDIA Warum tut Ihr Euern Laden nie wieder auf?

BASINI Für wen? Glaubt Ihr, daß die Leute, die morgen unsere Straßen füllen werden, gute Käufer sind? – Die werden sich nehmen, was ihnen gefällt!

CAPPONI Aber was redest du denn? Spricht er nicht, als wäre morgen der Jüngste Tag, als wäre morgen der Borgia in der Stadt? Und die Franzosen und die Spanier dazu?

BASINI *auf die Soldaten weisend* Seht nur, seht!

CLAUDIA Woher kommen die? Das sind keine Bolognesen!

BASINI Nein, das sind sie auch nicht; das sind die Leute des Ribaldi, sie kommen aus Mailand. *Von der anderen Seite kommen auch Soldaten* Aber schaut Euch diese an.

CAPPONI Ist das nicht Rocca?

BASINI Ja. Und dort kommt Fontana, der Drechsler aus meiner Gasse.

CAPPONI In Waffen!

BASINI Ja, die ziehen alle morgen hinaus ins Feld!

CAPPONI Morgen? Wer sagt das?

CLAUDIA Morgen, das ist ja nicht möglich.

BASINI Es ist gewiß. Der Herzog zögert nicht länger, verlaßt Euch darauf!

CAPPONI Rocca! Rocca! *Er tritt auf einen Soldaten zu und spricht mit ihm.*

BASINI Nun, haben die Damen auch einen Mann oder Vettern oder Freunde unter diesen?

CLAUDIA Zwei Vettern sogar, aber mein Mann bleibt hübsch zu Hause. Er sagt, es wird nicht so gefährlich sein, als es aussieht.

BASINI *zu Caterina* Und Ihr, gnädige Frau?

CATERINA Ich habe nur einen Mann, keinen Vetter, und werde auch niemals Vettern haben.

CAPPONI *kommt zurück* Nun, siehst du, daß man dir nicht glauben darf! Es ist durchaus nicht bekannt, daß bereits für morgen etwas bevorsteht; es muß nur alles auf dem Posten sein.

*Zwei Bürger sind herzugetreten.*

ERSTER BÜRGER *zum zweiten* Nun, hört Ihr?

ZWEITER BÜRGER Ich weiß, was ich weiß! Drei Söhne hab' ich, nur einer ist daheim geblieben!

CAPPONI Wo sind die anderen?

ZWEITER BÜRGER Die sind zum Valori gelaufen, stehen am Tore von Vitale, fuchteln mit dem Degen und schreien: Nieder mit dem Papst!

CAPPONI Sie haben sich werben lassen?

ZWEITER BÜRGER Freiwillig sind sie hin. Nieder mit dem Papst! haben sie geschrieen, wir wollen Euch schützen!

CAPPONI Eure Söhne wollen uns schützen? Gegen die Hunderttausend, die gezogen kommen? Niemand kann uns schützen! Nein, nein, der Herzog wird Eure Söhne nicht hinopfern für nichts und wieder nichts! So ist unser Herzog nicht.

BASINI Gib acht, du redest dich um deinen Kopf.

CAPPONI *in Angst* Was sagt' ich denn? Ist es ein Verbrechen, wenn man ein friedlicher Bürger ist? Deswegen ruf' ich doch: Nieder mit Borgia! Nieder mit Mariscotti!

EINIGE BÜRGER *die sich unterdessen angesammelt haben* Der Hund Mariscotti! Tod dem Mariscotti!

CAPPONI Es lebe unser Herzog! – Nun, Basini, warum rufst du nicht mit? Du schweigst dich um deinen Kopf? He he!

ROSINA NARDI *ist aus ihrem Gewölbe getreten. Es sind wieder Bürger, Mädchen und Frauen dazugekommen, so daß eine ansehnliche Gruppe versammelt ist.*

ROSINA Nun, Basini, wißt Ihr was Neues zu erzählen?

BASINI Mancherlei! Wer weiß, was dir heute noch bevorsteht, Rosina!

ROSINA Was soll das bedeuten?

ERSTES MÄDCHEN Was steht Rosina bevor?

BASINI Ihr oder dir – oder dir – oder dir – *Zu den verschiedenen Mädchen.*

EINIGE Nun was?

BASINI Ein hohes Glück und eine hohe Ehre!

ROSINA So rede doch endlich!

BASINI Als ob ihr es nicht besser wüßtet als ich!

VIELE Was? Was?

BASINI Ihr solltet nicht wissen, daß der Herzog heute nacht – ah nein, nie werdet ihr mir sagen, daß euch das nicht bekannt ist! Geht nur! *Er macht Miene, sich zu entfernen.*

DIE MÄDCHEN *dringender* Nichts ist uns bekannt! Was ist's mit dem Herzog?

ROSINA So quält einen doch nicht, Basini!

BASINI Ihr wißt nicht, daß der Herzog die Schönste von euch – wenn ich sage euch, mein ich natürlich nicht nur die, die eben da um mich herumstehen, denn es ist ja natürlich ein Zufall, daß gerade ihr hier steht, sondern alle schönen Mädchen von Bologna – ja, so ist es!

DIE MÄDCHEN Was denn? Was denn? Ihr habt ja noch nichts gesagt! Was will der Herzog?

ROSINA Daß der Herzog die Schönste –

BASINI Die Schönste von euch heut abend in sein Schloß bescheiden wird! – Aber ihr wißt es ja längst!

EIN MÄDCHEN Nun, ich will eben nicht sagen: wissen.

ZWEITES MÄDCHEN Ich hab' es schon gewußt!

CAPPONI Nun, was ist's weiter? Dergleichen ist schon vorgekommen.

ROSINA Basini, ist es wahr? Ist es wahr?

BASINI Gewiß, Rosina.

CAPPONI Oh, wie billig hab' ich mein Rosenwasser verkauft!

ERSTES MÄDCHEN Aber sag', Basini, wie will der Herzog denn die Schönste von uns herausfinden?

ZWEITES MÄDCHEN Es wird wohl notwendig sein, daß man ins Schloß geht, sich melden!

ROSINA *zu Basini* Ist es wirklich wahr? Oder habt Ihr's nur für mich erzählt, um mich ganz toll zu machen?

BASINI Was fing' ich mit Eurer Tollheit an, Rosina?

ROSINA Wo mag er in diesem Augenblicke sein? Basini, guter Basini, kann ich's nicht sein in dieser Nacht, so will ich die umbringen, die es wird!

BASINI Kommen ja andere Nächte!

ROSINA Nein, keine andern, das weiß ich gut, Basini, so gut als Ihr!

BASINI Ich dachte, Eure Liebe wäre vergangen, während der Herzog fort war? Man sah Euch doch mit so manchem andern hübschen jungen Mann da und dort. –

ROSINA Jeder gab mir nichts als neue Sehnsucht nach ihm!

BENNOZZO *ganz junger Bursch; kommt rasch von links.*

CAPPONI Woher kommst du so atemlos, du Schlingel? Wo treibst du dich denn herum?

BENNOZZO Ich komm' vom Turm!

EINIGE Von welchem?

BENNOZZO Denk', wo ich war, Rosina! Auf dem Turm des Asinelli!

ROSINA Was geht das mich an? Soll ich dich vielleicht bewundern, weil du auf einen Turm geklettert bist?

BENNOZZO Und was ich sah!

EINIGE Nun, was denn?

BENNOZZO

Wie eine rote Schlange glänzt es fern
Und regt und windet sich und schleicht herbei
Wie aus den letzten Nebeln! – Das sind Helme
Und Schild' und Lanzenspitzen, die im Schein
Der Abendsonne glühn, so sagten mir
Die Wachen auf dem Turm. Und wißt, von Rom
Und von Siena kommen sie, und unter ihnen
Ist Cesar Borgia selbst.
*Bewegung.*

CAPPONI Wer sagt, daß der Borgia unter ihnen ist?

BENNOZZO Sie alle sagen's!

CAPPONI Hat ihn einer gesehen? Der Borgia selbst ist wohl noch in Rom!

BASINI Oder hier und dort!

CAPPONI Was heißt das?

BASINI Wißt Ihr denn nicht, daß der Borgia die Gabe hat, an zwei Orten zugleich zu sein?

CAPPONI Was sagt Ihr?

ERSTER BÜRGER An zwei Orten zugleich! Das ist ja eine völlige Unmöglichkeit!

*Er lacht. Einige lachen mit.*

ZWEITES MÄDCHEN Nein, lacht nicht, es ist wahr, meine Mutter hat es mir auch erzählt!

ERSTES MÄDCHEN Und mir hat's der Pater Marco gesagt!

ROSINA *zu Bennozzo* Nun, wenn das alles ist, was du gesehen hast –

BENNOZZO

Und um die Mauern selbst, ganz nah, nicht weiter
Als wir spazieren wandeln, wenn es dämmert,
Da liegen sie zu Tausend auf der Erde,
Und andre drauß' in Feld und auf den Hügeln,
Und immer neue kommen, und es ist,
Als wäre jedem schon der Platz bestimmt;
So reiht sich Schar an Schar und lagert still,
Kein Laut kommt zu uns her. Was mag dies sein?
Sie leben doch wie wir und sind so nah –
Was ist es, was sie alle schweigen macht
Und ihre Schritte lautlos?

*Staunen. Flüstern.*

ERSTER BÜRGER *erklärend* Das kommt daher, weil sie eben noch viel weiter sind, als du glaubst. Die Dämmerung täuscht deine Augen. Auch wird von sonderbaren Spiegelungen in der Luft erzählt, und es gibt Abende, da man Dinge sieht, die tausend Meilen weit sind. Wer weiß, ob das ganze Heer, das Bennozzo zu sehen glaubte, nicht irgendwo in der Ebene draußen rastet, näher von Rom als von Bologna?

DRITTER BÜRGER Wie meint Ihr das? Spiegel in der Luft? Das wär' ja ein Wunder!

BASINI Wozu an Wunder denken, wenn sich die Sache auf die einfachste Weise erklären läßt?

EINIGE Wie denn? Wie?

BASINI Nun, ihre Schritte sind lautlos, weil ihre Füße nicht den Erdboden berühren. Wie hätten sie denn auch so geschwind da sein können, wenn sie nicht fliegen könnten?

EINIGE Ja, ja!

ANDERE Glaubt ihm doch nicht! Er hält euch zum Narren!

DIE ERSTEN Aber dem hier möchtet ihr glauben, der sagte, daß die Luft ein Spiegel ist!

EINER Ein Spiegel – haha! *Er haut mit der Faust in die Luft* Seht ihr, wie er Sprünge kriegt?

*Durcheinander. Die Gruppe löst sich auf. Freiere Bewegung. Es ist beinahe dunkel.*

VITTORINO MONALDI *kommt von hinten sehr rasch. Er geht auf Rosina zu, zieht sie nach vorn; in großer Aufregung* Wo ist Beatrice?

ROSINA Ich weiß es nicht. Was geht's mich an?

VITTORINO *sehr rasch* Es ist der dritte Abend, Rosina, daß Beatrice, ehe die Sonne untergeht, verschwindet! Der dritte Tag, daß sie kein Wort an mich gerichtet, als wenn ich sie eben fragte. Was ist geschehn?

ROSINA Der dritte Abend? Sind's nicht eben erst drei Abende, daß wir alle zusammen auf dem Fest vor den Toren waren?

VITTORINO Und damals verschwand sie zum erstenmal! Weißt du's nicht mehr? Wir kamen allein nach Hause, und Beatrice kam spät in der Nacht.

ROSINA Sie hatte sich verirrt – oder auch nicht! Was geht's mich an?

VITTORINO Wo ist Francesco? Wann kommt er?

ROSINA Vielleicht gar nicht mehr! Er steht wohl auf Wache. Wer weiß, ob sie ihn auch nur noch auf eine Stunde fortlassen.

CAPPONI Nun, Vittorino, wann wird Hochzeit gemacht?

*Junge Männer, einige in voller Rüstung, andere nur mit Waffen, und Mädchen gehen lachend vorüber.*

BASINI Heut machen viele Hochzeit, auch ohne Kardinal!

VITTORINO Was meint Ihr, Basini? *Mit neuer Angst zu Rosina* Wo ist Beatrice?

BASINI Beatrice – vielleicht ist sie ihm schon in die Arme gelaufen!

VITTORINO Wem?

BASINI Dem Herzog!

VITTORINO Seid Ihr verrückt, Basini? Wer ist dem Herzog in die Arme gelaufen?

BASINI Ist sie nicht das schönste Mädchen in Bologna?

VITTORINO Was redet Ihr da? Was bedeutet das?

CAPPONI Das bedeutet, daß der Herzog heute nacht das schönste Mädchen von Bologna in sein Schloß führen wird.

VITTORINO *zuerst betreten, lacht dann* Was für Unsinn! Wer erzählt dergleichen? Wer glaubt daran?

ROSINA Es ist wahr! Es ist wahr! Siehst du nicht? Wir alle warten auf ihn, wir gehen ihm entgegen!

BENNOZZO *aufschreiend* Rosina!

*Alle gegen den Hintergrund zu.*

CAPPONI Wer sind diese vornehmen Leute?

BASINI Kennt Ihr sie nicht? Das ist ja der Graf Fantuzzi und seine Schwester!

CAPPONI So schwarz gekleidet?

ERSTER BÜRGER Die alte Gräfin ist gestorben.

ZWEITER BÜRGER Darum war ja das mächtige Glockengeläut heut nachmittag.

BASINI Seht Euch das Fräulein da an, es ist die Braut des Dichters Filippo Loschi.

EINIGE Des Filippo Loschi? *Einige grüßen die eben Auftretenden und zerstreuen sich dann gleichfalls.*

ANDREA *und seine Schwester* TERESINA *sind langsam die Straße nach vorn gekommen. Zwei Fackelträger vor ihnen. Teresina verrät durch keine Miene, daß sie die Anrede des Andrea versteht.*

ANDREA

Nun, liebste Schwester, sprich ein einzig Wort!
Seit ich der Väter Haus betrat und dich
Zu Häupten unsrer toten Mutter fand,
Hab' ich die teure Stimme nicht gehört!
Was ist dir, Teresina? Keine Träne
Und nicht ein Laut? Ich habe nicht gefragt,
Eh' aus der Gruft empor zum Licht wir stiegen;
Nun führ' ich in bewegte Straßen dich,
Daß diese fürchterliche Schweigsamkeit
Im Rauschen der lebend'gen Stadt sich löse;
Du folgst mir wie ein Kind. Ich fragte dich,
Und wieder frag' ich dich: Wo ist Filippo?
Wie kommt's, daß er an solchem Tage fehlt?
Und nur ins Leere starrst du und du schweigst.
Nahm Schmerz die Sprache dir? Ist deine Stimme
In ungeweinten Tränen ganz ertränkt?
Gibt's etwas, das, dem Bruder zu gestehn,
Dich mächtig treibt, doch das gestehn zu müssen,
Dich so erzittern macht, daß du verstummst?
Vergib, doch rede! *Mit neuer Hoffnung* Tatst du ein Gelübde,
Das dich für heut, für sieben Tag' und Nächte,
Für ewig schweigen heißt? Wär's das, du dürftest
Das Haupt doch neigen! Aber immer noch
Kein Blick, nicht die Gebärde des Verstehns!
Ist, was dir widerfuhr, so ohnegleichen,
Daß jede ird'sche Art, dich mitzuteilen,
Als zu gering und schwächlich dir erscheint?
*Mit steigender Angst*
Ist dies ein Wahnsinn, wie er nie erhört ward?
Doch ist es das, so ruf' ich ja in dich,
Wie man ins Meer nach einem Leichnam schreit,
Der fern auf allzu stillen Fluten hintreibt.
Wie schauervoll ist dies, zu dir zu reden,
Und ohne Nachricht sein, ob du's begreifst!
Doch zehnfach schauervoll, da ich aufs neue

Allein, unsichern Losen preisgegeben,
Zurück dich lass' in der verlornen Stadt!
Nun werd' ich diese Stirn mit meinen Lippen
Zum letztenmal berührn und fürchten müssen,
Es ist nicht mehr für dich, als Hauch der Luft!
Und in Verzweiflung jenen letzten Trost –
Das Lebewohl aus deinem Mund – entbehren!
*Er wartet auf Antwort.*
So komm! Ich will nach Hause dich geleiten.
Und zwingt mich deine fürchterliche Stummheit,
So nütz' ich meines Hierseins letzte Stunde
Zu einem Gang, vor dem ich jetzt noch schaudre,
Da betteln meinen Lippen so verhaßt,
Als töten meinen Händen – und weiß doch:
Nur eins von diesen endet meine Qual!
*Sie gehen beide ab, von den Fackelträgern begleitet.*

*Während der vorhergehenden Szene sind der alte* NARDI *und* FRAU NARDI *vor ihrem Gewölbe erschienen, an dem Auslagetisch beschäftigt.*

NARDI *hat einen Ring an der Hand* Wo ist der kleine Vittorino? Ich will ihn loben. Sieh nur, mein liebes Weib, wie schön dieser Kopf geschnitten ist! Keiner kann das so gut wie er! Nie wird Francesco das zusammenbringen. Vittorino ist der Erbe meines Ruhms. – Wo bleibt er nur? Wo bleibt er?

FRAU NARDI Gib her, gib her, ich will ihn zu den andern tun.

NARDI Zu welchen andern? Warum sperrst du alles in die Truhen? Und warum sperrst du die Truhen in den Keller? Was soll das bedeuten?

FRAU NARDI Es muß so sein, laß mich nur machen.

NARDI *weinerlich* Nein, laß mir den Ring! Wir wollen ihn noch heute verkaufen.

FRAU NARDI Wer denkt heute daran, Ringe zu kaufen? Gib her!

NARDI Herr Chiaveluzzi wird den Ring kaufen. Er gibt hundert Dukaten dafür, ganz gewiß! Da wollen wir den Kindern Kleider kaufen! Wo sind sie denn?

FRAU NARDI Sie sind spielen gegangen.

NARDI Warum sind sie noch nicht zurück? Es ist dunkel – warum sind sie noch nicht zu Hause? Beatrice wird sich wieder verirren, wie gestern.

*Der alte* CHIAVELUZZI *und sein Neffe* ORLANDINO *treten auf.*

CHIAVELUZZI Ei, was Ihr sagt! Die reizende Beatrice hat sich gestern verirrt?

FRAU NARDI Ihr wißt ja – vor sieben Jahren!

CHIAVELUZZI Nun, auch erwachsene Mädchen verirren sich zuweilen. Wo sind die reizenden Töchter, liebe Frau?

FRAU NARDI Denkt Ihr heute auch an nichts anderes?

CHIAVELUZZI Niemals an etwas anderes – niemals! Ah, hier kommt die entzückende Rosina!

ROSINA *tritt auf.*

ORLANDINO Guten Abend, herrliche Rosina!

FRAU NARDI Warum hast du die Haare gelöst?

NARDI Wo läufst du denn herum, Rosina? Die Augen wein' ich mir aus! Wo ist Francesco? Wo ist Beatrice?

FRAU NARDI Geh ihnen entgegen, dann wirst du sie finden.

NARDI *im Fortgehen* Nun, ich will Euch zeigen – bis in den späten Abend hinein, bis in die finstere Nacht hinein – wartet nur, wartet nur!

CHIAVELUZZI *lachend* Wie komisch ist der Alte!

FRAU NARDI Lacht nicht über ihn!

CHIAVELUZZI Was habt Ihr denn? Warum soll ich nicht lachen? Ist es nicht ein köstlicher Gedanke, daß gerade wir zwei ihn zu dem gemacht haben, was er ist?

FRAU NARDI Schweigt davon, um Gottes willen! Heut wird es uns heimgezahlt!

CHIAVELUZZI Wieso heimgezahlt? Was habt Ihr denn? Ihr seid ja blaß wie der Tod!

FRAU NARDI Ich habe Angst! Hunderttausend liegen vor der

Stadt. An allen Ecken werden sie sie anzünden, dann werden sie hereinkommen, uns töten, uns die Augen ausstechen!

CHIAVELUZZI Ei was denn noch alles!

FRAU NARDI Die Scharen des Borgia sind fürchterlich! Es wird sein wie das Jüngste Gericht!

CHIAVELUZZI Wer sagt Euch das?

FRAU NARDI Ich war heut morgen in der heiligen Beichte, der Pater Macario hat es mir gesagt!

CHIAVELUZZI Hört doch nicht auf den! Die Pfaffen schwatzen ja alle dem Borgia zu Gefallen.

FRAU NARDI Könntet Ihr denn nicht zum Herzog gehen und ihn bitten?

CHIAVELUZZI Bitten? Um was denn?

FRAU NARDI Ich weiß, Ihr seid angesehen am Hof. Wenn Ihr es tätet und noch einige so edle Herren, wie Ihr, und den Herzog anflehtet, er möge sich und uns und die Stadt der Gnade des Borgia empfehlen, solang es Zeit ist –

ORLANDINO Schönste Rosina, fragt nur meinen Oheim! Denkt doch, Oheim, sie will es nicht glauben, daß ich eine Truppe von Armbrustschützen anführe und wahrscheinlich schon morgen früh ins Feld ziehe.

CHIAVELUZZI Ja, wer jung ist, muß mit! Auch ich ginge mit, wenn ich nicht diese sonderbare Schwäche im linken Bein hätte.

FRAU NARDI Uns werden sie auf der Straße, in den Häusern ermorden!

ORLANDINO Wenn wir sie hereinlassen!

FRAU NARDI Francesco geht auch fort. Heut früh hat er unser Haus verlassen.

ORLANDINO Fort gehen viele, aber wer wird wiederkommen? Rosina, wer weiß, ob nicht eben die letzte Nacht anhebt, die Eurem zärtlichen Orlandino geschenkt ist!

ROSINA Sagt, wenn der Herzog durch die Straßen zieht – wie viele Fackelträger begleiten ihn?

ORLANDINO Die Sitte des Hofes fordert ein halbes Dutzend, aber Seine Hoheit hält sich leider nicht immer nach den Sitten des

Hofes. Rosina, hört mich an! Ich bitte Euch! Zehn Schritte weit vom Tor von Garisenda steht mein kleines Haus – gewiß, Ihr kennt es! Welchem Mädchen in Bologna wär' es noch nicht gezeigt worden! Wollt Ihr nicht die letzte Gelegenheit benützen, es von innen zu besichtigen? Ich habe nur diesen einen Wunsch mehr auf Erden! Denkt, es ist eine vaterländische Tat, einem jungen Helden die letzte Nacht zu versüßen! Rosina, vielleicht schon morgen um diese Stunde bleichen meine Gebeine auf dem Sand vor Bologna!

ROSINA Orlandino, hättet Ihr nur das nicht gesagt! Es ist ein abscheulicher Gedanke! Ich müßte immer an Eure Gebeine denken! Nein, nein, laßt mich! Ich hätte nicht das geringste Vergnügen!

ORLANDINO Herzlose, o höchst herzlose Rosina!

FRANCESCO *kommt in Waffen.*

CHIAVELUZZI Ei, was seh' ich, der junge Herr Francesco – so wohl gerüstet!

ORLANDINO Guten Abend, Francesco! Wie schmuck siehst du aus!

FRANCESCO *nicht laut* Fort mit euch!

ORLANDINO Wie? Was sagst du?

CHIAVELUZZI Wie so ein Degen an der Seite gleich kühn macht!

ORLANDINO Man könnte beinah glauben, daß du einen Schnurrbart hast. Wie sagtest du doch?

FRANCESCO Habt ihr mich nicht verstanden? Fort mit euch!

FRAU NARDI Was fällt dir denn ein, Francesco? Was für Späße erlaubst du dir gegen diese vornehmen Herren?

FRANCESCO Schweigt, Mutter, ich bitt' Euch!

ORLANDINO Sage, kleiner Francesco, sie haben dir wohl einen Rausch angetrunken?

CHIAVELUZZI Nur vor diesem wilden Blick werden die Romagnesen scharenweise davonlaufen.

ORLANDINO Kommt, schönste Rosina, wir wollen Euern närrischen Bruder seiner tollen Laune überlassen und den herrlichen Abend, den letzten, der mir auf Erden gegönnt ist, zum Spazierengehen benützen.

FRANCESCO Den letzten, sagt Ihr? Soll ich's auf der Stelle wahr machen?

ORLANDINO Ei, wie? soll dieser Ton ernsthaft gemeint sein? Nun, dann wollen wir anders sprechen! *Er greift nach dem Degen.*

FRANCESCO *hat seinen Degen gezogen.*

ROSINA *sieht Francesco mit Bewunderung an* Prächtig steht ihm das!

ORLANDINO Ah, ich will meinen Degen am Vorabend großer Taten nicht durch einen läppischen Streit entweihen! Mein Leben gehört nicht mehr meiner Laune, sondern meinem Vaterlande! Kommt, Oheim, entfernen wir uns.

CHIAVELUZZI Jawohl, ich entferne mich. Aber *Im Fortgehen* keineswegs, ohne über diesen drolligen Jungen herzlich zu lachen. *Lacht mühselig, in kurzen, leisen Stößen. Mit Orlandino ab.*

FRANCESCO Wo ist Beatrice?

FRAU NARDI *ängstlich, aber absichtlich stark* Was fällt dir denn ein? Bist du verrückt geworden?

ROSINA Aber hübsch siehst du aus! Das muß man sagen.

FRANCESCO Wo ist Beatrice?

FRAU NARDI Sie ist noch nicht zu Hause. Was willst du denn von ihr?

FRANCESCO

Abschied von ihr zu nehmen, komm' ich nur,
Und sie in gute Hut zu übergeben.

FRAU NARDI Was bedeutet das?

ROSINA Schläfst du heute nacht nicht mehr zu Hause?

FRANCESCO

Verstandet Ihr mich nicht? Von Beatrice,
Von niemand anderm will ich Abschied nehmen!
Von meinem Vater auch, wenn er's verstünde!

FRAU NARDI Wo kommst du her, Francesco?

ROSINA Der junge Chiaveluzzi wird wohl recht gehabt haben: der Wein redet aus ihm.

FRANCESCO *hat seine Mutter beim Arm gefaßt; nur zu ihr*

Du weißt, warum ich von Euch gehe, Mutter!
Nur ein willkommner Anlaß ist der Tag:
Denn selbst, wenn Gott mein Haupt beschützt: – dies Haus
Betret' ich niemals wieder!

FRAU NARDI So wagst du zu deiner Mutter zu sprechen?

FRANCESCO Mutter!!
Bald hoff' ich zu vergessen, daß du's warst!
Zu viele Niedrigkeit hab' ich gesehn,
Und sehe neue Schmach sich vorbereiten.
Da ich ein Kind war, konnt' ich's nicht verstehn,
Nur ahnen. Aber jetzt verging ein Jahr,
Daß ich die Augen auftat, und ich weiß,
Was meinen Vater irr und elend machte;
Und das, was du gewesen, wird aus der!
Bereit, sich zu verkaufen, herzuschenken,
Dem, der sie will! Drum segn' ich Tag und Stunde,
Da ich dies schmutz'ge Haus verlassen darf
Und Euch nicht kennen.

BEATRICE *kommt.*

ROSINA Nun, da hast du deine Beatrice.

FRANCESCO *ihr entgegen; mit tiefer, beinahe angstvoller Zärtlichkeit*
Meine Schwester!

BEATRICE Francesco!

FRANCESCO *zu Frau Nardi und Rosina* Laßt mich mit ihr allein!

FRAU NARDI *in den Laden,* ROSINA *in die Straße ab.*

FRANCESCO *milde, in ganz anderem Ton als früher* Woher kommst du?

BEATRICE
Von weit her. Doch wer darf mich fragen?

FRANCESCO Ich!
Dein Bruder, Beatrice!

BEATRICE Nein doch, niemand.
Wie siehst du aus? So schön! ach ja, wie anders
Seit gestern abend!

FRANCESCO Beatrice, hör' mich!
Ich gehe fort, du weißt; doch hab' ich Angst
Um dich! Ich möchte dich geborgen haben,
In guter Hut, bevor ich geh'.

BEATRICE Was willst du?

FRANCESCO
In diesem Haus darfst du nicht länger weilen!
Ich habe so viel Angst um dich! Mir ist,
Als wär' in dir ein Feuer aufgeloht,
Das seinen Strahl ins Ungewisse sendet,
Und ich kann nicht mehr wachen über dich!
Ich wollt', du bliebest gut, und fühle sehr,
Dies steht nicht so bei dir, wie sonst bei Menschen –
Und ich kann nicht mehr wachen über dich!
Doch weiß ich, was auch immer dir bestimmt,
Fänd' ich dich anders wieder, als ich will,
Vor Ekel stürb' ich oder spie' dich an!
Ich wollt', du bliebest gut und nähmst den Besten,
Nähmst Vittorino, der dich liebt, zum Mann.

BEATRICE
Ich weiß, daß du das willst.

FRANCESCO Laß mich für ihn
Zu deinem Herzen sprechen, Beatrice.
Und auch für mich, daß ich in Ruhe ziehn kann,
Wohin es Gott gefällt. Nimm ihn zum Mann.

BEATRICE
Wo soll ich mit ihm leben?

FRANCESCO Nicht bei diesen
Und nicht in dieser Stadt!

BEATRICE Sie sagen alle,
Daß keiner mehr die Stadt verlassen kann.

FRANCESCO
Dies mag schon morgen wahr sein, heute nicht;
Noch sind die Straßen gegen Osten frei.
Wenn Hundert oder Tausend dorthin zögen,
Wär's ihr Verderben; doch vertrau' mir nur,
Euch beiden weis' ich einen sichern Weg.

BEATRICE
Was soll dies? Heute noch?

VITTORINO MONALDI *kommt.*

VITTORINO Teure Beatrice, seh' ich Euch endlich wieder!

BEATRICE Guten Abend, lieber Vittorino!

FRANCESCO
Ich sprach mit meiner Schwester, Vittorino.

VITTORINO Hast du's getan? Nun wird mich Beatrice für einen rechten Knaben halten, daß ich's nicht selber gewagt habe. Und was sagte Beatrice? – Nein, sprich nicht, Beatrice, nicht gleich, nicht, solang du mich mit diesen fremden Augen ansiehst!

FRANCESCO
Mein guter Vittorino, 's ist nicht Zeit,
Die Antwort aufzuschieben, wie sie sei.
In kurze Frist ist heute viel gedrängt,
Und Stunden gelten Tage, Tage – Jahre.

BEATRICE
Francesco, ja, so ist's!

FRANCESCO Drum, Beatrice,
Gib Vittorino schnell dein Ja, wenn du
Gewillt bist, ihm's zu geben.

VITTORINO Aber wenn's ein Nein ist, sag' es nicht gleich, daß es nicht wie ein Stich in mein Herz fährt. Laß mir noch ein paar Augenblicke der Hoffnung. *Zu Francesco* Ich fürchte ihre Antwort, Francesco! In diesen letzten Tagen schien sie so fern von mir zu sein. *Zu Beatrice* Immer, wenn die Sonne sank, Beatrice, warst du verschwunden. Ich weiß ja, daß du nur auf den Hügeln und Wiesen vor dem Tor umhergewandelt, – aber bist du nicht schon weit, wenn du nur die Augen wendest? Drum hab' ich Furcht vor deiner Antwort.

BEATRICE
Hab' keine, Vittorino!

VITTORINO *mit plötzlichem Mut und Hoffnung* Liebst du mich denn?

BEATRICE
Nein, Vittorino. Aber ich will tun,
Was du ersehnst, und was Francesco wünscht.
Mein Bruder ist sehr klug. Und sieh, ich glaube,
Geborgen werd' ich sein an deinem Herzen
Wie sonst bei niemand. Nicht nach deinen Küssen
Verlangt's mich, Vittorino. Aber ausruhn
Möcht' ich bei dir, weil ich so müde bin.

FRANCESCO
Was ist's, das du erlebtest, Beatrice?

VITTORINO *angstvoll* Frage sie nicht, frage sie nicht! Es ist an mir, sie später einmal zu fragen. Weißt du denn auch, Beatrice, daß wir noch heute als Vermählte die Stadt verlassen sollen, wenn es möglich ist?

BEATRICE
Heut? –!

FRANCESCO
Nur heut ist's möglich, und drum muß es sein!
So hört mich: In San Stefano, der Kirche,
Erwartet euch der Priester, der euch traut.
Ist dies geschehn, geleit' ich euch zum Tore
Von San Vitale. Dort, auch mir nicht länger
Als seit der heut'gen Früh' bekannt, entspringt
Ein Gang, der unter Mauerwerk und Erde
Bis zu der alten Villa des Larangi
Und dort im Garten wieder aufwärts führt.
Nun, aus dem Garten auf den Weg nach Lugo,
Daß ihr noch Budrio vor Tag erreicht,
Und dann –

VITTORINO Sind wir erst dort, so dürfen wir dem Himmel schon für unsere Rettung danken. Von Budrio fahren wir im hellen Tageslicht nach meiner Vaterstadt, ich führe dich zu meinen Eltern, und sie werden ihre Tochter mit Entzücken umarmen. Alles ist bereit, daß ich daheim in wenig Tagen meine Werkstatt öffnen kann. Wahrlich, ich seh' ein Leben voll Arbeit und voller Freude vor mir!

BEATRICE
Gut habt Ihr's ausgesonnen, wenn es glückt.

FRANCESCO
Nicht ohne Fährlichkeit ist alles dies,
Doch gibt's noch immer vielfach beßre Hoffnung,
Als in Bologna diese Nacht zu weilen.

BEATRICE
So werd' ich Vittorinos Gattin! Denk' nur!
Wie sich dies endlich fügt! – und spielten doch
Vor einem Jahr noch draußen auf den Wiesen!

VITTORINO Beatrice, wie lieb' ich dich!

BEATRICE
Ja, wahrlich, Zeit ist nur ein Wort, nicht mehr!
Schau' ich nur dich, Francesco, an! Noch gestern
Warst du ein Kind, und heut bist du ein Mann.
Und jenes Märchen –

FRANCESCO Denkst du jetzt an Märchen?

BEATRICE
Hat's nicht der Vater uns gar oft erzählt?
Von einem, der den Kopf ins Wasser tauchte
Und träumte da von so viel Abenteuern,
Daß sie im Wachen zwanzig Jahre währten, –
Und taucht' empor, da war's ein Augenblick.
*Sie fährt sich übers Haar.*

VITTORINO Was hast du, Beatrice? Warum greifst du dir an die Schläfen?

BEATRICE
Ob mir das Haar noch feucht ist.

FRANCESCO
Was flog durch deine Sinne, Beatrice,
In dieser letzten Abendstunden Schwüle? –

VITTORINO Frage sie nicht, Francesco!

BEATRICE
Nein, Vittorino, niemals wollen wir
Um Träum' einander fragen. Wach sein nur
Ist Leben, und gemeinsam ist das Licht.
Bring' mich nach Lugo, lieber Vittorino!

VITTORINO Ja, Beatrice, dahin will ich dich führen, dort wird dir ein Heim bereitet sein, wo du von deinen Träumen ausruhen, wo du sie vergessen wirst.

FRANCESCO
So sagst du ja zu allem, Beatrice?

BEATRICE
Sagt' ich's noch nicht? Ja, Vittorino, ja!

FRANCESCO
So komm!

BEATRICE Zur Kirche?

FRANCESCO Doch zuerst ins Haus,
Daß dich der Vater segne.

VITTORINO Wird er es denn verstehen?

FRANCESCO
Auch eines Kinds Gebet steigt auf zu Gott.
Warum das seine nicht?

VITTORINO Beatrice, ich danke dir! Ich bin sehr glücklich! Fühle nur, daß du mir alles bist. Zwar weiß ich, daß du deiner ganzen Art nach zu anderm geboren bist, als eines einfachen Gewerbsmanns Frau zu sein. Bedenk' aber auch dies, daß du dich mit deinem Worte mir für immer geschenkt hast, daß niemand auf der Welt dir so viel Liebe geben kann, als ich, und daß ich unfehlbar sterben müßte, wenn du jemals deines Worts vergäßest. *Alle drei ab ins Gewölbe.*

*Vier Fackelträger erscheinen in der Tiefe der Straße. Hinter ihnen, langsam nach vorn schreitend, der* HERZOG, CARLO MAGNANI, GUIDOTTI, *der junge* MALVEZZI *und einige andere Edle.*

HERZOG
Ich wüßte keinen Bessern für dies Amt.

MAGNANI
So sehr mich meines Fürsten Gnade ehrt,
Ich wage der Entgegnung kühnes Wort.
Ob auch vor anderm mich der Wunsch bewegt,
An einem Tag, wie der uns morgen anbricht,

Zur Seite meinem teuern Herrn zu sein,
Ich spräch's nicht aus, wüßt' ich nicht den zu nennen,
Den Fügung des Geschicks dazu ersah,
In dieser Stadt zu bleiben, wenn wir gehn.

HERZOG

Ihr meint Andrea.

MAGNANI Keinen andern, Herr!
Ihm starb die Mutter, und die Schwester, sagt man,
Verfiel in eine Art von stillem Wahn.
Ich bitt' Euch, Herr, laßt ihn daheim für mich!

HERZOG

Das kann ich nicht. Ich will ihn bei mir haben
An einem Tag, wie der uns morgen anbricht.
Ich lieb' Andrea mehr als Euch, Magnani, –
Seid mir darum nicht bös', Ihr seid mir wert!
Auch bleibt die junge Gräfin nicht allein.
Denn folgt Andrea meinem Rat, noch heut
Vermählt er sie dem Jüngling, den sie liebt.
Nicht trotz der Mutter Tod,
Nein, weil sie starb. Zu trauern ist nicht Muße,
In solcher Zeit; auch trocknen Tränen schnell,
Die Jugend den erfüllten Losen nachweint.
Ich selbst will diesen Bund mit Freude segnen –
Willkommne Art, nicht mit des Fürsten Huld,
Nein, wie ein Freund Filippo zu begrüßen.
Laßt uns ins Schloß zurück! Dort wartet unser
Mit manchen andern, die wir hinbeschieden,
Zu dieser wunderlich vermischten Feier,
Die so der Rückkehr wie dem Abschied gilt,
Filippo Loschi, und ich will ihn kennen.
*Sie kommen weiter nach vorn.*
Ist das dieselbe Straße nicht, Malvezzi?

MALVEZZI

Die Straße von Azeglio, Herr!
*Lächelnd* Dieselbe –
Und hier das Haus, vor dem die Schöne stand.

HERZOG

Wir sahn so viele jetzt auf unserm Gang,
Es war doch keine schön wie sie!

MALVEZZI                                                       Mein Fürst,

Daß wir so viele sahn, ist Zufall nicht.
Ein wunderlich Gerücht durchlief die Stadt,
Das trieb sie Eurer Hoheit in den Weg.

HERZOG

Welch ein Gerücht?

MALVEZZI                                   Es heißt, daß Eure Hoheit

Geneigt sei, eine Schöne zu erwählen
Für diese letzte Nacht, die letzte vor –

HERZOG

Vor morgen sagt, so sagt Ihr nicht zu viel
Und nicht zu wenig. Nun, kein übler Einfall!
Warum kam er nicht mir und schon heut mittag
An dieser Stelle? – Doch 's ist besser so!
Was uns noch übrig ist von dieser Nacht,
Sei zu erlesnern Freuden aufgespart,
Als uns der Frauen leichte Gunst beschert.
Denn wahrlich, oft genug hab' ich versucht.
Dem sich so viele Wunder offenbarten,
Auch dies zu kennen, das Ihr Liebe nennt.
Ich weiß von Wunsch und Lust und Überdruß –
Das Wunder fühlt' ich nie. Und daß Ihr lächelt,
Malvezzi, ist nicht klug!

MALVEZZI                                        Vergebt mir, Herr!

HERZOG

Was für ein Geck Ihr seid! Ich weiß, Ihr dachtet
Des Mädchens von Byzanz, das für den holden Blick,
Der Eurer Jugend galt, so schwer gebüßt.
Doch hätt' ich die geliebt, wär's Euer Leib,
Der heut im Grund des fernen Meeres modert,
Und nicht der ihre.

MALVEZZI                                   Einer andern dacht' ich, die

Um Euch, mein Fürst, ein Reich und einen Gatten
Und endlich eine Welt verließ.

HERZOG Viel – meint Ihr!
Und doch beklag' ich ihren Heimgang nicht.
Wohl ihr, daß nicht mit leergetrunkner Seele
Sie rückgekehrt in ein verwirktes Dasein,
Zu Ende lebte sie ihr Glück. Ich wollte,
Es gingen alle so zu rechter Zeit, –
So stünden wir an allen Gräbern heiter,
Wie ich an jenem stand. – Ins Schloß, Ihr Herrn.

COSINI *kommt von rechts.*

HERZOG
Cosini! Führt der Zufall Euch entgegen?
COSINI
Nein, Herr, ich folgte Eurem Weg mit Willen.
HERZOG
Ihr spracht Filippo?
COSINI Wohl, ich hab's getan.
HERZOG
Wo ist er? ... Seine Antwort –?
COSINI Herr, kaum wag' ich –
HERZOG
So war sie »nein«?
COSINI Sie war es!
HERZOG *lächelnd* Nein? *Zu den anderen* Hört ihr?
Was hält ihn ab? Was nennt er selbst als Grund?
COSINI
Um erst den wunderlichsten mitzuteilen:
Er sei kein Dichter mehr.
HERZOG Kein Dichter mehr?
COSINI
Und käm' als ein Betrüger an den Hof,
Folgt' er dem Ruf, der einem Dichter galt.
HERZOG
Als könnte wer, mit Willen, nicht mehr sein,
Was er gewesen! Blindgewordne sehen,

Denn tief in ihnen löscht kein Zeichen aus –
Und Loschi sagt, – er sei kein Dichter mehr!
Sprich weiter, denn du gabst dich nicht zufrieden
Mit solcher Antwort, hoff' ich sehr.

COSINI So ist's!
Doch keine beßre kam. In heft'ger Wallung
Traf ich ihn an; auch zweier Freunde Reden
Gleich meinen, wie in Zorn, verschlossen.

HERZOG War
Andrea bei ihm?

COSINI Nein, mein Fürst; es scheint,
Gelöst ist das Verlöbnis des Filippo
Mit Teresina. Seine Freunde sagen,
Er lieb' ein andres Mädchen.

HERZOG Wer ist sie?

COSINI
Sie wissen's nicht.

HERZOG Wir hören mehr davon,
Denk' ich, wenn sich Andrea wieder zeigt.
Doch wahrlich, 's ist beinah wie eine Unbill,
Die uns ein mißgewandtes Schicksal sendet,
Daß sich Filippo unserm Ruf versagt.
Nein, mehr ist's! – als verriete mich ein Freund!
Denn wie man Freunde liebt, so liebt' ich diesen,
Der durch den Mund des Freundes zu mir sprach,
In Worten,
*Wie in Befremden, fragend*
die nun Lüge worden sind?
Und klangen doch so ohnegleichen wahr,
Daß sie mich glauben machten, was ich selbst
Doch nie gefühlt; – daß mir aus ihnen nur,
Was nie aus fremder Glut, aus eigner Lust,
Bestandener Gefahr, für mich erlittnem Tod,
Nie aus des Lebens Fülle zu mir tönte!
Ich hätt' ihn gern gesehn, der das vermocht –
Mit Worten … die nun Lüge worden sind –!

Doch scheint's, die letzte Nacht nimmt andern Lauf,
Als ich ihr vorzuzeichnen willens war.
Kommt, ihr Herrn!

MAGNANI

Mein Fürst, wie unser Schicksal werden mag,
Mich dünkt, der Anlaß ist noch fern, sehr fern, –
Von einer letzten Nacht zu reden.
*Dringender* Herr,
Bolognas Mauern stehen fest wie je,
Und Speis' und Trank sind da für sieben Tage.

HERZOG

Und wär's für sieben Jahre, Herr Magnani!
Was geht's mich an? Aus ungeheurer Freiheit,
Die nur des Himmels Fernen eingeengt,
Seh' ich von heut auf morgen ins Gefängnis
Der ringsumschloßnen Mauern mich gesperrt.
Ich trüg's nicht einen Tag, und trüg' es kaum,
Wenn eine Hoffnung beßrer Zeiten winkte, –
Und uns winkt keine!

MAGNANI Herr, unmöglich scheint's,

Daß ihres neugeschwornen Bunds die Fürsten
Neapels und Siziliens vergäßen!

HERZOG

Scheint Euch unmöglich? Sagt doch, nahmt Ihr Einsicht
In die Papiere, die bei Mariscotti
Gefunden wurden? Zeigt sie ihm, Cosini!

COSINI

Mein Fürst, so sorgsam ich sie las, sie zeigen,
Daß man versucht hat, für die Pläne Cesars
Neapel zu gewinnen, doch nichts kündet,
Daß der Versuch gelang.

HERZOG Er ist's! Heut weiß ich's!

Und weiß auch, daß ich's wußte tief in mir,
Wo wir an lichten Tagen nicht hineinsehn,
Schon vor zwei Monden, da wir in Neapel
An Anjous Tafel saßen, – wie ich's wußte,

Was uns vom Borgia droht, als uns in Rom
Der Papst empfing mit heuchlerischen Armen.
Im Abschiedsmahl war uns der Tod bereitet,
Drum nahm ich Abschied, eh' das Mahl erschien.

MAGNANI

Ist dies auch wahr, noch eins bleibt zu bedenken.
Der Borgia ahnt nicht, daß es Euch geglückt,
Bologna zu erreichen, Mariscotti
War ihm der Herr der Stadt. Nun, da sein Plan
Mißriet, Bologna seinen Herzog wieder hat,
Wer weiß, ob Cesar nicht geneigt erscheint –

HERZOG

Wozu? Davonzuziehn, wie er gekommen?

MAGNANI

Nicht das! Jedoch Bedingungen zu stellen,
Darüber man zu reden sich entschlösse.

HERZOG

Bedingungen? – So ist nichts mehr zu reden!

MAGNANI

Und doch, Herr! Wenn er nun nicht mehr verlangt,
Als die Gewähr, daß künftig in Bologna,
Gleichwie in andern Städten auch,
Ein päpstlicher Legat verweilen dürfte?

HERZOG

Wohl wär' das möglich, und auch mehr als das!
Ins Lager lädt er mich, den raschen Frieden
Zu unterzeichnen, reist, wie schon mit andern,
Zum sichern Siegel eines neuen Bunds
Nach Rom mit mir, und läßt zur größten Sicherheit,
Wie unsern edeln Vetter von Verona,
Mich vor den Toren seiner Stadt erwürgen.
All dies ist möglich, doch gewiß ist eins:
Daß auf der Welt für mich und Cesar Borgia
Nicht Raum genug ist, und daß er der Stärkre.
Inmitten dieses knechtischen Italiens,
Das Cesar unter seine Füße tritt,

Kann mein Bologna nicht mehr frei bestehn;
Auch im besiegten wird sich's leben lassen –
Am sichersten, – je früh'r – ich mich entfernt. –
Was kommen muß, wird kommen –, doch nichts zwingt
Den, der es nicht mehr schaun will … drauf zu warten.

*Wie sie vorwärts gehen, öffnet sich die Türe zum Gewölbe der Nardi, und es treten heraus:* VITTORINO, BEATRICE, *hinter ihnen* FRANCESCO. *Wie sie aus der Halle auf die Straße treten, kommen ihnen eben die Fackelträger des Herzogs entgegen, und die Gruppe ist dunkelrot beleuchtet. Der Herzog erblickt Beatrice, tritt einen Schritt zurück.*

HERZOG
Da ist sie!
MALVEZZI Ja, mein Fürst, es ist dieselbe.
HERZOG *auf Beatrice zutretend*
Nicht so geschwind vorüber, schönstes Mädchen!
Ich hoff', Ihr werdet Eures Herzogs Gruß
Nicht ganz verschmähn.
FRANCESCO Des Mädchens Bruder dankt
An ihrerstatt in Ehrfurcht seinem Fürsten.
*Zu Beatrice und Vittorino*
Kommt, laßt uns gehn.
HERZOG Nicht also! Meines Grußes
Erwidrung hört' ich gern von dir, du Schöne!
BEATRICE *schaut den Herzog lang an, dann verneigt sie sich.*
HERZOG
Nicht daß du tief dich neigst, hab' ich verlangt!
So wollt' ich, du vergäßest, wer ich bin!
*Zu dem Gefolge*
Dies ist zu feierlich, entfernt Euch lieber!
Ich will nicht sein, wie dieser Herr von Pisa,
Der mit dem Szepter durch die Straßen ritt!
Nicht meines hohen Rangs möcht' ich bedürfen,
Um dir zu sagen – sprich, wie heißest du?

BEATRICE
Beatrice.

HERZOG
's eine Stimme wie Gesang! Ich wollte, –
Du liebtest mich, Beatrice.

FRANCESCO
Mein Fürst! Der meiner Schwester Gatte sein wird,
Steht hier, und zu der Kirche geht ihr Weg.

HERZOG
Zur Kirche – wie? Hochzeit zu feiern etwa?

FRANCESCO
Ihr sagt's, mein Fürst!

HERZOG
Steht's also, mögt ihr gehn. Nie war's mein Sinn
In fremdes Recht mit leichter Hand zu greifen.
Vergib mir, Beatrice, und auch Ihr –
*Beatrice sieht den Herzog unverwandt an*
Was blickst du so mich an und gehst nicht fort?

FRANCESCO
Komm, Beatrice!

BEATRICE *bleibt stehen.*

HERZOG Nun? War's etwa nur
Ein listig Wort von Euch, um Eure Schwester
Vor mir zu schützen – wie? Beinahe scheint's!
Denn Beatrice schweigt – wie dieser Jüngling.

FRANCESCO
Der Hoheit stolze Nähe macht ihn beben.
Ich aber schwöre, daß ich Wahrheit sprach,
Denn ich verstünd' es, dieses Kind zu schützen
Vor jedermann, wär' es auch nicht verlobt.

HERZOG *sieht ihn an. Pause. Dann*
Wer bist du denn?

FRANCESCO Francesco Nardi heiß' ich,
In Eurer Hoheit Dienst seit heute morgen!

HERZOG
Wer warb dich an?

FRANCESCO Ich nahm freiwillig Dienst.

HERZOG

Bei welcher Schar?

FRANCESCO Des Grafen von Fantuzzi.

HERZOG *zu Guidotti*

Sind nicht die andern, die sich frei gemeldet,
Valori zugeteilt?

GUIDOTTI So ist's.

FRANCESCO Mein Fürst,
Ich bat's mir aus, dem Grafen zuzustehn.

HERZOG

Die Hochzeit eilt, wenn du Brautführer bist!
*Zu Vittorino*
Und du – wer bist du?

VITTORINO Ich heiße Vittorino Monaldi, Eure Hoheit, und dieses Mädchen ist meine Braut.

HERZOG

Ich weiß.

VITTORINO Und mein ganzes Glück.

HERZOG *mit einer Bewegung des Widerwillens*

Klang's nicht, als ob er betteln wollt' um sie?
»Sein ganzes Glück!« – Nimm's hin und geh mit Gott!

FRANCESCO

Komm, Beatrice!

VITTORINO *flehend* Beatrice, komm!

HERZOG *der schon vorbei wollte, wendet sich wieder um und sieht, wie Beatrice regungslos dasteht*

Geht, sagt' ich! War's zu mild? Soll ich befehlen?
Geh, schöne Beatrice! Nun? Du bleibst?
Denkst du, ich will's? Denkst du, wenn du vorbei,
Werd' ich dich rufen? Nicht einmal mein Blick
Wird deinem jungen Schreiten folgen, doch
Für diese wünscht' ich, daß du endlich gingst –
Ob du mich auch entzückst, wie nie ein Weib.

NARDI *und seine* FRAU *sind aus dem Gewölbe gekommen,* ROSINA *von der Straße.*

FRANCESCO

Komm, Beatrice!

VITTORINO Beatrice!

HERZOG

Wie stehst du so gebannt? Sagt' ich ein Wort,
Das dich hier festhält? Droht' ich dir? Den andern?
Verwehrt Euch wer den Weg?
*Zu seinen Rittern* Macht Platz, ihr alle!
Geh, Beatrice! Aber Schritt für Schritt,
Und halt nicht inn' und wende nicht dein Haupt,
Und schwinde meinem Aug', so rasch du kannst!
Denn dich fortschicken, wenn du bleiben willst,
Dahin dich geben, wenn's zu mir dich drängt,
Dich nicht umarmen, wenn's dich selbst gelüstet,
Beim Himmel! Narrheit wär' dies, und ich fürchte,
An Zeit gebricht's, daß ich sie mir verzieh'.
Komm mit mir, Beatrice!

FRANCESCO *die Hand am Degen*

Herzog!

VITTORINO *will sich auf die Knie werfen.*

FRANCESCO *hält ihn ab.*

HERZOG

Dein Will' ist's, wie der meine, also kümmert's
Hier niemand mehr. Doch bin ich höchst geneigt,
Was unser Ungestüm an frühern Rechten
Verletzen mag, nach Kräften zu versöhnen.
Ich kenne mehr als eine in Bologna,
Die diesen Blonden
*Auf Vittorino deutend* mit Vergnügen nähme,
Und die ihm besser taugt als du. Er wähle!
*Es haben sich immer mehr Leute gesammelt.*
Was läßt du noch zurück? Sind dies die Eltern?
Ich geb' euch Haus und Garten, wählt's euch selbst,
Darin ihr wohnen mögt, solang ihr lebt.

Und dies ist deine Schwester? Heute noch
Will ich, mit reichen Gütern ausgestattet,
Zur Eh' sie einem dieser Edeln geben.
Francescos Kühnheit nütz' ich gleich aufs Beste,
Mir zum Gewinn wie ihm, mach' ihn zum Hauptmann
Der kleinen Schar am Tor von Saragossa.
Was aber, Beatrice, schenk' ich dir?
Ich bracht' auch Schätze mit von meiner Fahrt,
Wie sie dem Sinn von Fraun gefallen mögen.
Sie sollen alle dir gehören: Steine
Und Kleider aus Damast und Perlenschnüre
Sind alle dein, und zu dem allen noch
Ein Schleier von so wunderbarer Schönheit,
Wie keiner, den ein Mädchen dieses Lands
Und niemals eine Herzogin getragen.
So kostbar, daß der Fürst von Pergamum
Ihn und nur ihn allein als Hochzeitsgabe
Der Fürstin schenkte, die er sich erwählt.
Ich geb' ihn dir für eine einz'ge Nacht.
Und noch ist's nicht genug. Wenn es sich fügt,
Daß du mir einen Sohn gebärst, so schenk' ich,
Wofern ein unverhofftes Glück uns leuchtet,
Die erste Stadt ihm, die mein Heer erobert.
Und wahrlich, mit je hellerm Blick ich mich
In deiner Schönheit Rätselmacht versenke,
Je wen'ger kühn erscheint mir dieses Wort,
Denn zu nichts anderm als zu einem Sieg
Kann ich aus deinen Armen mich erheben.

*Eine größere Anzahl Bürger, Frauen, Mädchen sind herzugekommen. Auch* CARPONI, BASINI, BENNOZZO. *– Schweigen. – Beatrice steht regungslos.*

HERZOG

Nun, Beatrice, wart' ich deiner Antwort!

BEATRICE *schweigt. Erwartungsvolle Stille.*

FRANCESCO

Der Herzog von Bologna hat, so denk' ich,
Die Gnade, dieses Schweigen zu verstehn.
Gebt Raum, Ihr Herrn!

*Zu Beatrice und Vittorino*

Ihr kommt, der Priester wartet.

HERZOG *da alles ruhig bleibt*

Gebt Raum! *Geschieht.*
Und Ihr, verzeiht mir, Beatrice,
Daß für so viel ich nur so wenig bot.
Nehmt's nicht als niedre Schätzung, nicht als Geiz,
Ich seh's, ich bin zu arm für Euch!

BEATRICE Mein Fürst –

*Bewegung, wie Beatrice zu sprechen beginnt*

Es war zu wenig nicht, nur nicht das Rechte!

HERZOG *heftig, mit neuer Hoffnung*

So sag' mir, was du willst! Vielleicht besitz' ich's!

BEATRICE

Gewiß besitzt Ihr's. Denn ich will nur dies,
Daß man mich morgen früh nicht schmähen darf
Als Dirne!

HERZOG Die ein Fürst umfangen hat,
Und war sie eines Narren Spaß zuvor,
Ist's nicht mehr! Und du denkst, es wagte einer,
Dich so zu schmähn?

BEATRICE Und sagen sie's nicht laut,
So flüstern sie's.

HERZOG Was kümmert's dich?

BEATRICE Und laßt Ihr
An's Kreuz sie schlagen, wär's die Wahrheit doch,
Daß Ihr mich kauftet – nur um hohen Preis!
Darum behaltet alles, Herr, es nützt mir nichts,
Doch nehmt zur Gattin mich!

*Bewegung des Erstaunens ringsum.*

HERZOG Wie? – Herzogin?

*Er wendet sich zu seinen Rittern.*

Was meint ihr zu dem Kind?

MAGNANI Herr, was befehlt Ihr?

HERZOG

Was tätet Ihr?

MAGNANI Die Kühnheit strafen, Herr!

Sie und den frechen Bruder ins Gefängnis.

HERZOG *zu Guidotti*

Und Ihr?

GUIDOTTI Mein Fürst, die Strafen lieb' ich nur,

Daran zugleich sich andre recht vergnügen!

Drum dächt' ich, zeichne man auf offnem Markt

Ihr glühnde Mal' auf Stirn und Hals und Busen!

HERZOG *zu Malvezzi*

Und Eure Meinung?

MALVEZZI Wenn mein Fürst erlaubt –

Zuerst ins Schloß zu meines Fürsten Lust,

Dann in ein Freudenhaus zu andrer Freude,

Und dann zur Hochzeit mit dem Bräutigam!

COSINI

Mein Fürst entscheidet sich, ich bin gewiß,

Sich lachend abzuwenden und zu gehn!

HERZOG

Nun, hörst du, Beatrice, wie verwegen

Dein Sinnen allen diesen Rittern dünkt?

Mir aber scheint, sie seh'n und hören nicht,

Sonst senkten sie die Knie' vor Beatrice

Und flehten ihres unbedachten Worts

Zur rechten Zeit Vergessen und Verzeihn!

Laß endlich deine Hand vom Griff, Francesco!

Du, Beatrice, reiche mir die Stirn!

Ich nehme dich zum Weib, wie du verlangst!

BEATRICE *reicht ihm die Stirn; er küßt sie. – Ungeheure Bewegung.*

VITTORINO

Ist dies alles wahr? Träum' ich!

FRANCESCO

Nein, guter Vittorino, du träumst nicht.

VITTORINO Beatrice!

BEATRICE *wendet sich nach ihm und betrachtet ihn wie einen Fremden.*

HERZOG

Nun komme, Beatrice!

BEATRICE Nein, mein Fürst!

Nun will ich Euer treu zu Hause warten,
Bis Gott aus Kriegsgefahren Euch entläßt!

HERZOG

Und folgst mir nicht als Braut noch heut ins Schloß?

BEATRICE

Das darf ich nicht. Die herzogliche Schwelle
Betret' ich nur als Herzogin.

HERZOG So sei's!

Du sollst sie heut als Herzogin betreten!
*Wachsende Bewegung.*
Cosini! eilt zum Bischof von Petron,
Er halte sich bereit! In einer Stunde
Tritt Herzog Lionardo Bentivoglio
Mit Beatrice vor den Traualtar!

COSINI *ab.*

HERZOG *zu den anderen*

Ihr rasch zum Schloß, daß man die Feier rüste!
*Einige ab.*
Ihr andern durch die Stadt! Bolognas Adel
Lad' ich zu dieser Hochzeit ein. Doch merkt:
Für heut ist Schönheit Adel, nicht Geburt!
Ruft es so laut, daß es die Schläfer weckt,
Klopft an geschlossne Fenster an und klirrt,
Daß man sie öffne, und verträumte Augen
Erstaunt die edlen Boten schaun, und ruft:
Der Herzog lädt euch zu der Hochzeit ein,
Die er mit eurer schönsten Schwester feiert!
Kommt alle, ob ihr sonst in Treuen schlummert,
An eines Liebsten oder Gatten Brust,
Ob ihr in keuschen Betten einsam ruht,
Ob ihr von denen, die unstillbar Glühn

In jeder Nacht an neue Herzen drängt:
Kommt alle, nur seid schön! Ihr seid willkommen!
*Wieder andere sind im Verlaufe dieser Rede abgegangen. Zu Magnani und Malvezzi*
Ihr aber bleibt zurück! Ihr haftet mir
Für dieses Haus und Eures Fürsten Braut!
*Zu den übrigen*
Und ihr folgt mir ins Schloß! In einer Stunde
Bring' ich die Hochzeitsgaben, Beatrice,
Daß du geschmückt, so wie's Bolognas Herrin
Geziemt, vor Gott und Kardinal erscheinst!
*Er geht mit Rittern und Fackelträgern ab. Die anderen bleiben in großer Erregung zurück. Beatrice steht regungslos, lächelnd.*

BASINI Nun, was sagt' ich? Bin ich von Gott erleuchtet? Werden die Dinge wahr, die ich erlogen?

FRAU NARDI *zu Beatrice* Mein Kind, du glückliches Kind – wir glückseligen Eltern! *Zu Nardi* Verstehst du, was geschehen ist? Gibt dir das den Verstand nicht wieder? O Himmel! O Himmel!

NARDI Sehr hübsch habt ihr das gemacht, ihr Kinder! Wer war der schöne Knabe, der den Herzog spielte?

MAGNANI *zu Malvezzi* Dies ist Zauberei! Gebt acht, es nimmt ein böses Ende!

MALVEZZI Ah, sie ist schön – schön! Seht sie doch an!

MAGNANI Wir wollen auf der Hut sein!

FRAU NARDI Komm, Beatrice, komm! Ich will dir die Haare lösen, damit sie bis zur Erde herabwallen. Komm, Herzogin von Bologna!

BASINI Wozu der Jubel? Alle Laune und alle Gnade Eures Herzogs gilt nur, solang er lebendig ist, und morgen abend ist der Borgia in der Stadt!

FRAU NARDI Schweigt doch, sonst wird man Euch einsperren! Habt Ihr nicht gehört, was der Herzog sagte? In ihren Armen wird er ein Held, ein Sieger werden! Komm, mein Kind!

ROSINA *stand die ganze Zeit wie erstarrt und läßt jetzt ihren Blick auf Beatrice ruhen, der von tiefstem Haß erfüllt ist.*

NARDI *ist ins Gewölbe gegangen und man hört ihn sprechen* Wie dunkel! Wie dunkel! Bringt mir doch Lichter!

*Die Menge hat sich größtenteils zerstreut.*

FRAU NARDI *zu einem Fackelträger* He du, leuchte doch den Eltern der Herzogin von Bologna! Nun, geh doch voraus!

*Ein Fackelträger geht ins Gewölbe.*

NARDI Wer lehnt denn hier in der Ecke? So steh doch auf! Wer ist es denn? Halte doch deine Fackel her! Ei, Vittorino! So steh doch auf! Bist du so müd'!?

FRANCESO *der die ganze Zeit wie verstört dagestanden, wird aufmerksam und geht ins Gewölbe.*

MAGNANI Was sind das für Leute? Dieser Alte! Das geht nicht mit rechten Dingen zu!

FRANCESCO *kommt aus dem Gewölbe, hält Frau Nardi davon zurück, Beatrice ins Gewölbe zu führen. Er verbirgt etwas in der Hand.*
Bleib außen! Bleib außen, Beatrice!
Daß nicht dein Blut erstarre!

FRAU NARDI Was ist denn geschehn?

ROSINA *die rasch ins Gewölbe gegangen ist* Vittorino! Ohnmächtig liegt er in der Ecke!

FRANCESCO *einen Dolch zeigend, den er in der Hand hielt*
Der stak ihm in der Brust –
Er hat sich gut getroffen!

MAGNANI Was ist hier geschehn?

ROSINA *aufschreiend, mit einem ungeheuren Haß auf Beatrice* Er ist tot!

FRANCESCO Beatrice, unglückliche Schwester!

BEATRICE
Das bin ich nicht, Francesco, nein, und sagt' ich's,
So wär' es Lüge!

FRANCESCO Beatrice!
*Er sieht sie lange an, sie schaut ihm ruhig ins Auge.*
Ich will nicht Gast bei dieser Hochzeit sein!
Sie hebt so furchtbar an, wie ich von keiner
Jemals gehört. Der arme Vittorino
Ist tot, und diese, die ich so geliebt,

Verlor ich mehr, als wär' sie auch gestorben!
Denn einer Toten – Abschiedsworte rief ich
Ihr nach und küßt' ihr die verschloßnen Augen!
Für dich, o Beatrice, hab' ich nichts –
Kein Wort und keinen Kuß! So fremd,
Daß ich dich fliehn muß, bist du mir geworden!
*Er eilt von dannen. Der Vorhang fällt.*

## Dritter Akt

*Im Hause des Filippo Loschi. Geräumiges Gemach. Rechts hinten ein alkovenartiger Raum, zu dem drei Stufen hinaufführen; schwere dunkelrote Vorhänge, halb gerafft, scheiden ihn von dem Hauptraum. Im Hintergrund ein großes Fenster, geschlossen, Blick auf die Türme der Stadt. Rechts vorn eine Türe, welche auf die Terrasse führt, offen. In der Mitte des Gemachs, etwas mehr gegen links, ein gedeckter Tisch, auf dem zwei Armleuchter stehen, jeder mit fünf Kerzen, die herabgebrannt sind; auf dem Tisch Reste eines Mahls; um den Tisch Stühle. Ein kleines Tischchen nahe dem Fenster.* ISABELLA, LUCREZIA, DIE MUSIKANTEN, FILIPPO. *Isabella sitzt auf einem Sessel am Tisch, schläft mit herunterhängenden Armen. Lucrezia liegt auf den Stufen, die zum Alkoven führen, den Kopf auf der obersten. Der erste Geiger liegt auf der Schwelle der Terrassentüre ausgestreckt. Der zweite Geiger schläft auf einem Sessel nahe dieser Türe. Der Lautenspieler auf einem Stuhl, den Kopf auf dem Tisch. Der Flötist liegt vor dem Tisch im Vordergrunde ausgestreckt. Filippo kommt eben die Stufen vom Alkoven herab, langsam durch den Saal nach vorn.*

FILIPPO

Sie schlafen alle, Fraun wie Musikanten.
Hier auf dem Boden stumme Instrumente,
Die leeren Gläser da, noch feucht ihr Grund,
– So viel Gefäße ausgerauchter Freuden!
War nicht, wie Satan in den Zauberring,
In diese eine Stunde alle Lust
Der Welt geschlossen? Heiße Trunkenheit,
Musik, Umschlungensein von weichen Armen –
Was blieb zurück? Nichts als befreites Atmen,
Daß es vorbei, und Sehnsucht nach Alleinsein!
So wär' auch dieses ohne Sinn versucht,
Und nichts mehr weiß ich, was mich hält, zu gehn!
*Nach einigem Sinnen*

Doch eins! Ein Wort, im Anfang kaum vernommen.
Nun klingt es laut und lauter in mir fort,
Als griffe mit bewegtem Fingerspiel
Die Hoffnung selbst an meiner Seele Saiten.
Wenn's Wahrheit würde, und sie käme wieder,
Und dürft's doch nur, um hier mit mir zu sterben!
Dies wäre, und nur dies allein Besitz!
*Pause*
Ist dies nur meiner Feigheit neustes Kleid?
Herab mit ihm! Nun steht sie nackt und höhnt:
Du kannst allein nicht fort, noch jetzt verlangt's
Nach Beatrice dich; und wie ein Kind
Sich eine Puppe mitnimmt in sein Bett,
So willst du sie ins Nichts hinübernehmen,
Die dich nicht faßt, sich nicht und nicht das Nichts!
*Pause. Nach einem Sinnen, wie erwachend. Ruft*
Wacht auf! Die Nacht ist weit!

ZWEITER GEIGER *erhebt sich kerzengrade vom Sessel und knickt gleich wieder zusammen.*

DER FLÖTIST *auf dem Boden, greift nach seiner Flöte und bläst einen Lauf.*

DER LAUTENSPIELER *schläft weiter.*

ERSTER GEIGER *streckt sich, nimmt den Bogen, klopft auf den Fußboden, als wenn er das Zeichen zum Beginn gäbe* Also vorwärts! *Er erhebt sich* Entschuldigen, Euer Gnaden, ich bin nur einen Augenblick eingenickt!

FILIPPO
Ein Augenblick? So schlieft Ihr stundenlang!
's ist Mitternacht vorbei!

DER ERSTE GEIGER *tippt dem Lautenspieler mit dem Bogen auf den Kopf* Auf, auf!

ALLE MUSIKANTEN *erheben sich und stellen sich auf der Terrasse auf, bleiben aber sichtbar.*

ISABELLA *ist erwacht, lächelt, schaut Filippo mit großen Augen an* Mein schöner Filippo!

FILIPPO

Ich hoff', Ihr ruhtet wohl und träumtet süß!

ISABELLA

Doch war nicht alles Traum, nicht wahr, Filippo!

FILIPPO

Ich weiß wahrhaftig nicht!

*Die Musikanten spielen.*

Genug! Ich sagte schon: Das Fest ist aus!
Ihr sollt nach Hause gehn – Ihr alle, mein' ich!

*Er sieht mit einem flüchtigen Blick Isabella und dann Lucrezia an, die, gleichfalls erwacht, auf den Stufen des Alkovens sitzt und den Filippo betrachtet.*

ISABELLA

Du schickst uns fort? Und mitten in der Nacht?
Bist du so jung und bist so rasch ermüdet?
Und wohin soll man gehn zu solcher Stunde?

DIE MUSIKANTEN *bereit, fortzugehen* Gute Nacht, gnädiger Herr!
Vielen Dank! Gute Nacht! Gute Nacht!

FILIPPO

Euch ist gewiß bekannt, wo man heut nacht
Noch fröhliche Gesellschaft findet. Führt
Die beiden Mädchen hin!

ISABELLA

Doch bringt uns in die lustigste Gesellschaft!
Zu Jünglingen, die gestern heimgekehrt
Aus einem Krieg und morgen wieder fortziehn –
Ich liebe Jugend nicht, die sparsam ist!
Zu Männern, die man morgen früh zum Tod führt,
Bringt mich, daß keine Scham die Lust verkürze!

FILIPPO

Dergleichen findst du heut genug!

ISABELLA Doch wollt' ich,
Du wärst von diesen einer, mein Filippo!

LUCREZIA *ist herbeigekommen*

Ich weiß, warum du alle wegschickst!

FILIPPO Wie?

LUCREZIA
Du willst mich ganz allein bei dir behalten!

FILIPPO
Was fällt dir ein? Geh mit den andern!

LUCREZIA Nein!
Filippo, dies ist nicht dein Ernst!

FILIPPO Gewiß!
So ernst, als das Gleichgült'ge immer sein kann!

LUCREZIA
Du bist kein Lügner, und dein Auge sprach:
Lucrezia, bleib!

FILIPPO Wann hätten meine Augen das
Gesagt?

LUCREZIA Vor einer Stunde, da sie tief
In meine tauchten.

FILIPPO So? Ich weiß nicht mehr.
*Er wendet sich entschieden ab.*

LUCREZIA *schmerzlich*
Du schickst mich nicht fort!

FILIPPO Ganz gewiß, Lucrezia!

LUCREZIA
Wohin?

FILIPPO Törichte Frage! Geh, wohin du willst!

LUCREZIA
Filippo, ich bin treuer als die andern!

FILIPPO
Seit wann?

LUCREZIA Seit ich dich sah! Laß diese fort sein,
So wirst du sehn, wie treu!

FILIPPO Für eine Nacht!
Für einen Augenblick!

LUCREZIA Und doch für immer!
*Sie zieht ein kleines Fläschchen aus ihrem Busen.*

ISABELLA *zu den Musikanten*
Ich nehm' euch alle mit mir nach Florenz!
Dort sollt ihr meine Hauskapelle sein!

*Zu Lucrezia gewendet*
Ich will so eine haben wie die Flavia!
Lucrezia, du – bleibst du? Wir andern gehn!

FILIPPO
Wart' nur, sie geht mit Euch.

LUCREZIA *flehend* Filippo, laß mich
Bei dir! Sieh, was ich tu'!
*Sie leert aus dem Fläschchen einige Tropfen in ein Weinglas.*

FILIPPO Ein Liebestrank?
Dies faßt' ich nie, daß solcher Sieg Euch freut!

LUCREZIA
Den hätt' ich insgeheim ins Glas geleert.
Das ist ein andrer.

FILIPPO *ernster* Und was soll's damit?

LUCREZIA
Behältst du mich nur diese Nacht bei dir,
Beim ersten Graun der Früh' will ich ihn trinken,
So glaubst du wohl, daß ich die Treu' dir halte.

FILIPPO *sieht sie an, greift nach dem Glas, als wollte er den Trank auf den Boden leeren. Im selben Augenblick ertönt die* STIMME ERCOLES *im Garten*
Filippo!

ISABELLA Deinen Namen ruft man, hörst du?

FILIPPO *aufmerksam werdend*
Ich höre. He! wer ist's?
*Er stellt das Glas auf das Tischchen neben dem Fenster.*

ERCOLE *näher* Ich – Ercole!
*Er erscheint in der Tür.*

FILIPPO *höchst erstaunt*
Du bist's? Wo kommst du her? Was willst du hier?

ERCOLE *sich vor den beiden Mädchen verbeugend*
Ich finde mehr, als ich gehofft. Filippo –
Nun bin ich nah daran, dich zu verstehn!

FILIPPO
Was willst du? frag' ich noch einmal. Wie kommst du
Zu dieser Zeit, auf diesem Weg zu mir?

ERCOLE
Nicht meine Schuld ist's, daß ich diesen wählte.
Ich klopft' an deine Tür, es war vergeblich,
Kein Diener tat mir auf.

FILIPPO Ich hab' sie fortgeschickt!
Heut nacht soll jeder leben, wie's ihn freut.

ERCOLE
Das tun sie wahrlich in Bologna heut!
Vor deinem Fenster rief ich dann – umsonst!
Zur Tür des Gartens eilt' ich – fest verschlossen!
So blieb mir nichts, als über deine Mauer
Zu klettern, und ich tat's und bin bei dir!

FILIPPO
Ist, was du bringst, so wichtig, daß sich's lohnt,
Den Hals zu brechen?

ERCOLE
Wichtig? – Nicht für dich!
Auch komm' ich nicht zu dir und bring' dir nichts;
Den schönen Damen hier gilt mein Besuch.

ISABELLA *lachend*
Was ist das für ein Mensch? Kennt Ihr uns denn?
Und kennt Ihr uns, wer wies Euch denn hierher?
Gewiß – Tibaldi war's!

ERCOLE Den kenn' ich gar nicht!

ISABELLA
Nigetti!

ERCOLE Diesen Namen hört' ich nie!
Doch euch, ihr schönen Mädchen, kenn' ich gut.

ISABELLA
Ich sah Euch nie!

ERCOLE
Ich erst in dieser Stunde.
Doch weiß ich ganz gewiß, käm' Euch die Laune,
All die zu Tisch zu laden, die Ihr liebtet,
Ihr müßtet Stühle von den Nachbarn leihn.

ISABELLA *lachend*
Ich hoff', Ihr seid nur mitternachts so frech!

ERCOLE *zu Lucrezia*
Ihr aber, da Ihr dreizehn Jahre zähltet,
Habt solche Fragen an die Nacht getan,
Daß sie allein durch eines Jünglings Mund
Euch die ersehnte Antwort geben konnte.
Wagt nun zu sagen, daß ich Euch nicht kenne,
Weil Eure Namen mir verschwiegen sind!

FILIPPO
Ich kenne Leute von mehr Witz, die nicht,
Ihn anzubringen, über Mauern klettern!
Sag' endlich, was du willst!

ERCOLE Tat ich's noch nicht?
Zu einer Hochzeit lad' ich diese Schönen.

ISABELLA
Nun drückt er sich auf einmal vornehm aus!

ERCOLE
Ich spaße nicht. Zu unsres Herzogs Hochzeit
Lad' ich Euch ein!

FILIPPO Genug der Narrenspossen!

ERCOLE
Wie? Possen? Nun – doch hört!
*Lärm auf der Straße.*

ISABELLA Was ist's für Lärm?

FILIPPO
Betrunkne treiben auf der Straß' ihr Wesen,
Wie manchmal auch im Haus.

ERCOLE *am Fenster, reißt es auf* Nun hört Ihr's besser!
*Man hört Stimmen von der Straße; dazwischen klingt Frauenlachen.*

DIE STIMMEN *einander ablösend*
Der Herzog von Bologna lädt euch ein!
Ihr schönen Frauen! Hochzeit gibt's im Schloß!
Weit offen stehn die Tore, Saal und Garten –
Der Herzog von Bologna feiert Hochzeit –
*Stimmen, Lachen verklingen.*

ISABELLA
So ist es wahr?

ERCOLE Mein Mund kennt keine Lüge!

FILIPPO
Was für ein Einfall? Heute nacht – beim Himmel –
Das ist 'ne Art, die letzte hinzubringen!
Und so lädt er die Gäste?

ISABELLA Gehn wir hin!
Mich dünkt, dort werd' ich finden, was ich suche!
*Isabella am Fenster, Ercole bei ihr, Lucrezia tritt zu ihnen.*

FILIPPO *für sich*
Ob Beatrice auch den Ruf gehört?
Gewiß! – Ob sie ihm folgte? – Warum nicht?
Was darf unmöglich scheinen?

ISABELLA Aber sagt,
Wer ist die Braut?

ERCOLE Nun kommt das ganz Verrückte!
Die Tochter eines Wappenschneiders ist sie,
Ein einfach Mädchen, sechzehn Jahr erst alt –
Doch schön! – O schön!

FILIPPO Ihr Name –?

ERCOLE Beatrice Nardi!

FILIPPO
Was sagst du? Sag's noch einmal!

ERCOLE Beatrice –
Doch was bewegt dich so?

FILIPPO *sich fassend* Euch doch nicht minder?
Ein einfach Mädchen – wie? – der Name war –
Verstand ich's recht – Menardi?

ERCOLE
Beatrice Nardi.
Der Herzog sah sie gestern auf der Straße
Und war entzückt von ihr und nahm sie sich.

FILIPPO *sich beherrschend*
Nahm sie sich? Wie man eine Sklavin nimmt?
Er winkte, und sie folgt' ihm? Sag' uns doch,
Wie all dies sich begab! 's ist wunderbar!

ERCOLE

Noch wunderbarer, als Ihr denken könnt,
Geschah dies alles. Er begegnet' ihr,
Im gleichen Augenblick, da sie – merkt auf! –
Zur Trauung schritt an des Verlobten Seite.

FILIPPO

Sehr wahr! Noch wunderbarer, als ich dachte!
Sprich weiter!

ERCOLE Nun, der Herzog hielt sie an –

*Stimmen auf der Straße, näher als früher.*

STIMMEN

Von tausend Lichtern glänzen Schloß und Garten!
Kommt, schöne Fraun, der Herzog lädt euch ein
Zur Hochzeit mit der schönen Beatrice!

FILIPPO

Er hielt sie an – und weiter –

ERCOLE Nun, sie sprach:

In Euer herzogliches Schlafgemach
Tret' ich als Herzogin, nicht anders ein!

ISABELLA Die Unverschämte!

FILIPPO

Und dieser Vit – – – wie hieß er nur – ich meine –
Der Bräutigam – er ließ all dies geschehn?

ERCOLE

Der arme Junge! Keiner denkt mehr sein.

FILIPPO

Gab sie gutwillig hin?

ERCOLE Sagt' ich's noch nicht?

Aus Gram hat er sich umgebracht.

ISABELLA Der Narr!

ERCOLE

Ein ärgrer, als Ihr meint! Der Herzog trug ihm
Als Gattin eine reiche Dame an.

FILIPPO

Und sie? Erstarrt' ihr nicht das Blut zu Eis?

ERCOLE

Sie scheint nicht von so weichlicher Gesinnung.

FILIPPO
Was tat sie, als er starb? Schrie sie nicht auf?
Schien sie sich elend nicht vor allen Frauen?

ERCOLE
Von einem Schrei ist nichts bekannt. Sie ward
Mit aller Pracht zur Hochzeit angetan,
Der Herzog kam mit herrlichen Geschenken,
Und halb Bologna folgte ihrem Weg,
Zur Kirche San Patron. In aller Form
Nahm dort der Kardinal die Trauung vor.

ISABELLA
Wart Ihr dabei?

ERCOLE Gewiß. Und ein Gedränge
War in der Kirch' und auf dem Platz und solch
Ein aufgeregtes Hin und Her, das wuchs
Ins Ungemeßne, als der Himmel selbst
Ein sonderbares Zeichen sandte.

FILIPPO Welches?

ERCOLE
Im selben Augenblicke, da Bentivoglio
Vor dem Altar mit Beatrice stand,
Fiel aus den Lüften unter alles Volk,
Das auf dem Markt sich drängte, schwarz geflügelt,
Ein angeschossner Adler, schlug um sich
Mit schweren Schlägen und verendete alsbald.

ISABELLA
Ein böses Zeichen!

ERCOLE Wohl! Das meinen alle!

FILIPPO
Und sahst du Beatrice selbst?

ERCOLE Ich sah sie,
Da sie herab der Kirche Stufen schritt.
Sie war sehr bleich, doch von der besten Haltung.
's ist die geborne Fürstin, sagten manche,
Doch andre sagten –

ISABELLA Daß sie ihn verhext!

ERCOLE
's ist auch ein Wort wie 'n andres.
*Schweigen.*

FILIPPO *plötzlich lebhaft*
Nun seht, wie rasch der Ort sich fand, die Nacht
In größrer Lust zu enden, als sie anfing!
Dankt diesem guten Boten, laßt von ihm
Den Weg euch weisen und lebt wohl!

ERCOLE
So kommt! Willst du nicht mit uns gehn, Filippo?

FILIPPO
Dorthin – mit Euch?
*Es blitzt einen Augenblick über seine Stirn, als dächte er an alle Möglichkeiten, die sein Erscheinen zur Folge haben könnte.*

LUCREZIA *ganz nahe bei Filippo*
Hör' mein Gelöbnis, eh' ich geh', Filippo!
Da du der Treue Schwur verschmähst.

ISABELLA Ich wette,
Sie schwört dir was! Das ist so ihre Art.

LUCREZIA Mich wird
Kein Jüngling mehr umfangen, es sei denn
An seines Lebens letztem Tag! – Leb' wohl! –
*Isabella, Lucrezia, Ercole und die Musikanten links ab.*

FILIPPO *allein, in höchster Erregung*
Sie feiert Hochzeit mit dem Herzog und
Ich warte, daß sie wiederkommt! Von mir
Geht sie nach Hause, läßt von Vittorino
Zur Ehe sich bereden, geht mit ihm
Zur Kirche, trifft 'nen andern auf dem Weg,
Der Herzog ist, und läßt mit ihm sich trauen,
Indes der andre stirbt – ich aber warte!
Sie, jenen Sternen gleich, die einen Himmel
In einem Augenblick durchmessen, jagt
Durch eine ganze Welt, seit Abend wurde –
Und ich warte!
*Die Tür rechts öffnet sich,* ANDREA *steht da.*

FILIPPO *ihm entgegen; spricht gleich in höchster Erregung weiter*
Andrea, kommst du endlich? Mach' es rasch!
Ich bin höchst ungeduldig, daß es ende!
ANDREA *in großem Befremden*
Find' ich dich so bereit?
FILIPPO Was zögerst du?
So weißt du nichts! Ich hab' ein Wort gebrochen!
ANDREA
Ich weiß –
FILIPPO Doch weißt du nicht, warum und wie –
ANDREA
Du wirst mir's sagen. Darum kam ich her.
FILIPPO
So lausche gierig, wie die Rache selbst!
An deiner Mutter Bett, die sterben wollte,
Sank ich zu Teresinas Füßen hin;
Der ich dreifache Andacht weihen mußte,
Die meine Braut, die meines Freundes Schwester,
Die einer Mutter Atem angstvoll lauschte –
Mit heißen Lippen drängt' ich an ihr Ohr,
Und Worte, jedes so verrucht und wild,
Wie man sie Mädchen zuraunt in der Schenke,
Entströmten diesem Mund. Und als sie endlich
Mit einem Blicke nur mich gehn hieß und
Ich ging, war's nicht die Reue, die mich forttrieb,
Nur Zorn versagter Lust. – Und vor die Stadt,
Wo Spiel und Tänze waren, eilt' ich hin
Und warf mich weg, so ganz und so im Wahnsinn,
An eine, die so völlig andrer Art,
Daß ich wie einer bin, der hundert Jahre
In einem Zauberreich umhergeirrt,
Wo man ihm alles, was ihm von der Erde
Anhing, so nahm, daß fürder die Gemeinschaft
Der Menschen ihm verwehrt ist und nichts übrig,
Als was du bringst, – und also nehm' ich's hin.

ANDREA

Weißt du nicht mehr? – so weiß ich mehr als du,
Der nur den eignen Jammer kennt; ich fand
In stummem Wahnsinn Teresina wieder.

FILIPPO *entsetzt zurückfahrend*

Braucht es noch dies? Und säumst du immer noch?

ANDREA

Warst du gefaßt, von Mörderhand zu sterben?

FILIPPO

Nicht so ..... ich kann's verstehn!

*Er nimmt seinen Degen, der nah dem Alkoven an der Wand lehnt*

Nun sieh! Es soll
Ein ehrlich Fechten sein – ich will mich wehren –
Und nicht zum Schein – gib acht –

ANDREA *hat den Degen gezogen* Filippo – nein!
Nicht also darf ich dich von hinnen senden.

FILIPPO

Es will kein Gott, kein Priester meine Beichte.

ANDREA *hat den Degen gehoben, läßt ihn wieder sinken*

Was ist's, das mir den Arm mit einmal lähmt?
Beim Himmel! einen andern find' ich hier,
Als den mein Zorn gesucht: vor diesem da
Verlischt mein Haß, wie jählings ausgeblasen
Vom Sturmwind eines ungeheuren Wehs.
Wohl sucht' ich den, der unser Haus beleidigt,
In Wahnsinn meine edle Schwester trieb
– Doch den nicht minder – dem ich Freund gewesen.
Zwar töten wollt' ich den, der vieles nahm –
Doch den beweinen, der in frühern Tagen
Mehr gab, als er uns jemals nehmen konnte –
Wie's Menschen seiner Art von Gott geschenkt.
Wohl sucht' ich einen schuldigen Filippo –
Doch wollt' ich ihn so herrlich, als er war!

FILIPPO *erregt, fast gequält*

Was war ich denn? Von Augenblickes Gnaden
War über andern ich ein Mensch. Doch jetzt

Tauch' ich so tief hinab, daß ich zu Knechten,
Zu Bauern auf dem Feld, mühsel'gen Trägern
Aufwärts wie zu Gebenedeiten schau'!
Jetzt neid' ich, deren Tage, aufgereiht
An eines Vorsatz' starr gewebtes Band
Gleich Edelsteinen, sich zum Dasein fügen,
Nicht schlottern, falsch' und echte durchgeschüttelt
Auf lockrer Schnur. So einer möcht' ich sein,
Der festen Schritts und lächelnd vorwärts wandelt,
Derselbe aufsteht und zur Ruh' sich legt,
Nicht heute Gott und morgen Affe ist!
Den, der heut seine Hochzeit feiert, neid' ich,
Den Bentivoglio, der an jedem Tag
Sein Leben trinkt aus tausend klaren Quellen,
Und jede weckt den Durst und jede löscht ihn.
Ihn drückt der Stunde Last niemals zu schwer
Und nie so leicht, daß er sich fliegen däuchte!
Wär' ich wie der, und wär' ich über Menschen
Wie über feuchtes Gras dahingeschritten,
Daß mir der Fuß vom Tau des Lebens dampft',
Das ich zertrat, so wär' ich ohne Unrecht; –
Ich durft' es tun! Und trät' mir wer entgegen
Mit eines Rächers Ansehn, lacht' ich ihm
Als einem Toren ins Gesicht. Doch mir
Ziemt solche Kühnheit nicht. Und deine Milde
Gießt Scham wie glühndes Öl in meine Seele.
Als wer erscheinst du hier, wenn du nicht strafst?

ANDREA
Bist du so eilig, dein gequältes Herz
Dem Degen eines Freundes anzubieten,
So weiß ich eine beßre Sühne – komm!

FILIPPO *befremdet*
Wohin?

ANDREA In eine gute, prangende Gefahr.

FILIPPO
Mit dir –?

ANDREA Nicht weit von mir! Folgst du mir hin
Und siehst du noch der nächsten Sterne Glanz,
Dann will der Himmel selber nicht dein Ende!

FILIPPO
Soll ich zuletzt mit falscher Münze zahlen?
Es wär' nicht ehrlich, hinzuziehn mit Euch,
Mich dir und diesen Braven zu gesellen!
Ein herrliches Geschenk ist Euer Leben,
Wie mit hellgoldner Flut ein edler Becher
Zum Rand gefüllt mit tausend Möglichkeiten.
Drin wogen Abenteuer, hoher Ruhm,
Der Jugend Reichtum, alles Glück der Welt,
Und Unermeßnes trinkt der Boden auf,
Auf den's verschwendrisch fließt in blut'gen Bächen.
Daneben meine Neige anzubieten,
Wär' so beschämend als betrügerisch.

ANDREA
Jetzt eben Neige – morgen Überfluß,
Da du's für ein Unendliches dahingibst.
Und eh' du gehst, geleit' ich dich zu einer,
Der morgen sich des Klosters Türe auftut,
Um nie sich ihrem Ausgang zu eröffnen.
Vielleicht bringt deine Reu' und dein Entschluß
Verlornes Licht den kranken Sinnen wieder,
Die reine Hand erhebt sich, dich zu segnen,
Und dann, entsühnt, am Tore von Isaia
Harrst du – mit mir – des ungeheuren Tags!

FILIPPO
Andrea!

ANDREA Komm!

FILIPPO Was zeigst du mir, Andrea?

BEATRICENS STIMME *draußen rechts*
Filippo!

FILIPPO *weicht von Andrea zurück, steht wie erstarrt.*

BEATRICE *von draußen*
Hörst du, Filippo? Tu die Tür mir auf!
Ich finde nicht zu dir! Der Gang ist dunkel.

ANDREA *höchst erstaunt, sieht Filippo fragend an.*
FILIPPO *schweigt.*

*Kurze Stille.*

BEATRICE *von draußen*

Filippo, hörst du nicht?

FILIPPO Ich komme!

ANDREA Was ist dies?

FILIPPO

Andrea, geh! Vergiß, was ich gesagt!
Gab ich ein Wort? Erschien's dir so? Nun denn,
Ich brach es noch einmal. In diesem Augenblick
Geschieht so Ungeheures –
Daß alles andre nichts wird. Geh! Leb' wohl!

ANDREA

Filippo!

FILIPPO

Sprich meinen Namen nicht mehr aus! Vergiß ihn!

BEATRICE *von draußen*

Filippo!

FILIPPO

Leb' wohl!

ANDREA Auf immer?

FILIPPO Ja. Hier durch den Garten –

ANDREA

Filippo!

FILIPPO Soll ich auf die Knie' vor dir?
Dich bitten, daß du meinen Namen, mich
Und jedes Wort vergißt, das ich gesprochen?

ANDREA

Es ist geschehn!

*Er geht über die Terrasse ab.*

FILIPPO *schließt ab.*

BEATRICE *ferner als früher*

Filippo!

FILIPPO *öffnet die Tür rechts.*

BEATRICE *noch draußen*
Dort ist's? Ich ging ganz irr. Nun bin ich da.
*Sie ist in der Tür sichtbar: Weißes Kleid, weißer Schleier um das Haupt*
Du ließest lang mich rufen.
FILIPPO *im höchsten Staunen* Beatrice!
Bist du des Herzogs von Bologna Gattin?
BEATRICE
Ich bin's.
FILIPPO Und bist bei mir?
BEATRICE Du siehst es ja! –
So nimm mich doch in deine Arme! Karg
Ist uns die Zeit gemessen, mein Geliebter!
FILIPPO *zurückweichend*
Hinweg! Wie dunkle Schleier liegt um dich
Der letzten Stunden Rätsel, schwer gefaltet!
Laß sie zur Erde gleiten, gleich wie den,
Der dir das Haupt umhüllt!
*Der Schleier gleitet zu Boden.*
BEATRICE Sieh, ich bin da,
Bereit, mit dir den letzten Weg zu gehn!
Tut jetzt ein Fragen not?
FILIPPO Du bist mir fremd,
Wie solchen Wegs Genossin mir nicht sein darf.
BEATRICE
Wie anders glaubt' ich mich von dir empfangen!
Was kann dir alle Pracht und Buntheit sein
Vergangner Stunden, da die letzte kommt!
Sieh, wärst du, seit ich dich zuletzt gesehn,
Mit hundert Teufeln durch die Luft geflogen,
Ich fragte nicht darum. Und war ich selber
An diesem Abend eine Königin,
Der sich die Welten beugen, oder war ich
Die Dirne eines Narrn, was kümmert's dich,
Da ich nun bei dir bin, mit dir zu sterben?
FILIPPO
Du kommst von deinem Hochzeitsfest! Sie werden
Dich suchen!

BEATRICE Weiß ja niemand, wo ich bin!
Und niemand sah mich gehn und niemand folgt!

FILIPPO
So sprich, wie sich's begab! Du kannst nicht mehr. –
Dem, was geschehn ist, in die tiefste Seele
Zu schaun, bin ich bestellt, daß ich's ergründe!
So sprich!

BEATRICE Es ist nun einmal so! Warum
Kannst du's denn nicht verstehn? Weißt du's nicht mehr?
Du hast mich fortgeschickt um einen Traum, –
Da war ich so allein, und Vittorino
Schien Zuflucht mir und Sicherheit und Ruh'.
Und als der Herzog kam und mich gewahrte,
Da dacht' ich: Nun erfüllt sich ja mein Traum.
Und herrlich däucht' es mich, die Fürstin sein
An eines Fürsten Seite, und so ward ich
Sein Weib.

FILIPPO Und warum bliebst du nicht? Warum
Entflohst du? Denke, was du tatest, – bist
Als Herzogin aus deines Gatten Schloß
Am Tag der Hochzeit, bist aus Pracht und Größe –
Aus Licht und Leben fortgestürzt zu mir!
Zu mir, den du vor kurzer Weile lächelnd
Und weinend – beides war um deine Lippen! –
Verlassen, bist zu mir zurück, wo dich
Ein kurzes und verderblich Glück erwartet!
Warum? warum?

BEATRICE Weil ich mich nach dir sehnte!
Mit solcher Sehnsucht, daß sie mächt'ger war
Als alles. Und je mehr die Stunde nahte,
Da ich dir ganz verloren war, so mächt'ger
Rang meine ganze Seele nur nach dir!
Mir war, nun gäb' ich alle Größe hin
Und alles Glück der Erde, Licht und Leben –
Nur einmal noch in deinem Arm zu sein!
Und wie Erlösung aus der tiefsten Not

Flog der Gedanke auf: ich kann dich sehen,
Ich muß nur fort von hier und hab' dich wieder.
So eilt' ich fort.

FILIPPO Wie das?

BEATRICE Die Tafel war
Zu Ende; lärmend ist das Fest, im Garten
Die Lichter flackern, Schatten sehn wie Menschen
Und Menschen sehn wie Schatten aus, die Türen
Stehn alle offen, üb'rall drängen Leute,
Und dieser Schleier hüllt mich bis zur Stirn.
Nun auf die Straße, aus des Schlosses Nähe,
Rasch fort, und durch die wohlbekannten Gassen
Im Flug zu deinem Haus – und bin bei dir!
Und bin's! Siehst du, ich bin's! So ist's gekommen.
Und sieh: mir ist, es könnt' nicht anders sein.
Du fragst mich aber so und starrst mich an,
Als wär's weiß Gott wie wunderlich geschehn.

FILIPPO *sie lang betrachtend*
Nicht wunderlich, für dich nicht! – Nein! – Du bist
Zu staunen nicht gemacht. Niemals hat dich
Des Daseins Wunder namenlos erschreckt,
Nie bist du vor der Buntheit dieser Welt
In Andacht hingesunken, und daß du,
Die Beatrice ist, und ich, Filippo,
Sich unter den unendlich vielen fanden,
Hat nie mit tiefem Schauer dich erfüllt.
Und daß dein Vater toll, füllt nicht mit Bangen,
Daß Vittorino starb, der dich geliebt,
Nicht mit dem fürchterlichsten Graun dein Herz.
Und daß du Fürstin von Bologna bist,
Macht dich so wenig staunen, Beatrice,
Wie wenn sich eine Mück' auf deine Hand setzt.
Und wenn Gespenster aus dem Grabe kämen,
*Beatrice zittert*
Ich weiß, sie schreckten dich, – wie Fledermäuse –
Doch auch nicht mehr und nicht auf andre Art.

Und du hast recht. All dies, was dir geschehn,
Ist nichts. Des Lebens Unruh' und Verwirrung
Mit allem rätselvollen Licht und Lärm,
Mit aller Angst und allen Wonnen – nichts
Zu dem, was noch bevorsteht, Beatrice,
An diesem Ort, der keine Rückkehr schenkt.

BEATRICE

Den sucht' ich.

FILIPPO Doch begreifst du's? Schau' um dich!
All dies ist Dasein – das bist du, das ich,
Hier unten ruht die Stadt, drin atmen Menschen,
Dort stürzt ins Weite Straß' und Straße hin
Ins Land, ans Meer, – und überm Wasser wieder
Menschen und Städte; – ober uns gebreitet
Dies blauende Gewölbe und sein Glanz,
Und alles dies ist unser, denn wir sind!
Und morgen schon gehört es uns so wenig,
Als alles Lichtes Wunderfülle Blinden,
Gelähmten aller Wege Lust und Fernen.
Bedenk': ein hundertjähr'ger Greis ist jünger,
An Hoffnung reicher, als wir beide sind –
Verstehst du das?

BEATRICE *nickt.*

FILIPPO *auf die Kerzen deutend*

Sind diese hier erloschen,
So sind wir's längst – verstehst du's, Beatrice?
Dein schöner Leib, den ich umschlungen halte,
Durchrauscht von deinem heißen Blut, ist nichts
Als eine Sache, wen'ger als ein Stein;
Der bleibt, auch hingeschleudert, was er war,
Du aber, die jetzt duftet und erbebt,
Sehnsücht'ge Wünsche jedem, der dich sähe,
In allen Sinnen regte, bald bist du
Ein Ding, davor ihm graut, am nächsten Tag
Zum Ekel ihm, Gefahr am übernächsten,
Davor man sich bewahrt und tief dich eingräbt

Zu andern, die vermodern. Und mich selbst,
Mich würde schaudern, dich im Arm zu halten,
Der Haar und Kleid noch duftet, nicht der Atem!
Verstehst du's, Beatrice?

BEATRICE Ja.

FILIPPO Und dies:
Nur mit den armen Worten der Gewohnheit
Nennt unser Mund das Ewig-Unbegriffne;
Und so wie jene, die im Glanz des Lebens
Aufleuchten, uns ist der letzte auch,
Bevor er kommt, nichts als ein Augenblick.
Doch was er birgt an ungeheuern Schrecken,
Ob wir in tausendfacher Kraft und Qual
Das abgelebte Dasein neu durchfliegen,
Ob nicht ein neues kommt, ein niegeahntes –
Ob uns im freigewählten Hingang nicht
So nutzlos schmerzensvolle Sehnsucht anfällt,
Ins Licht zurückzukehrn, daß alle Pein,
Die wir jetzt denken können, uns erscheint
Wie Hauch der Lüfte – niemand hat's erzählt.

BEATRICE *sich an ihn schmiegend*
Nimm mich in deine Arme!

FILIPPO Doch nun – denke,
Daß Rettung möglich, wenn wir's kühn versuchen.
Schirmt uns das Schicksal, mag die Flucht gelingen
Hinaus ins Glück! Mit diesem einen Wort
Lass' ich die Welt aufs neue dir erstehn!
Die Sonne geht dir morgen auf wie heut,
Des Frühlings Blühn, der Erde üppig Weben,
Des Lebens Brausen ist um dich wie heut –
Ein Ja, wir wollen's wagen – sprich es aus!

BEATRICE
Wenn das gemeint war – laß mich lieber gehn.

FILIPPO
Warum?

BEATRICE
Nach solchem Tag zusammen leben,

Das könnten andre, doch nicht du und ich!
Du quältest mich zu sehr!

FILIPPO
Doch *lebten* wir!

BEATRICE
Wie bald in Ekel sänken wir dahin,
Wohin wir jetzt erhobnen Hauptes schreiten.
Wir wollen sterben, darum kam ich her.

FILIPPO
Dank, Beatrice! So ist's gut. Nun seh' ich,
Du bist bereit. Ränn' unser Leben weiter,
Den Schmutz der letzten Stunden brächten wir
Nie wieder fort; und die Gewißheit nur,
Daß unser Ende nah ist, macht uns rein
Wie Kinder. Komm, laß uns des hohen Glücks
Auch ganz genießen!
*Er führt sie an den Tisch, schenkt ein*
Komm, wir wollen trinken!
Nun sind dies keines Mahles Reste mehr.
Denn zwischen jenem Mahl und dieser Stunde
Liegt ein Entschluß, der Ewigkeiten gilt.
*Sie trinken.*
Was nimmer möglich, wenn wie Irrgestalten
Hoffnung und Angst in unsre klare Seele
Trügrische Schatten werfen, nun geschieht's!
Wir leben unser eignes Sein. Mit Willen
Dahinzugehn, ist Freiheit, und mich dünkt,
Die einz'ge, die uns Sterblichen gegönnt ist!

BEATRICE
Wo geht die Sonne auf?

FILIPPO
Dort überm Turm.
Und warum fragst du?

BEATRICE
Denkst du's nicht, Filippo?
War das nicht unsrer Abendküsse Sehnen,
Daß wir einmal vereint das Dämmern schaun,
Erwachend Mund an Mund und Herz an Herzen?

FILIPPO
Das ward uns nicht bestimmt.

BEATRICE
Warum –? Und heut,
Filippo? Niemand ahnt, wohin ich ging,
Und niemand folgte, niemand kann uns finden.
Die ganze Nacht ist unser, und im ersten
Aufglühn des Tags, Filippo, soll's getan sein!

FILIPPO
Das ist nicht mehr in unsrer Macht, Geliebte.

BEATRICE
Warum?

FILIPPO *sehr ruhig*
Seit du dies Glas an deine Lippen führst,
Trinkst du den Tod.

BEATRICE
Trink' ich –

FILIPPO
In diesem Wein
Den Tod.

BEATRICE Den Tod –

FILIPPO
So, denk' ich, wird es leicht.

BEATRICE *in unsäglichem Schreck*
Das ist der Tod?

FILIPPO
Was schaust du so mich an?
Als wär' dir angst?

BEATRICE
Aus diesem Glas hab' ich
Den Tod getrunken?

FILIPPO
Ja, wie ich, Geliebte.

*Er nähert sich ihr, sie weicht leicht zurück.*

BEATRICE
Wie lang ist's Zeit?

FILIPPO
Ich weiß es nicht. Sekunden,
Minuten oder Stunden – doch es kommt.
Das Graun der Frühe sehn wir nimmermehr.

*Sie schaun einander ins Auge.*

FILIPPO *ihr näher*
Komm, Beatrice!

BEATRICE
Wer wird früher fort?

FILIPPO
Weiß nicht!
BEATRICE So kann's geschehn, daß du vor mir –
Daß du mich hier allein läßt?
FILIPPO Möglich.
Doch nicht auf lang. Nun komme, Beatrice!
Die wen'gen Augenblicke, die noch sind,
Laß uns mit tiefster Seligkeit erfüllen!
Nun will ich nicht, daß nur die dünnste Seide
Mein Glühn von deinem scheide, deines Leibs
Berauschte Wärme, eh' sie ganz entflieht,
Ein letztes Mal will ich sie fühl'n, und durstig
Den letzten Atemzug von deinen Lippen
Mit meinen trinken, Beatrice!
*Er zieht sie nach rückwärts.*
BEATRICE *wie er sie gleichsam erstarrt ansieht*
Laß mich!
Ich meine, hab' Geduld – sieh – meine Hände
Sind noch ganz heiß – so ist der Tod noch fern!
Ich will nicht, daß du so in Hast mich nimmst!
Auch hab' ich dieses Glas nicht ganz geleert –
Wer weiß, wie lang 's noch währt, wie lang
Ich leiden muß – das will ich nicht! Hättst du
Zu mir gesagt: Auf einmal trink es aus!
Wozu Betrug? Ich kam doch, um zu sterben!
Nun ist dies alles häßlich und verdorben!
So wollt' ich's nicht!
FILIPPO Verstehst du's endlich ganz?
Was dich umfängt, begreifst du, und begreifst
Nun, da du stirbst, den Tod! Vorher war's nichts
Als nur ein Wort wie andre!
BEATRICE Schmäh' mich nicht!
Es mußte anders kommen! Aber so
Ist's wie ein Morden aus dem Hinterhalt.
Nie glaubt' ich, daß du tückisch bist und feig –
Jetzt hass' ich dich!

FILIPPO Genug des eklen Jammers!
Geh, wie du kamst, nur rat' ich dir zur Eile!

BEATRICE
Gibt's Rettung? Wohin soll ich? Sag' es schnell!

FILIPPO
Wohin du willst! Die ganze Welt ist offen!
Es war kein Quentchen Tod in diesem Wein,
Und wie zuvor ist alles Leben dein.
Mit einer guten Lüge kehre heim.
Bist du zu dumm, dir eine auszudenken,
Streu' ich dir einen Sack voll Lügen hin!
Sag', daß es dich ins Vaterhaus gelockt,
Den toten Vittorino zu betrachten!
Wie? Wär' dies nicht so glaublich, als es soll?
Sag', daß du in die Kirche gingst zu beten
Für deinen Gatten, für die Stadt, sag', daß
Dies ein Gelübde war, getan, als dich
Der Herzog freite! Sage, was du willst,
Nur kehr' zurück, eh' sie mit Fackeln suchen!
Du willst das Leben. Geh, da draußen wartet's,
Und nimmt dich gierig auf als sein Besitz!

BEATRICE *vernichtet*
Vergib mir!

FILIPPO Wie? Was gibt's denn zu verzeihn?
Betrogst du mich? Ich hätte dich betrogen,
Hätt' ich die Laune, die dir kam, genutzt,
Und dich mit mir gelockt, wo du nicht hin willst!
Logst du? Du kannst es kaum so gut wie ich!
Nur ist's dein Wesen, daß mit jedem Pulsschlag
Durch deine Adern andre Wahrheit rinnt.

BEATRICE
Laß mich bei dir!

FILIPPO Geh doch!

BEATRICE *auf den Knien* Laß mich bei dir!

FILIPPO
Warum? Ich liebe dich nicht mehr. Du bist
Nichts andres mehr, als was mich sonst umgibt,

Wie Licht und Luft. Es wäre Eigensinn,
Dich mitzunehmen.

BEATRICE Jag' mich nicht davon!
Ich will von dir nicht so verachtet sein,
Daß du mich unwert hältst, mit dir zu sterben,
Und mich ins Leben heimschickst wie ein Kind,
Das solcher Reise Sinn doch nicht verstünde.
Zu deinen Füßen fleh' ich!

FILIPPO *ganz kalt* Beatrice,
Geh rasch! Mit jedem Laut, den du verschwendest,
Wächst die Gefahr.

BEATRICE Was willst du tun?

FILIPPO So geh!
Was kümmert's dich?
*Für sich, wie in Verzweiflung*
Ah, brachte mir nicht einer
Auf seinen Händen alles Daseins Hoheit
Und Kraft zurück, die schon verloren war,
Und warf ich's nicht zum zweiten Male hin,
Da ich die Stimme einer Fremden hörte
Im Gange vor der Tür? *Erschauernd* Nun ist's genug!

BEATRICE
Ich bleibe!

FILIPPO Geh!

BEATRICE Kannst du davon mich jagen?

FILIPPO
Gib acht, wie rasch!
*Er nimmt das Glas, in das Lucrezia das Gift gegossen hat, und leert es rasch*
Ja – ja – das ist der Tod.
*Er wankt.*

BEATRICE *schreiend*
Filippo, das – ich will's ja tun!
*Sie reißt ihm das Glas aus der Hand*
Mit dir –
*Setzt das Glas an die Lippen.*

FILIPPO *schlägt ihr das Glas verächtlich aus der Hand, stürzt zurück, fällt, so daß er auf die Stufen des Alkovens zu liegen kommt, den Kopf im Alkoven. Während er hinstürzt*

Betrüg dich nicht! Entflieh! Das Leben wartet!

BEATRICE

Filippo – du – ich will's ja tun – sieh her!

*Sie bückt sich nach dem Glas.*

Sag' mir ein Wort! Ich will's ja tun! Stirb nicht!
Ich will mit dir – bleib da – Filippo – rede!

*Starrt ihn an*

Ist das der Tod? – Nein, nein! – Filippo! *Schreiend* Rede!

*Sie erschrickt vor ihrer hallenden Stimme.*

*Lärm auf der Straße. – Fackelbeleuchtung, die auf einige Sekunden einen roten Schein ins Gemach wirft.*

BEATRICE

Weh mir! Wie läßt du mich allein! – Sie kommen! –
Was ist das? – Ah –

*Am Fenster; sie versucht, sich in einen Teil des Vorhangs zu hüllen.*

STIMMEN – Zur Hochzeit unsres Fürsten
Mit Beatrice, eurer schönsten Schwester!
Geöffnet stehen Tore, Saal und Garten!

*Verklingend.*

BEATRICE

Sie wissen's nicht! Doch alle werden's wissen –

*Sie bückt sich wieder nach dem Glas, riecht daran.*

O könnte der Geruch mich töten! Nichts –
Als wär' es ausgedampft! Nun wär's vorbei!
Ich läge da wie er. Und nun muß ich
Allein – – doch wie? – und hol' ihn doch nicht ein!
Im Garten will ich's tun, und so!

*Gebärde, als wollte sie sich erdrosseln*

Es kann
So furchtbar nicht im weiten Raume sein,
Als hier!

*Undeutliche Stimmen in der Ferne*

Sie holen mich! Sie werden mich erwürgen!

Was hab' ich denn getan! So schlimmen Tod
Verdien' ich nicht! *Stille* Vorüber! Niemand kommt
Mich suchen! Niemand weiß – ich kann zurück!
Wahrhaftig – kann zurück! Was bleib' ich denn?
Hältst du mich da? Als zög's an meinem Kleid!
*Zurück zu Filippo*
Läßt du mich fort? – du – du – sag' ich, Filippo –
Und bist's nicht mehr – bist wen'ger als ein Stein!
's ist ja nicht möglich! Alles Leben schenk' ich
Dahin, wachst du auf einen Augenblick
Nur auf! *Sie faßt seine Hand.*
So warm! Du atmest ja – du lebst!
Auch dies war eine Prüfung nur, zu sehn,
Daß ich dich liebe? Auf, Filippo, komm!
Wir wollen fliehn, zusammen fliehn! Das Glück
Wird uns gehorchen, und das Leben braust
Um uns, die Sonne geht uns wieder auf –
Komm doch, wir wollen fliehn und leben – leben!
Filippo –
*Sie beugt sich über ihn, begreift jetzt, daß er tot ist, erhebt sich mit einem furchtbaren Schrei der Angst, reißt zugleich die Vorhänge des Alkovens herunter, so daß sie Kopf und Rumpf Filippos vollkommen überdecken, läuft hinaus und schreit im Hinauslaufen, wie von Sinnen:*
Leben! – –

*Vorhang*

# Vierter Akt

*Ein Saal im Schlosse. Nach hinten zu vollkommen offen in den Garten führend. Zwei Reihen von je vier Säulen schließen den gedeckten Raum ab, so daß der Weg ins Freie gleichsam durch drei Tore offen steht. Rechts und links je eine Türe. Rechts außerdem ein Fenster, von dem angenommen wird, daß es in einen tieferliegenden Hof hineinschaut. Zu beiden Seiten des Säulenganges Freitreppen, welche in einer Windung zur Terrasse emporführen, die, dem Zuschauer natürlich unsichtbar, auf den Säulenpaaren ruhend gedacht wird. – Der Saal ist hell beleuchtet; der Garten durch Fackeln erhellt, welche unruhig brennen, so daß über dem großen Wiesenplan ein ungewisses Licht verbreitet ist und die Schatten der Bäume, von denen die Wiese umgeben ist, in wechselnder Größe erscheinen. Für Augenblicke scheint der Garten wie in Dunkel zu versinken. Man hört entfernte Musik. Über den Rasen sieht man Paare gleiten und wieder verschwinden. Im Hintergrund ist eine stete, aber undeutliche Bewegung. Im Augenblick, wie der Vorhang aufgeht, ist der Saal leer.*

*Es treten auf durch die Tür links:* LUCREZIA *und* ISABELLA.

ISABELLA Wo ist unser Begleiter?
LUCREZIA Verschwunden.

MALVEZZI *und* ZAMPIERI *aus dem Garten.*

ZAMPIERI Heut wird erst offenbar, wieviel Schönheit Bologna birgt! Seid gegrüßt, schöne Damen!
ISABELLA Seid nicht gar zu stolz auf Eure Vaterstadt. Wir kommen aus Florenz.
MALVEZZI *zu Lucrezia* Aus Florenz? Ihr auch?
ISABELLA Sagt uns doch: sind wir hier wirklich im Schloß des Herzogs? Und ist es wahr, daß er seine Hochzeit feiert?
ZAMPIERI Ihr zweifelt? Hier könnt Ihr ihn selbst sehen. *Er weist in den Garten.*

ISABELLA Laßt uns näher hin. *Mit Zampieri in den Garten.*

MALVEZZI Warum so schweigsam?

LUCREZIA Was wollt Ihr?

MALVEZZI Euch gefallen!

LUCREZIA Wünscht es Euch lieber nicht!

MALVEZZI Nichts andres mehr, solang Ihr mir erlaubt, in Eurer Nähe zu bleiben.

LUCREZIA Ihr seid jung!

MALVEZZI Achtzehn vorüber. Alt genug, um vor Liebe zu sterben.

LUCREZIA Gebt acht, daß Ihr nicht die Wahrheit sprecht, ohne es zu wollen. *Beide in den Garten.*

*Aus dem Garten rasch:* ROSINA, ORLANDINO *folgt ihr.*

ORLANDINO Ist dies ein Wiedersehn!

ROSINA *hört nicht auf ihn.*

ORLANDINO Wer es geahnt hätte – abends, als wir einander vor Eurem Hause sahen! Wohin blickt Ihr denn?

ROSINA *in den Garten schauend, angstvoll* Nun geht er!

ORLANDINO Wer?

ROSINA Nein – er bleibt und spricht! Wer ist's, mit dem der Herzog spricht?

ORLANDINO Silvio Cosini, sein Geheimschreiber.

ROSINA *für sich* O, hätten seine Worte Kraft, ihn an den Boden zu nageln! *Zu Orlandino* Saht Ihr – – die Herzogin, meine Schwester?

ORLANDINO Ich hatte die hohe Ehre, ihr beim Mahl gegenüber zu sitzen.

ROSINA War sie schön?

ORLANDINO Da dürft Ihr niemand fragen, der Rosina liebt. –

ROSINA Sagt, Orlandino –

ORLANDINO Rosina?

ROSINA Wo ist das Schlafgemach der Herzogin?

ORLANDINO *nach links weisend* Es liegt auf jenem Flügel.

ROSINA Dort?

ORLANDINO Ja. Die schmale Treppe gegenüber dem Springbrunnen führt hinauf.

ROSINA *befremdet* Nicht dort? *Weist nach rechts.*

ORLANDINO Nein.

ROSINA *für sich* So ist sie vielleicht noch im Garten? Aber wie ist das möglich? Allein? – Nein! *Ab in den Garten.*

ORLANDINO *ihr nach* Wohin? Was wollt Ihr?

*Der junge* BRUNI *mit* MARGERITA *treten links auf.*

MARGERITA
Die Augen brennen mich! Wo bin ich denn?
Ich will zurück!

BRUNI Bleibt doch! Noch saht Ihr nichts.
Ich will Euch führen, zeigen all die Pracht!

MARGERITA
Ich geh' nicht weiter – nein!

BRUNI Schaut nur um Euch!

MARGERITA
Ist's wahr? Hier wohnt der Herzog?

BRUNI Saht Ihr nicht
Schon oft das hohe Tor, durch das wir schritten?

MARGERITA
Und Ihr, wer seid Ihr denn? Seid Ihr derselbe,
Der an mein Fenster kam?

BRUNI Ich bin's. Und ich
Hab' Euch geladen in des Herzogs Namen.
Seht nur, da sind noch viele so wie Ihr.
Im Garten tanzen sie, auf der Terrasse
Ergehn sie plaudernd sich mit jungen Herrn,
Und alle schaun wie Ihr, mein schönes Kind,
Und wie die Fürstin selbst, so vielen Glanz
Zum erstenmal

MARGERITA Ist's wirklich Beatrice,
Des Nardi, des verrückten Nardi Tochter?

BRUNI
Sie ist's.
MARGERITA
Wie wunderbar! Und warum riefet
Ihr grade mich?
BRUNI
Weil Ihr mir längst bekannt.
Oft in der Dämmerung lehntet Ihr am Fenster.
Ich ging vorüber.
MARGERITA
Ja, Ihr seid es. Doch warum
Bin ich Euch hergefolgt?
BRUNI
Bat ich Euch nicht?
MARGERITA
Ich träumte schon, drum wurd' es Euch so leicht.
Und wißt Ihr, was ich dachte, als das Lärmen
In meine Kammer von der Straße drang,
Und Euer Antlitz starrte durch mein Fenster?
BRUNI
Was dachtet Ihr?
MARGERITA
Die Feinde wären da,
Der Borgia selber – ja, mir war zuerst –
So träumt' ich noch – Ihr wärt der Borgia –, Ihr!
BRUNI
Ich schwör's, der tät' Euch Schlimmres nicht als ich.
MARGERITA
Ich will nach Haus! Die Mutter wird sich ängsten!
BRUNI
Seht!
MARGERITA
Was?
BRUNI
Dies ist der Herzog!
MARGERITA
Ja. So nah
Hab' ich ihn nie gesehn.
BRUNI
Nun kommt zum Tanz!
Wie aber nenn' ich Euch?
MARGERITA
Marg'rita heiß ich.

BRUNI
O schönste Margerita, kommt!
*Beide in den Garten.*

COSINI *von links;* ERSTER BOTE *von rechts*

COSINI Woher?
ERSTER BOTE Vom Tore San Martino.
*Pause.*
COSINI Es ist gut. Wart' im Schloßhof mit den andern.
*Erster Bote ab.*

ZWEITER BOTE *tritt auf von rechts.*

COSINI Was bringst du?
ZWEITER BOTE In der Sakristei der Kirche San Domenico haben wir einen Mann ergriffen, der sich dort offenbar verbergen wollte, und der unsere Sprache nicht zu verstehen schien. Man untersuchte ihn und fand Briefschaften in sein Wams eingenäht.
COSINI Wo sind sie?
ZWEITER BOTE Mein Hauptmann hat sie in Verwahrung genommen und den Mann in Ketten legen lassen.
COSINI Wer ist dein Hauptmann?
ZWEITER BOTE Herr Campeggi.
COSINI Er möge selbst kommen und den Gefangenen sowie die Papiere mitbringen.
*Zweiter Bote ab.*

GUIDOTTI *kommt aus dem Garten.*

GUIDOTTI Ein prächtiges Fest, Herr Schreiber! Aber es ist nicht vollkommen, eh' wir dem Mariscotti den Kopf abgehauen haben.
COSINI Ich denke, es gibt heute bessere Unterhaltung. Seht doch, hier sind die schönsten Frauen und Mädchen von Bologna.

GUIDOTTI Bester Herr Schreiber, was kümmert das uns! Was sind uns die schönsten Mädchen von Bologna! Ich bin dreiundsechzig. Ich muß mir ein anderes Vergnügen suchen.

COSINI Nun, ich weiß mich einer Nacht in Cypern zu erinnern – es sind noch keine drei Monat her –

GUIDOTTI Ja, mein Guter – Cypern – Cypern! Was vermag der Süden nicht alles!

MAGNANI *kommt aus dem Garten.*

MAGNANI Cosini – Guidotti – laßt uns doch einen letzten Versuch wagen!

COSINI Was für einen?

MAGNANI Unsern Herzog zu beschützen!

COSINI Wovor?

MAGNANI Mit Beatrice Nardi allein zu sein.

COSINI Magnani, wahrhaftig, Ihr seid nicht bei Sinnen!

MAGNANI Seid Ihr denn blind? Könnt Ihr glauben, daß all dies mit natürlichen Dingen zugegangen ist? Hier ist etwas im Spiel, das ich nicht auszusprechen wage. Und ich habe die Überzeugung, daß der Herzog einer großen Gefahr entgegen geht. Bedenkt doch! Ein Wesen, das er zum erstenmal sah – und auf einen Blick von ihr – bei Gott, es war nicht mehr als das! – macht er sie zur Herzogin von Bologna! Und das vor einem solchen Tag, wie der ist, der uns morgen bevorsteht!

COSINI Eben vor einem solchen – sonst hätt' er's nicht getan.

GUIDOTTI Was fürchtet Ihr denn eigentlich? Sprecht es doch deutlich aus! Glaubt Ihr an eine Art von Hexerei?

MAGNANI Laßt uns von diesem Worte absehen. Aber wer weiß, von welchen Mächten dieses Mädchen gelenkt wird, mit Willen oder ohne Willen. Ich bitt' euch, steht mir bei, wenn ich den Herzog zum letzten Male anflehe!

GUIDOTTI *lachend* Allein zu schlafen?

COSINI Es ist unmöglich, Magnani, seht's doch ein!

MAGNANI Es ist nicht unmöglich! Wenn seine Sehnsucht nach ihr so groß wäre, ginge er nicht, wie ich's eben sah, einsam unter den Bäumen auf und ab. Ich schwör' euch, es sind ihm die gleichen Gedanken aufgestiegen wie uns!

COSINI Nein, Magnani, das Zeichen, das der Himmel sandte, macht ihn so ernst.

MAGNANI Wurde denn Bonatto schon zu Rat gezogen? Hat er es gedeutet?

COSINI Ja. Und nicht anders, als wir alle im stillen und der Herzog selbst. Das ist's, was ihn nachdenklich macht, denn ob er auch überzeugt war, daß der morgige Tag nichts Gutes bringen kann, – es macht schaudern, zu wissen, daß es in den Sternen schon beschlossen ist.

GUIDOTTI Der Teufel hol' Euch, Cosini, und den zeichendeutenden Bonatto nicht minder! Ich sag' Euch, dergleichen ist nicht so viel wert! Wißt Ihr, was mir geschah an dem Tag, bevor wir auf Reisen gingen? Vor meinen Fenstern wurde ein Erschlagener gefunden – mit siebzehn Wunden! Und wißt Ihr, wer mich am dringendsten beschwor, daheim zu bleiben? Unser armer Pitti! Und nun seht! – Ich bin heil nach Haus gekommen, und Pitti liegt draußen auf der Heerstraße, genau so tot, als er es mir prophezeit hat. Es ist alles Unsinn. Es kommt, wie's will.

COSINI Mitternacht ist nah.

MAGNANI Ist es nun gewiß, daß der Herzog unserm Rate beiwohnen wird? Die Befehle befinden sich doch bereits alle in den Händen der Führer?

GUIDOTTI *als hätte er nachgedacht* Ich will Euch sagen, Magnani, was Ihr dem Herzog für einen Vorschlag machen sollt. Morgen früh, als würdigen Abschluß dieser Hochzeit, soll er seine junge Gattin, ob sie nun eine Hexe ist oder nicht, zum Fenster hinunterwerfen in den Graben, wo die Leoparden gehalten werden.

COSINI Was hättet Ihr davon? Sie sind ja gezähmt.

GUIDOTTI O, nichts leichter, als sie wild zu machen! Man schleudert einfach brennende Fackeln unter sie.

ARLOTTI *und* VALORI, *zwei Hauptleute, kommen.*

COSINI Guten Abend, Arlotti. Guten Abend, Valori.

*Begrüßung.*

ARLOTTI Sind wir im rechten Saal?

COSINI Gewiß.

VALORI Wer ist hierher beschieden außer uns beiden?

COSINI Der Graf Fantuzzi und Ribaldi.

ARLOTTI Warum sind wir hierher beschieden, Herr Cosini? Ist andres beschlossen worden?

COSINI Wie meint Ihr das?

ARLOTTI Nun, ich denke – *Lachend* hat unser Herzog Lust, Hochzeit zu feiern, so gelüstet ihn wohl auch nach Honigwochen.

VALORI Sagt uns doch, Herr Cosini, ist denn auch alles wahr, was man in der Stadt erzählt?

COSINI Es kommt darauf an, was man Euch erzählt hat.

VALORI Ich wage es kaum zu wiederholen. Man spricht von dieser Feier wie von einem Maskenfest.

RIBALDI *kommt. Begrüßung.*

COSINI Nur der Graf Fantuzzi läßt noch auf sich warten.

MAGNANI Und der Herzog selbst.

GUIDOTTI Seht, hier wandelt er umher, als wenn es keinen Borgia, keinen Mariscotti, als wenn es nicht einmal eine Beatrice gäbe.

RIBALDI Ich bitt' Euch! Zeigt mir das Mädchen!

GUIDOTTI Das Mädchen? Was für ein Mädchen? Die Herzogin, meint Ihr?

RIBALDI Nun ja, die ausersehen ist, für eine Nacht die Herzogin zu spielen!

COSINI Was fällt Euch ein, Ribaldi! Sie ist so gut Herzogin von Bologna, als es jede andere wäre, die der Kardinal selbst dem Herzog angetraut hätte!

RIBALDI Der Kardinal? Wie? Ihr spaßt wohl?

ARLOTTI Nun seht Ihr ja, daß wir's wissen!

COSINI Was?

ARLOTTI Nun, man erzählt, es wäre durchaus nicht der Kardinal gewesen, sondern ein florentinischer Spaßmacher, und das Ganze, wie ich schon sagte, ein Maskenfest.

COSINI Ich bitt' Euch!

MAGNANI Wie kann man glauben, daß der Herzog von Bologna sich in solcher Weise an der Kirche versündigen würde.

RIBALDI Ei was, Sünde! Den Kardinal hat der Papst eingesetzt, der Papst will unser Verderben und Cesar ist sein Sohn! Es wäre gar keine üble Art gewesen, das ganze Gesindel zu verhöhnen.

GUIDOTTI Meiner Seel', Ihr habt recht! Nun tut's mir selbst leid, daß es ein echter Kardinal und eine echte Hochzeit war.

MAGNANI Laßt solche Worte, wenn's beliebt. Die Kirche bleibt heilig, wenn jetzt auch ihre oberste Macht in unwürdige Hände gelegt ist. Wir wollen nicht gehört haben, was Ihr saget!

COSINI Still, der Herzog!

*Der* HERZOG *kommt aus dem Garten. Alle neigen sich vor ihm.*

HERZOG Wo ist Andrea?

COSINI Er ist der einzige, der noch fehlt.

HERZOG *zu Arlotti* Ihr steht am Tor von Saragossa?

ARLOTTI Jawohl, mein Fürst!

HERZOG Mit wie vielen?

ARLOTTI Sechshundert Armbrustschützen.

HERZOG Sechshundert?

ARLOTTI Es ist uns noch gelungen, mein Fürst, in der fünften Nachmittagsstunde zweihundert von Imola aus in die Stadt zu führen. Jetzt wär' es nicht mehr möglich, über diese Straße hierher zu gelangen.

HERZOG Ihr standet in mailändischen Diensten, Ribaldi?

RIBALDI Bis vor einem halben Jahre, mein Fürst. Aber dort gibt's nichts mehr zu tun.

HERZOG Ich kannte Euern Namen längst. Ihr habt unter dem jungen Sforza gefochten.

RIBALDI Dreimal! Gegen Pisa, Ravenna und gegen Rom.

HERZOG Ich fürchte, Ihr habt einen schlechten Tausch gemacht.

RIBALDI Mein Fürst, ich bin stolz, endlich einmal unter einem Bentivoglio fechten zu dürfen, selbst wenn ich bei dieser Gelegenheit das letzte Mal meine Kunst zeigen sollte.

HERZOG Wie steht's bei Euch, Valori?

VALORI Hoheit, die Zahl der Meinen wächst mit jedem Augenblick. Und es wird notwendig, einen Teil von denen, die sich freiwillig melden, an andere Führer zu weisen. Von allen Seiten kommen sie. Ganz junge Burschen, sogar Gewerbsleute scharen sich zusammen und verlangen nach Waffen. Sie sind berauscht von Haß gegen den Borgia und sehnen den Morgen herbei.

CAMPEGGI *tritt auf.*

COSINI Endlich!

HERZOG Wer ist's?

COSINI Der Hauptmann Campeggi.

CAMPEGGI Ich bin hierher befohlen, mein Fürst, um persönlich Papiere zu überbringen, die wir abends bei einem Verdächtigen gefunden haben, der sich in der Kirche San Domenico verstecken wollte. *Er überreicht die Papiere.*

HERZOG Laßt sehen! – Ohne Aufschrift. – *Er bricht das Siegel* Das sind Zeichen, die mir fremd sind – kennt Ihr sie, Cosini?

COSINI Diese hier sehen beinahe aus wie assyrische – nein – es sind völlig willkürliche – es ist zweifellos eine Geheimschrift.

HERZOG Was ist's mit dem Mann, dem sie abgenommen wurden?

CAMPEGGI Er verweigert jede Antwort, vielmehr, er tut, als wenn er unsere Sprache nicht verstünde – oder er versteht sie in der Tat nicht.

HERZOG Es wäre nicht das erste Mal, daß sich Cesar solcher Leute bedient. Wo ist der Mann?

CAMPEGGI Er wartet weitrer Befehle im Hof des Schlosses, mein Fürst.

HERZOG Von solch einem können wir freilich auf keine Weise etwas erfahren.

GUIDOTTI Laßt es mich versuchen, Herzog! Ich möchte meinen Kopf verpfänden, daß ich ihn unsere Sprache reden mache!

HERZOG Wenn Ihr dessen so sicher seid, Guidotti, – führt ihn zu dem Manne, Campeggi.

CAMPEGGI *und* GUIDOTTI *ab.*

HERZOG Im übrigen – was können uns diese Briefe Neues lehren? Was können sie an unseren Entschlüssen ändern?

MAGNANI Mein Fürst –

HERZOG Was wollt Ihr, Magnani?

MAGNANI Verzeiht Eurem treuen Diener ein kühnes Wort!

HERZOG Redet!

MAGNANI Hütet Euch vor der Herzogin!

HERZOG Ihr hegt mehr Treu' als Klugheit, Herr Magnani!

DRITTER BOTE *tritt ein.*

COSINI Hier kommt Botschaft vom Tor von Garisenda!

HERZOG Nun?

DRITTER BOTE Herr, schwere Nebel liegen im Tal; was hinter ihnen sich vorbereitet, darüber fehlt jede Vermutung. Nur eins ist gewiß: daß die feindlichen Truppen gegenüber der Vorstadt von Isaia noch näher herangerückt sind: – die uns am nächsten wären durch einen Pfeilschuß zu erreichen.

HERZOG *entläßt ihn durch ein Neigen des Kopfes. Dritter Bote ab.*

HERZOG

Wo bleibt Andrea? Sendet nach ihm aus!
*Cosini gibt einen Auftrag.*
*Die übrigen sind etwas beiseite getreten.*
So haben meine Wünsche keine Kraft mehr!
Und gab doch eine Zeit, da, kaum gedacht,
Nicht ausgesprochen, jeder ward erfüllt,
Nicht Wunder nahm's mich, wär' Filippo Loschi
Mir auf dem Weg begegnet, den ich kam –
Nein, früher, in Neapel oder Rom –

Nun bin ich in Bologna, will ihn sehn
Und ruf' ihn, und er sagt: Ich will nicht kommen!

COSINI

Bewegt Euch das so sehr, mein Fürst?

HERZOG Erzählt!

Mir mehr von ihm, erklärt mir seine Weigrung!

COSINI

So gut ich's konnte, tat ich's. Doch ich weiß,
Es läßt sich klarer so als kürzer sagen
Mit diesem einen Wort: Er scheint mir närrisch!

HERZOG

Kurz – das ist wahr! Doch glaub' ich, Ihr, Cosini,
Und Euresgleichen könnt nicht ganz verstehn,
So klug Ihr seid, was solche Menschen treibt,
Den Kopf zu schütteln oder »ja« zu nicken, –
Wie erst so vieles andere! Mir ist manchmal,
Als ahnt' ich das Geheimnis solcher Seelen!

GUIDOTTI *kommt* Ein Spaß, Herzog, ein wahrer Spaß! Hört doch, wie er unsre Sprache reden kann, hört! *Er reißt das Fenster auf.*

STIMME DES GEFANGENEN *im Hof* Weh mir, weh mir, mein Aug'! mein Aug'!

HERZOG Was habt Ihr getan?

GUIDOTTI Nun, hört Ihr, daß er ein so guter Italiener ist wie wir alle! Erlaubt Ihr, Herzog, daß ich ihn frage? Meine Stimme soll ihm die Wahrheit aus der Kehle kitzeln!

HERZOG Fragt ihn!

GUIDOTTI *zum Fenster hinaus* Wem, du Schuft, solltest du die Briefe überbringen?

STIMME Weh, mein Auge!

GUIDOTTI Gib acht – du hast noch eines zu verlieren!

HERZOG Wer sandte dich?

STIMME *wimmernd* Der edle Herr Alberto Casca!

MAGNANI Der Sekretär des Cesar!

HERZOG Casca, sagtest du?

STIMME Alberto Casca!

HERZOG

Drei Wochen sind's, da saß er mir 'genüber,
An Alexanders Tafel – wißt Ihr's noch?

COSINI An meiner Seite!

HERZOG

An wen sind diese Briefe? Deinen Auftrag!

STIMME An den Herzog von Bologna!

HERZOG Wie? Sag's noch einmal!

STIMME Die Briefe sind an den Herzog von Bologna!

COSINI Wie ist des Herzogs Name?

STIMME Weh, mein Auge!

GUIDOTTI Du Schuft – wie heißt der Herzog von Bologna?

STIMME Mariscotti!

*Bewegung.*

HERZOG

Ah, war es so gemeint?

COSINI Das ahnte Casca nicht,
Daß noch der rechte Herzog heim wird finden!

HERZOG

An meinen Erben schon der Brief gesandt!
Und wir – mißtrauisch, daß wir früher flohen,
Vertrauten dennoch so an jenem Tag –
Ich will's wie eine schwerste Schuld gestehn –
Doch war's kein Tag, nur eine Stunde – nein!
Es war ein Augenblick, da mich's durchfuhr
Wie eine Wahrheit: alle andern Fürsten
Verachtet Borgia, ich allein erschien ihm
Als seinesgleichen, wert, sein Freund zu sein –
Jawohl, es war ein Augenblick, doch glaubt' ich's!
Und während wir an seiner Tafel saßen,
Schrieb Casca an den Herzog Mariscotti!

GUIDOTTI Euere Hoheit, was soll weiter mit dem Mann geschehn?

HERZOG

Mit diesem? Laßt ihn frei, nur ruft den Arzt,
Daß er das wunde Aug' ihm erst verbinde!
Doch Mariscotti –

GUIDOTTI *mit leuchtenden Augen* Mariscotti?

HERZOG

Man öffne seinen Kerker, lass' ihn glauben,
Er sei befreit, führ' ihn herauf in Luft
Und Licht, behandle ihn mit größter Ehrfurcht,
Als hätte sich sein Los gewendet, – dann
Geleite man ihn höflich in den Garten.
Dort aber – bind' man ihn an einen Baum,
Inmitten aller dieser Lustbarkeiten.
Das Lachen und die Seufzer wilder Lust
Umtön' ihn, seine Blicke tauchen ein
In üppiges Gewirr berauschter Leiber;
Was Menschen seiner Art an Wonnen kennen,
Im Flackerleuchten dieser roten Nacht
Tanz' es um ihn, daß wütende Begier
Ihm in die kettenlahmen Glieder fahre. –
Ihr aber, Guidotti, neben ihn
Stellt Euch mit bloßem Degen hin und wartet,
Bis Euch Befehl wird, in den Morgentau
Zertretnen Wiesengrüns sein Haupt zu schleudern!
*Jetzt tritt er nach hinten, ruft in den Garten.*
Ihr andern, nützt die Zeit! Nehmt meinen Garten
Als duftend Lager eurer Freuden hin!
*Zum Himmel weisend*
Ein Baldachin ist herrlich aufgespannt
Und spottet mit den ew'gen Sternen, die
Vor fernen Zeiten stolzre Menschenpaare
In keuscher Freiheit sich umschlingen sahn,
Der letzten Scham. Ich aber, euer Fürst,
Jeglichem Bund, der heute nacht sich schließt,
Geb' ich die Weihe. Heiligt andre Ehen
Unlöslichkeit und Dauer, geb' ich diesen,
Was euch Beweglichen, Veränderungsfrohen,
Euch Menschen besser ziemt, das schnellste Ende:
Sie alle löst das erste Graun der Früh'.
Doch was aus der Entzückung dieser Stunde

Aufsprießen mag zu seiner Zeit, das trage
So wunderbaren Ursprungs Zeichen mit,
Solang es lebt. – Adlig geboren nenn' ich
Die Sprossen dieser Nacht, da euer Fürst
Mit Beatrice Nardi Hochzeit hält.
*Ab nach links.*

*Die andern entfernen sich nach der andern Seite. Der Saal wird leer, auch dunkler; einige Lichter verlöschen; die Fackeln im Garten immer unruhiger, düsterer; auf der Wiese undeutlich wahrnehmbare Bewegung; Paare gleiten vorüber, umarmen sich, sinken hin, doch alles wirkt wie Schattenbilder; manchmal stürzen Frauen wie fliehend vorbei. Die nächsten Szenen sehr rasch.*

ORLANDINO *und* ROSINA *aus dem Garten.*

ORLANDINO Rosina!
ROSINA Warum belügt Ihr mich? Dort ist kein Schlafgemach – gewiß nicht das Schlafgemach der Herzogin, denn es ist leer!
ORLANDINO Ihr wagtet es, dorthin – –? Was ist Euch, Rosina? Was wollt Ihr von Beatrice in diesem Augenblick?
ROSINA Nun ist es zu spät.
ORLANDINO Rosina!
ROSINA Ist's wahr, daß Ihr mich liebt?
ORLANDINO Rosina!
ROSINA Und wärt bereit, alles zu tun, was ich verlange?
ORLANDINO Versprecht Ihr mir das Gleiche?
ROSINA Alles – wenn Ihr –
ORLANDINO Was?
ROSINA *drängt sich an ihn* So – *Sie unterbricht sich wieder* Ihr seid zu feig dazu – wie ich! *Ab in den Garten. Orlandino ihr nach.*

MARGERITA *eilt aus dem Garten in den Saal;* BRUNI *folgt ihr.*

MARGERITA
Ich will nicht mehr zurück – die Luft ist glühend –

Mir war's, die Flammen schlichen mir ans Kleid!
Lebt wohl!

BRUNI Was fällt Euch ein, Marg'rita?

MARGERITA Schaut
Wie heiß sie sich umschlingen! Niemals hab' ich's
Im Tanze so gesehn!

BRUNI *küßt ihren Nacken*
Wie lieb' ich Euch!

MARGERITA
Mich schwindelt! – Seht, die Fackeln tanzen mit,
als lebten sie! – Laßt mich – ich bitt' Euch, laßt mich!
*Sie läuft, er folgt ihr in den Garten.*

MALVEZZI *und* LUCREZIA *treten auf.*

LUCREZIA
Nun wißt Ihr alles. 's ist ein hoher Preis.

MALVEZZI
Ich nehm's als witz'gen Einfall. Ja, ich seh',
Ihr wollt mich schrecken.

LUCREZIA Nein, es ist ein Schwur,
So heilig, als Ihr jemals einen tatet.

MALVEZZI
Und wenn Ihr mich so sehr entzückt, Lucrezia,
Daß ich's drauf wage? Einmal Euch umschlingen –
*Paare vorüber in den Garten.*

LUCREZIA
Und dann vorbei für immer alle Freuden?
O, dankt mir, daß ich ehrlich bin mit Euch.
Ich sag' Euch, jede andre, die Euch sah
Und so begehrenswert Euch fand wie ich,
Verschwiegen hätt' sie ihren Schwur und Euch
Im Taumel eines Kusses ihre Nadel
Ins Herz gestoßen.

MALVEZZI Doch bedenkt auch das:
Ich bin gewarnt, ich kann mich vor Euch hüten,

Geschmeidig bin ich, Euerm Arm kann ich,
Wann's mir beliebt, rasch mich entwinden.

LUCREZIA Glaubt Ihr?

*In diesem Augenblick läuft* ISABELLA *vorüber, indem sie sich die Kleider vom Leibe reißt.*

ISABELLA *wie im Taumel* O, warum ist der schönste Jüngling nicht schön genug –? warum ist der stärkste Mann nicht stark genug –? warum ist die tiefste Wollust noch immer keine Lust? Ich sterbe vor Sehnsucht! *Vorbei in den Garten.*

LUCREZIA
Ist die nicht schöner, als ich bin? Ich bitt' Euch,
Nehmt sie an meinerstatt. Ihr dauert mich,
Seid jung und liebenswürdig.

MALVEZZI Jedes Wort
Füllt mich aufs neu mit Glut! O kommt!

LUCREZIA Wahrhaftig, –
Mich schaudert vor der rätselhaften Macht,
Die aus Florenz in diese Stadt mich sandte,
Um Euch –

MALVEZZI Zu lieben, herrlichste Lucrezia!
*Beide in den Garten.*

*Einige* JUNGE ADLIGE *in der Halle.*

ERSTER *in den Garten sehend* Wer ist die?

ZWEITER Ich kenn' sie nicht. Ich habe sie nie gesehen.

DRITTER Sie ist aus Florenz.

ERSTER Wie ihre Haut flimmert im Schein der Fackeln!

ZWEITER Ich habe nie geahnt, daß Frauen so schön sein können!

ERSTER Wie sonderbar! Nun wagt sich keiner hin; ganz allein steht sie da.

ZWEITER Sie sinkt hin – sinkt hin – *Alle in den Garten.*

ROSINA *kommt*
War das nicht meiner Nächte heiße Sehnsucht,

Von wilden Armen so umfaßt zu sein,
Auf meinem Hals begier'ge Lippen fühlen
Und meinen ganzen, wundgeküßten Leib
Hingeben trunknen Augen so wie die!
Und jetzt, da die erwünschte Stunde kam,
Durchschauerts mich vor jeglicher Berührung,
Und mein Verlangen ward zum Haß.

BENNOZZO *eiligst vom Garten kommend* Rosina!

ROSINA *fährt zusammen*
Du bist's? Du wagtest dich herein?

BENNOZZO Dich such' ich!
Rosina, dich! Was ist das für ein Fest?
Gott auf den Knieen dank' ich, daß du hier!
Wie bebt' ich, daß du eine warst von diesen,
Die auf den Wiesen unter Bäumen liegen
Und lachen, seufzen, schrein, und deren Antlitz
Ich nicht erkennen wollte – Wohin starrst du?

HERZOG *kommt von links.*

ROSINA *hat ihn erblickt; der Herzog geht auf sie zu, Bennozzo weicht erschrocken zurück.*

HERZOG *ruhig zu Rosina*
Du wirst mir sagen, wo sie ist!

ROSINA *sieht ihn starr an.*

HERZOG Nun – hörst du?
Wo Beatrice ist!

ROSINA Sie ist nicht dort,
Wo Ihr sie suchtet?

HERZOG Deine Augen glänzen,
Wie wenn ein arger Streich gelang. Ich fragte,
Wo Beatrice ist – verstehst du mich?

ROSINA *wie jubelnd*
Sie ist nicht dort? Ist's wahr, sie ist nicht dort?

HERZOG
Du sollst mir sagen, wo sie ist!

ROSINA Ich weiß nicht.

HERZOG

Lüg nicht!

ROSINA Ich lüge nicht.

HERZOG Noch gestern schliefst du
Mit Beatricen in der gleichen Kammer, –
Wenn's eine wissen kann, bist du's!

ROSINA Ich schwör' Euch
Bei allen Heil'gen, Herzog: ich weiß nichts!

HERZOG

Warum dies Lächeln dann, als hätt' ein Glück
Ich dir verkündet?

ROSINA Weil – Ihr's tatet, Herr!

HERZOG *nachdem er sie lange betrachtet*
Und ahnst auch nicht –

ROSINA Ahnt' ich's, so schwieg' ich nicht!

COSINI *ist eingetreten.*

HERZOG

Cosini, ruf mir augenblicks den Bruder
Der Herzogin herbei.

COSINI Man sah ihn nicht.
Er hielt sich fern.

HERZOG Man such' ihn, bring' ihn her!

COSINI *ab; kommt bald wieder mit* MAGNANI.

HERZOG *zu Rosina*
Und deine Mutter schaff' du mir zu Stelle!
Den Vater auch!

ROSINA *zu Bennozzo*
Sahst du die Eltern nicht?

BENNOZZO

Gewiß. Sie stehen beide vor dem Tor,
Man ließ sie nicht herein, die Wachen höhnten:
So'n häßlich altes Weib, das dürfe nicht
Ins Schloß! Und als sie rief: Ich bin die Mutter
Der Fürstin! lachten alle.

ROSINA Geh und hol' sie!

*Bennozzo ab.*

HERZOG *zu Cosini und Magnani, die dastehen, ohne eine Frage zu wagen*

Die Herzogin ist fort.

COSINI Ist fort? Wie das?

HERZOG

Verschwunden.

MAGNANI Ist es möglich?

HERZOG So unsäglich

Genarrt bin ich! Von wem? Von ihr? Von allen?
Erweisen soll sich's bald! Man bringe
Zum Schweigen die Musik! Das Fest ist aus!
*Musik verstummt. – In den Garten*
Hört Ihr? 's ist aus! Jagt diese Dirnen fort
Aus Schloß und Garten! Diese Nackte dort
Mit Peitschenhieben! Und ein Ende macht
Mit Mariscotti.

*Die alten* NARDIS *sind gekommen; Wachen hinter ihnen, auch* BENNOZZO.

Wo ist Eure Tochter?
Wo habt ihr sie versteckt? Wieviel bezahlt Euch
Der Borgia oder einer seiner Schurken
Für diesen prächt'gen Spaß?

FRAU NARDI Euere Hoheit, Eure erhabene Hoheit – Gnade – Gnade! Ich bin unschuldig! Ich habe Beatrice nicht versteckt! Ich weiß nicht, wo sie ist, bei allen Heiligen schwör' ich, daß ich nicht weiß, wo das unglückselige Kind ist!

HERZOG *zum alten Nardi*

Sprich du! Nun, hörst du nicht?

DER ALTE NARDI *klatscht in die Hände und lacht.*

HERZOG Spielt der den Narrn?

FRAU NARDI Eure Hoheit, wie würde er solches wagen? Mein Mann ist verrückt, wirklich verrückt, schon lang, seit vielen

Jahren schon. Eure Hoheit – ich bin schuld daran, ich hab' ihn dazu gemacht. Seht, wie wahrhaftig ich bin, ich gestehe es ein, so wahrhaftig bin ich! Ich elendes Weib habe ihn dazu gemacht mit meinen Sünden, und er weiß so wenig wie ich, wo Beatrice ist!

HERZOG

Kein Haar wird dir gekrümmt, was du auch sagst,
Sprich frei! Mein fürstlich Wort: dir droht nicht Strafe!

FRAU NARDI Ich kann nichts sagen – ich weiß nichts – auch auf der Folter könnt' ich nicht mehr sagen! War denn jemals eine Mutter so hochbeglückt als ich, da der Herzog meine niedre Tochter zur Gattin wählte?

HERZOG

Weib! Du gebarst sie, zogst sie auf, du hast ihr,
Eh' sie zur Hochzeit ging, das Haar gekämmt –
Sie sprach zu dir! Was sprach sie, eh' sie ging?
Wo war sie gestern früh, wo gestern abend?
Nenn' mir die Menschen alle, die sie kennt!

FRAU NARDI Eure Hoheit, sie kennt niemand, als die Gewerbsleute, die in unserer Nähe wohnen, ihre Frauen und Kinder. Lauter harmlose, brave Leute – da ist zum Beispiel einer, der heißt Capponi, und ein anderer – – aber wie kann ich alle die Namen nennen? Und sie lebte wie alle jungen Mädchen unseres Standes. Sie war ein braves Kind – beim Himmel, sie war ein braves Kind! Nie ging sie allein fort!

ROSINA

Das ist nicht wahr! Gar oft ging sie allein.

FRAU NARDI Nun, und wenn sie allein ging? Wohin denn anders, als vor die Tore, auf die Wiesen, spazieren, und wenn wir sie suchten, brauchten wir nie weiter zu gehen, als bis zu dem Hügel, wo das Kloster San Luca steht. Da lag sie im Grünen vor den Mauern, und manchmal war sie da eingeschlafen. Und dann weckten wir sie –

HERZOG

Schwatz' nicht so unnütz! Du weißt mehr, Rosina!

ROSINA
O Herr, ich schwör' Euch, – wüßt' ich, wo sie finden,
Ich schleifte selbst sie her; daß Ihr die Schmach,
Die sie Euch zufügt, ahndet nach Gebühr!
HERZOG
Was ich zu tun gedenke, steht bei mir.
Wär' sie nur da! Ich muß sie wiederhaben!
Was trieb sie fort, und welche Macht war wirksam –?

GUIDOTTI *kommt aus dem Garten.*

GUIDOTTI Mein Fürst, es ist nach Euerm Wort geschehn.
HERZOG *sieht ihn an, ohne zu antworten; spricht dann weiter*
Hätt' ich sie doch gekannt! Hätt' ich die Stunde,
Die eine nur genutzt, so kannt' ich sie,
Und wüßte, wer sie ist, und was sie lockte;
Ob sie ein Kind noch war, ob sie vertraut
Mit Zärtlichkeit und Trug, ob sie verschlagen,
Ob ohne Falsch. Doch diese Fragen trinken
Den Sinn aus der Gewißheit eines Morgen –
Was kümmern sie in einer solchen Nacht?
Und jetzt dürst' ich nach Antwort so, als stünden
Endlose Reihen künft'ger Tage da;
Ins Unermeßne reckt sich meine Sehnsucht,
Und alles andre wird zu nichts. Gleichgültig
Seid ihr mir alle und was euch bedroht,
Gleichgültig meine Stadt; die Schlacht von morgen
Ein sinnlos blutiges Gezänk, da mir
So wenig Abscheu gegen Cesar blieb,
Als Liebe für Bologna und für euch!
Mein ganzes Leben ist zusamm'gepreßt
In dieses eine: – Wo ist Beatrice?
Was ist's, das so unsäglich mich verwirrt?
Nicht ird'sche Lust, alltägliches Verlangen
Nach einem schönen Weib hat so viel Macht –
Es kündet also höhere Bestimmung,

Des Schicksals Wille sich gebietrisch an.
Schafft Beatrice mir, so bin ich Euer,
Wie ich's gewesen, und ich mach' Euch frei!
Bringt sie mir wieder, und Bologna wird
Von allen Städten dieses Lands die erste!
Schafft Beatrice mir, so wird der Adler,
Der mit zerschoßnem Flügel niedersank
Vor San Petron, den Borgia selbst bedeuten,
Dem hier sein Ende wird – nicht mich!

EINIGE Die Herzogin!

BEATRICE *ist im Garten erschienen. – Ungeheures Erstaunen.*

HERZOG
Beatrice!
*Schweigen.*

BEATRICE *bleibt anfangs zwischen den Säulen stehen*
So war ich länger fort, als ich gedacht.

HERZOG
Wo kommst du her?

BEATRICE Ich komme aus der Kirche.

HERZOG
Was tatest du?

BEATRICE *als spräche sie nach*
Gebetet hab' ich dort
Für Euch, für mich, für alle.

HERZOG Hast gebetet?

BEATRICE *mit wachsender Sicherheit*
Bei San Petron.

MAGNANI *zu Cosini* Das ist unmöglich!

COSINI Schweigt!

HERZOG
Du hast gebetet? Jetzt? In San Petron?

BEATRICE
Unwiderstehlich zog es mich dahin.

ROSINA
Du lügst!

HERZOG *zu Rosina*
Laßt sie!
*Zu Beatrice* Was war es, das dich hinzog?

BEATRICE
Es senkte wie Erleuchtung sich herab,
An solchem Ort in solchem Augenblick
Sei mein Gebet von tiefster Kraft erfüllt.

ROSINA
Seht, wie sie zittert!

HERZOG *zu Rosina* Schweige!
*Zu Beatrice* Du sprich weiter
Und hab' nicht Furcht.

BEATRICE Sie sehn mich alle an –
Doch zittr' ich nicht. Es nahn die Morgenschauer,
Die fühl' ich früher als die andern Menschen.

HERZOG
Weht's aus dem Garten dich so fröstelnd an,
So führ' ich dich in wohlverschloßnen Raum,
Dort sollst du mir erzählen, mir allein,
Was ich dich frage. Wahrlich, wie du bebst!
Komm, Beatrice, nimm den Schleier um,
Daß deine Haut die Schauer minder fühle.

BEATRICE *greift nach ihrem Hals, merkt, daß sie ohne Schleier ist, zuckt zusammen.*

HERZOG
Wo ist er?

BEATRICE Nun, ich ließ ihn wohl zurück.

ROSINA
Nein, als du fortgingst, warst du drein gehüllt!

HERZOG
Du sahst sie gehn?

ROSINA Ja, doch ich ahnte nicht,
Daß sie zur Kirche wollte.

BEATRICE In der Kirche –
Ja, ganz gewiß, dort liegt er – vorm Altar –
Wenn er nicht auf der Straße mir herabglitt
Von meinen Schultern!

MAGNANI Herr!

COSINI Schweigt doch!

MAGNANI Verzeiht
In Gnaden mir, mein Fürst, die Fürstin lügt!
*Bewegung.*

HERZOG
Was wagst du?

MAGNANI Nach Vollzug der heil'gen Handlung
Ließ ich die Türen sperren, denn mir ahnte,
Daß frische Weihn dem Gotteshaus geziemten,
Das diese hier betrat. Ich selbst als letzter
Verließ die Kirche, dann die Sakristei –
Die Herzogin kommt nicht von San Petron!
*Schweigen.*

HERZOG
Wo warst du? Rede! Und wo blieb der Schleier?

BEATRICE
Ich weiß nicht, wo er ist. Nun ist er fort.

HERZOG
Schaff' mir ihn her!

BEATRICE Ich soll –

HERZOG Du sollst mit mir
Den Schleier holen, wo du ihn verlorst.

BEATRICE
Ich kann nicht.

HERZOG Wie? Ist, was mich dort erwartet,
So über alle Maßen schauervoll,
daß du dich schwerern Grimms von mir versiehst,
Als wenn du weigerst, was ich dir befehle?
So höre, Beatrice, dir ist alles,
Wie ungeheuer deine Schuld sich zeigt,
Schaffst du den Schleier, ist es dir verziehn.

War's frevler Anschlag wider deinen Herrn
Im Bund mit meinen Feinden, war's ein Werk
Gottloser Zauberei, das du versucht,
War's frühe Untreu' wider deinen Gatten –
Ich bin bereit, so gänzlich zu verzeihn,
Daß du als Herzogin rückkehrst ins Schloß,
Wär's auch von einem höchst verruchten Ort.
Willst du noch mehr, so sprich!

BEATRICE Ich kann nicht hin!

HERZOG
Bedenke, was du sagst!

BEATRICE
Ich kann nicht hin!

HERZOG
Verstandst du mich denn nicht? Dir droht nicht Strafe,
Du bleibst die Fürstin, und du bleibst mein Weib, –
Und bin ich nicht mehr hier, liegt's diesen ob,
Beim letzten Schwur, den ihre Treu' mir leistet,
Dein Haupt wie ein unschuld'ges zu beschützen.
Doch nun die Wahl: Schaffst du den Schleier nicht –

BEATRICE
Ich kann nicht, Herr!

HERZOG So jag' ich dich davon!

BEATRICE *schaut ihn zuerst groß an, dann wendet sie sich, als wollte sie gehen.*

HERZOG
Was willst du tun?

BEATRICE Ihr sagt's ja. Ich muß gehn.

HERZOG
Nicht so! nicht gleich! Im Schein der ersten Sonne,
Mit wüsten Haaren und zerrißnem Hemd –
Als meine Hure, allem Volk zum Spott
Lass' ich von Knechten übern Hof dich treiben!

BEATRICE
Tut, was Ihr müßt. – Den Schleier hol' ich nicht.

MAGNANI
Nicht Schmach ist's, was dergleichen Frauen schreckt.

HERZOG
Bedenk's ein letztes Mal. Dich zu bestrafen,
Gebricht's mir nicht an Macht. Erspar' es mir,
Sie bis an ihre Grenzen auszudenken!

FRAU NARDI Beatrice – mein Kind! Der Fürst ist ja so gnädig!

BEATRICE
Ich kann nicht hin!

HERZOG Dein letztes Wort?

BEATRICE Es ist's.

HERZOG *nach einer kleinen Pause*
Somit erklär' ich Beatrice Nardi
Verlustig ihres herzoglichen Rangs
Und sende sie zurück, woher sie kam.
Euch übergeb' ich sie, Carlo Magnani,
Zu schleunigem Gericht und Urteilsspruch –
Mir kündet die Vollstreckung früh am Morgen.
*Wendet sich zu gehen. Langsam links die Stufen hinauf.*

MAGNANI
Dank, Fürst, für den gesegneten Entschluß!

BEATRICE
Wo geht er hin? Was soll mit mir geschehn?

FRAU NARDI Mein Kind, du sollst sterben! Verstehst du denn nicht, du sollst sterben!

BEATRICE *angstvoll* Sterben? Sterben?

MAGNANI *zu den ringsum versammelten Edlen*
Ihr Herrn, uns bleibt kaum Zeit, die Form zu wahren,
Und da mir unbeschränkte Vollmacht ward,
So wähl' ich euch, ihr edeln Herren alle,
Die Zeugen dieses unerhörten Falls,
Als Richter, mir vom Schicksal beigesellt,
Und klage diese: Beatrice Nardi
Vor so berufnem Kreis und allem Volk
Der Hexerei und des Verrates an,
Und trage an, trotz des verjährten Brauchs,

Der martervollre Bußen auferlegt,
Der fürstlichen Vergangenheit gedenkend,
(So kurz sie währte und so schlimmer Art
Sie auch errungen ward, so bleibt sie fürstlich):
Auf Tod durchs Schwert und noch in dieser Stunde.

BEATRICE *schreit*
Ich will nicht sterben! Nein, ich will nicht sterben!
Tot sein ist fürchterlich! Ich will nicht sterben!

MAGNANI
Führt sie hinab!

BEATRICE Ich will den Schleier bringen!
*Zu den Knechten, die sie ergreifen wollen*
Laßt mich!

MAGNANI Führt sie hinab!

BEATRICE Hört Ihr mich nicht?
Ich will den Schleier holen! Ruft den Herzog!

MAGNANI
Es ist zu spät.

FRAU NARDI Es ist nicht zu spät! Man will eine Unschuldige umbringen! Eure Hoheit! Ich will schreien, daß die Mauern zusammenstürzen! Der Herzog soll wiederkommen!

MAGNANI Der Teufel hol' die Alte!

GUIDOTTI *kommt aus dem Garten, in größter Erregung*
Ihr Herrn, wer sah von euch das junge Weib,
Das mit Malvezzi war vor einer Stunde?

ZAMPIERI
's war eine aus Florenz.

ANDERE Was ist's mit der?
*Ganz im Hintergrund des Gartens sieht man eine Leiche vorübertragen.*

HERZOG *von der Terrasse aus, dem Publikum unsichtbar, sehr laut*
Ist's Mariscotti, den die Leute tragen?
Zur Mauer von Isaia mit dem Leichnam!
Hinausgeschleudert das verruchte Haupt,
Auf daß sie's finden, wenn die Sonne aufgeht!

GUIDOTTI

Dafür hab' ich gesorgt. Doch dieses, Herr,
Ist des Malvezzi Leich'.
*Bewegung* Im Grase lag er;
Von dieser Nadel war sein Herz durchbohrt.

EINIGE

Die Florentinerin!

ANDERE Man suche sie!

EINER

Kein Weib ist mehr im ganzen Schloß zu sehn.

ZAMPIERI

Sie kam mit der, die man hinausgepeitscht.

ZWEITER ADELIGER

Leicht kenntlich, denk' ich, wird die allen sein!

ERSTER ADELIGER

Die stürzte hin am Tor – die sagt uns nichts mehr!

BEATRICE *ist in den Garten gestürzt, hat sich niedergeworfen, sieht zur Terrasse auf; flehend*

O Herr!

HERZOG Graunvolle Nacht!

*Er beginnt langsam die Stiege herunterzukommen.*

BEATRICE Ich habe Furcht –
Sie töten mich – und ich will leben, Herr!
Den Schleier hol' ich Euch – – ich will nicht sterben!
O kommt, ich bitt' Euch!

MAGNANI Herzog, hört sie nicht!
Es bringt Gefahr – geht nicht!

HERZOG *ist auf den letzten Stufen.*

BEATRICE Nehmt meine Hand!

HERZOG

Was soll mir deine Hand?

BEATRICE O bitte, nehmt sie!
Ihr müßt sie halten – müßt sie immer halten!
Das eine tut mir: laßt mich nicht allein,
Wenn ich mit Euch dahin geh'! Und noch eins –

Das fleh' ich – fragt mich nicht – ich fleh' Euch an –
Fragt mich um nichts!

HERZOG Bin ich erst dort mit dir,
Was brauch' ich noch zu fragen!

BEATRICE Schwört mir das,
Daß Ihr nichts fragt, und haltet meine Hand!

HERZOG
Ich halte sie.

BEATRICE So kommt!

*Sie zieht ihn nach hinten; Magnani scheint folgen zu wollen.*

HERZOG Daß niemand folge!
Hört Ihr? Bei Strafe seines Lebens – keiner!

*Alle bleiben wie gelähmt stehen.*

*In diesem Augenblick kommt* FRANCESCO, *der mit größtem Erstaunen alles sieht und nach vorn stürzt, als wenn er jemanden etwas fragen wollte.*

ROSINA *schreit* Feiglinge! Feiglinge!

*Vorhang*

## Fünfter Akt

*Szene des dritten. Ganz dunkel. Die Kerzen herabgebrannt. Der Schleier liegt wie leuchtend nicht ganz in der Mitte, mehr rechts, wo ihn Beatrice heruntergleiten ließ. Die Leiche des Filippo Loschi beinahe ganz unter den Vorhängen des Alkovens; man sieht gar nichts von ihr, wenn der Vorhang aufgeht. Die Szene ist eine Weile leer. Es ist anfangs still. Nach einiger Zeit Lärm auf der Straße, Lachen, das wieder verklingt. Wieder vollkommene Stille. Dann tritt durch die offene Tür rechts* BEATRICE, *der* HERZOG *hinter ihr, ihre linke Hand mit seiner rechten haltend. Sie geht auf den Schleier zu, hebt ihn auf.*

BEATRICE
Hier ist er! Und nun kommt!
HERZOG *bleibt regungslos stehen.*
BEATRICE Ich bitt' Euch, kommt!
Ihr seht, der Schleier ist's, den Ihr mir gabt.
Ich hielt mein Wort, nun haltet Eures auch,
Und laßt uns gehn.
HERZOG *regungslos.*
BEATRICE *in immer heftigerer Angst*
Nach nichts zu fragen, schwort Ihr!
So kommt, verlassen wir den Ort – ich bitt' Euch!
HERZOG *sehr ruhig, sie immer bei der Hand haltend*
Sind's immer noch die Schauer nahen Morgens,
Daß deine Finger beben?
BEATRICE Gehn wir fort!
HERZOG
Noch nicht.
BEATRICE Dies ist der Schleier.
HERZOG Ja, er ist's.
BEATRICE
Und was ich auch getan, Ihr habt's verzieh'n!

HERZOG
Das tat ich.
BEATRICE Also fort – ich bitt' Euch, fort!
HERZOG
Dies Haus gleich zu verlassen, schwor ich nicht.
BEATRICE
Was wollt Ihr hier?
HERZOG Das Licht des Tags erwarten!
BEATRICE
Bis dahin währt's noch lang.
HERZOG
Die Dämmer steigen
Dort überm Turm – siehst du nicht, Beatrice?
BEATRICE *sich erinnernd*
Ja – überm Turm. – Nein, Sterne flimmern dort!
HERZOG
Sie löschen aus, der Himmel ahnt den Tag.
BEATRICE
Doch wenn er kommt –
HERZOG Was dann?
BEATRICE Dann öffnen sich
Die Tore und Ihr zieht hinaus ins Feld –
*Indem sie ihrer Stimme einen verführerischen Ausdruck zu geben sucht*
Und diese Nacht, mein Fürst und mein Gemahl,
Versank und kommt für uns nie wieder!
HERZOG Nie! –
BEATRICE
So gehn wir doch! Seht, sind wir erst daheim,
Dürft Ihr mich fragen und dürft alles wissen.
Nur fort von hier! – Bin ich nicht Euer Weib –?
Und daß ich alles dies getan – nun ja –
Ihr wißt nicht, was es war, doch ist es viel –
Und war doch nur für Euch – das muß wohl sein –
Ich lieb' Euch so! Und wenn der Tag erscheint,
Geht ihr von mir, und ob Ihr jemals heimkehrt,

Wer weiß? Wer weiß? – Den Schleier halt' ich fest,
Ich werd' ihn nicht zum zweitenmal verlieren!
*In immer stärkerer Erregung, wie dem Wahnsinn nah*
Nach Hause also! Sehnst du dich denn nicht
Nach meinen Küssen? Denke, was du tatst,
Mich zu gewinnen! Bist ein Herzog doch,
Und nahmst mich gleich zum Weib, da ich's verlangte,
Und schenktest mir so viel und gabst ein Fest,
Und morgen früh mußt du davon und – höre –
*Wie mit einer letzten Anstrengung*
Ich liebe dich!

HERZOG Sei ruhig, Beatrice,
Dir ist verziehn, du bleibst die Herzogin,
Und in die Arme schließ' ich dich als Weib.

BEATRICE
So komm!

HERZOG Wohin? Das prunkende Gemach,
Wo meine Väter ihre Hochzeit hielten,
Und Parmas Fürstentochter mich empfing,
Scheint mir für unsre Brautnacht nicht der Ort!

BEATRICE
Nicht edel ist mein Stamm, ich weiß – doch seht,
Ich bin sehr schön, und Ihr nahmt mich zum Weib!

HERZOG
Du bist's! begreif es nur! Doch mich verdrießt's,
Mit dir zurückzukehren in mein Schloß,
Und unsrer Feier wähl' ich andern Ort!

BEATRICE
Wo wollt ihr hin?

HERZOG
Ich wüßte keinen bessern
Als diesen hier, wo du den Schleier ließest.

BEATRICE
Was – sagt Ihr?

HERZOG Keinen würd'gern, Beatrice,
Und sucht' ich ganz Bologna danach ab.

Ob dies ein Haus verruchten Zaubers ist,
Ob du hier schwelgtest in geheimen Lüsten,
– Ich frag' es nicht! – doch, wie es sei, nur hier
Soll diese wunderbare Hochzeit enden!
Hier, schöne Beatrice, wirst du mein!
Was ist dir? Immer noch die Morgenschauer?
*Er berührt sie.*
Daß Finger – Hände – Arme – Hals dir zittern?

BEATRICE *schaudernd*
Laßt mich! Ich bitt' Euch, laßt mich!

HERZOG *um sich schauend* Mählich dringt
Mein Blick ins Dunkle, ungefragt enthüllen
Vorlaute Schimmer dieses Raums Geheimnis!
*Sieht die Vorhänge*
Hier wallt es faltenschwer zur Erde nieder –
Komm, Beatrice, dort ist's aufgerichtet,
Das solcher Ehren nimmer sich versah,
– Das Brautbett wartet, Fürstin von Bologna!
*Er zieht sie mit sich.*

BEATRICE
Laßt mich!

HERZOG O, regt sich Scham ein letztes Mal?
So denk', 's ist eine Gruft, so schwarz und stumm,
Darin wir unsre Seufzer keusch begraben.
Komm, Beatrice!

BEATRICE Laßt mich!
*Reißt sich los, steht abgewandten Gesichtes da.*

HERZOG Welche Nähe
Und welche Furcht gibt deiner Schwäche Kraft?

BEATRICE *in wachsender Verzweiflung*
Nein, sag' ich Euch! Eh' Ihr mich anrührt, Herzog,
Eh' Ihr dorthin geht – seht, wahrhaftig mein' ich's –
Hier ist mein Herz! – Ich bitt' Euch, bringt mich um!
Ich selber bin zu feig, Ihr wißt! Auch so
Ist's furchtbar, wie sie's dort im Schlosse wollten.
Doch I h r sollt's tun – und gleich!

HERZOG Wo bin ich?
Nun, blödes Auge, willst du nicht einmal
Mit eignem Lichte schaun? Mußt du auch heut
Vom letzten Tage noch den Strahl dir leihn?

BEATRICE
Zu mir! Zu mir!

HERZOG *den Vorhang hebend, erblickt den Körper des Filippo*
Ich sehe – sehe – sehe!
Wach' auf! Schläfst du so fest? War eu'r Umschlingen
So wild, war euer Rausch so tief, daß dich
Mein Ruf nicht weckt! Wach' auf! Beschämt dich die nicht,
Die unermattet kam aus deinen Armen
Ins Schloß, wo eine Brautnacht ihrer harrte
Und wieder her zu dir und aufrecht steht –
Und du liegst wie'n Betrunkner hingestreckt?
Seh' ich um deinen Mund ein Lächeln spielen?
Kommt Licht aus deinen Locken, das ich sehe?
Bist du so stolz, daß deines Fürsten Braut
Am Hochzeitsabend deine Hure war,
Und träumst davon? Wie oder glaubst, daß dies,
Was jetzt geschieht, ein Traum? Du irrst! Du wachst!
Merkst du's und regt sich's unter deinen Lidern?
Steh auf! Nicht länger mehr gelingt's, den Schlaf
Zu heucheln! Früh' ist um dich, und ich sehe
Dein Lächeln sich in angstvoll Grinsen wandeln
Und Graun die Augen aus den Höhlen treiben!
So rühr' dich doch! Lähmt dich der Schrecken so,
Daß du nur starren kannst mit offnem Maul?
Ich will dir helfen! *Rüttelt ihn* Schrei' dir was ins Ohr,
Was einen, der nicht niedrer als ein Knecht,
Wehrloser als ein Lahmer, taub wie'n Leichnam,
So rasend macht, daß, hätt' er tausend Leben,
Er alle hinwirft, seine Wut zu stillen!
Ich spei' dir ins Gesicht, du feiger Hund!

*Jetzt läßt der Herzog den Körper des Filippo los, der schwer zurückfällt. Der Herzog sieht nun, daß Filippo tot ist; er wendet sich zu*

*Beatrice, die während der ganzen Anrede regungslos dagestanden ist. Wie der Herzog zu ihr tritt, scheint durch ihren Leib ein letztes Zittern zu gehen; von jetzt an ist sie völlig gefaßt und spricht ruhig.*

HERZOG
Du hast's gewußt?

BEATRICE Ich hab's gewußt.

HERZOG
Warum noch diese letzte Schmach, den Toten
Mich schmähn zu lassen?

BEATRICE Ja, dies war die letzte.

MAGNANI *tritt auf. Gleich hinter ihm* COSINI.

MAGNANI
Mein Fürst, hab' ich mein Leben auch verwirkt,
Nun nehmt es hin, da ich Euch lebend finde!

HERZOG
Ihr auch, Cosini? Sagt mir, wo ich bin!

COSINI
Ihr wißt's nicht? In Filippo Loschis Haus!

HERZOG
In Loschis Haus? – Und dies –
*Mit Cosini zum Leichnam.*

COSINI Beim heil'gen Gott!

HERZOG
Filippo Loschi?

COSINI Ja, er ist's gewesen!

HERZOG *zu Beatrice*
Der starb um dich? Und den verrietest du?
Und mich um ihn? Und wied'rum ihn um mich?
Was bist du für ein Wesen, Beatrice?
Und all dies Ungeheure mußte sein,
Daß ich Filippo Loschi sehen durfte –
Ein einzigmal und so? Geheimes Walten!
In welche Tiefen muß ich untersteigen,
Die Wurzeln finden, wo sie sich verschlangen?

FRANCESCO *tritt ein; gleich hinter ihm die alten* NARDIS *und* ROSINA *in Ketten;* KNECHTE *mit ihnen.*

HERZOG
Was hat dies zu bedeuten?
MAGNANI Herr, vergebt,
Zu eignem Handel trieb gebieterisch
Der erste Ungehorsam, den ich wagte.
Die hier ließ ich mir folgen, ungewiß,
Wie weit auch sie in Schuld verstrickt, und ob
Bei solchem Drang der Zeit nicht jedes Zögern
Verzichten hieß auf Wahrheit und Gericht.
HERZOG
In Ketten?
FRANCESCO Herr, befehlt, daß man sie löse!
Unschuldig sind sie!
HERZOG Man befreie sie!
*Den Nardis werden die Ketten abgenommen.*
FRANCESCO
Ich dank' Euch, Herzog! *Auf Beatrice weisend*
Schuldig ist nur die,
Die meine brüderliche Innigkeit
Seit je mit ahnungsvoller Angst umfing,
Und die nun so von Schande trieft,
Daß, bis auf ihren Namen, tausendmal
In brünstige Gebete eingeschlossen,
Jeglich Erinnern, daß sie Schwester war,
Wie schmutz'gen Staub ich so mit Füßen trete!
ROSINA
Elende!
COSINI *zum Herzog, der in Sinnen verloren dasteht*
Mein Fürst, was ist Euch? Was befehlt Ihr, daß
Mit diesem Weib gescheh'? Die Stunden fliehn.
MAGNANI
Laßt jetzt des Amts mich walten; denn das Wort,
O Herzog, das Ihr dieser gabt, ist nichtig,

Wie Eure Eh', vor jedem Tribunal,
Vor Gott und Papst und allen Kardinälen.

ROSINA

Vergißt der Herzog, daß hier eine steht,
Die seine Gattin ist?

FRAU NARDI So schweig, du Böse!

ROSINA

Und die ihm fortlief in der Hochzeitsnacht
Zu einem Liebsten!

HERZOG Wo ist alles hin?
Da stehn sie nun und harren meines Worts,
Und übermächtig bannt sie das Geschehne
Und lebt für sie und hat besondre Kraft.
Mir aber ist, als tränk', wie weicher Boden
Das Blut Erschlagner, dieser durst'ge Morgen
Den dunkeln Inhalt der entschwundnen Nacht, –
Und sie, so wie ein Leichnam, unbegreiflich,
Liegt starr am Eingang meines letzten Tags.
Was ist mir alles dies? Nur eins bewegt mich:
Daß dieser einsam starb und jene floh
Zurück ins Leben, fort von dem Geliebten,
Indes er dalag wie ein toter Hund?
Wie kam dies alles? Beatrice, sag's.

FRAU NARDI So sprich doch, Beatrice! Wirf dich auf die Knie vor Seiner Hoheit, dem Herzog! Er wird gnädig sein! Er wird dir das Leben schenken, wenn du dich auf die Knie wirfst und ihn darum anflehst!

BEATRICE

Wär's nur darum, so spräch' ich nicht ein Wort!
*Wendet sich jetzt zu dem Toten und sieht ihn lange an.*

HERZOG

Warst du nicht, Beatrice, nur ein Kind,
Das mit der Krone spielte, weil sie glänzte, –
Mit eines Dichters Seel', weil sie voll Rätsel, –
Mit eines Jünglings Herzen, weil's dir just
Geschenkt war? Aber wir sind allzu streng

Und leiden's nicht, und jeder von uns wollte
Nicht nur das einz'ge Spielzeug sein – nein, mehr!
Die ganze Welt. So nannten wir dein Tun
Betrug und Frevel – und du warst ein Kind!

FRAU NARDI Beatrice, knie nieder vor dem Herzog, bitte um Gnade!

HERZOG
Hier hast du deine Tochter – sie ist frei,
Und du laß alles Fürchten, Beatrice –

BEATRICE *an der Leiche*
Das ist vorbei! Und war doch das allein,
Was mich die fürchterlichen Wege jagte
Von Lüg' in Lüge, Schmach in Schmach, und mich
Hier neben dir *Zu dem Toten* anbetteln ließ den andern,
Mich zu umarmen, – was mich dulden ließ,
Daß deinem Leichnam arger Schimpf geschah, –
Und alles, weil's mich graute, da zu liegen
Wie du. Jetzt aber bin ich müd', so müd',
Glaub' ich, wie nie auf Erden jemand war –
Warum gerade mir dies alles, sagt?
Und warum war ich ausersehn vor allen,
So vielen Leid zu bringen, und weiß doch:
Ich wollte keinem Böses! Staun' ich nun,
Daß ich es bin, der alles dies geschah,
Und macht mich dieses ungewohnte Staunen
So müd', daß nichts mehr in mir ist als Sehnsucht,
Daliegen, so wie du, und fertig sein!
Ich bitt' Euch, tut's! Ein Stich, und allen ward
Nach Willen – *Zum Herzog* bitte, tut's, mein guter Herr! –

FRAU NARDI Mein Kind, was fällt dir denn ein! Um Gnade sollst du bitten, und du bittest um deinen Tod!

HERZOG
Beatrice –
Mein Dolch trägt kein Verlangen mehr nach dir!

FRANCESCO
Der meine um so heißres, Beatrice!
*Er stößt ihr den Dolch ins Herz; sie sinkt nieder.*

BEATRICE
Francesco – du?
HERZOG Francesco!
*Er reißt ihm den Dolch aus der Hand.*
FRAU NARDI Meine Tochter! Francesco!
FRANCESCO *mit dumpfer Entschlossenheit*
Ich mußt' es tun!
NARDI Was ist denn das? Um Himmels willen – o, du ungeschickter Junge – sie blutet ja! Beatrice, hat er dir wehgetan?
FRAU NARDI Deine Tochter ist tot, verstehst du's? Unsere Tochter ist tot!
HERZOG *zu Francesco*
Wagt deine Einfalt mehr, als sie begreift?
FRANCESCO
Ging sie auch einen vielverschlungnen Weg,
Dem ich nicht folgen kann durch seine Irren –
Ich sag's: noch jetzt, da sie im Tod hier liegt,
Füllt mich mit Grimm und Ekel, sie zu denken
Ohn' alle Weihe heil'gen Sakraments,
Schamlos zu flücht'ger Lust geworben
In eines Mannes Bett. – O Schmach und Elend!
Daß der sich selber auf den Weg gemacht,
Den's mein Amt war, beizeiten ihn zu senden!
HERZOG
Du Knabe, schweig! An diesen, der hier liegt,
Kann deine Rache nicht heran!
So wenig, als mein Zorn.
*Bewegung* Geschäh' ein Wunder
Und würfen wir den Borgia in den Staub
Und brächten Freiheit unsrer Stadt und zwängen
Zehn, hundert andre – dieses ganze Land,
Uns zu gehorchen, und ein Reich erstünde,
So mächtig und geeint, wie's Rom gewesen,
*Zu Cosini*
Und jenes fernste, dessen Schutt wir sahn, –
Und wenn's durch tausend Jahre herrlich blühte,

Einmal fiel's doch in Trümmer, wie die andern.
Ein Lied von dem, verweht's der Zufall nicht –
Ist ew'ger als der kühnste unsrer Siege,
Der wieder nur Vergänglichkeit erringt!
Dran werden Menschen einer späten Zeit,
Der unsre Taten nichts als Worte sind,
In kühlen Stein gegraben zum Gedächtnis,
Wie wir, die Mitgebornen, sich erfreun
Mit gleichem Lächeln und mit gleichen Tränen.
Denn dieser war ein Bote, ausgesandt,
Das Grüßen einer hingeschwundnen Welt
Lebendig jeder neuen zu bestellen
Und hinzuwandeln über allen Tod.

*Es ist nahezu licht geworden, während der letzten Worte kam ein* BOTE, *der mit Cosini gesprochen hat.*

COSINI
Mein Fürst, der Bote bringt Bericht vom Turm.
HERZOG
Von Garisenda?
VIERTER BOTE Wohl, erhabner Herr!
Es ist, wie wenn all die Tausende rings um die Stadt mit einem Mal durch einen Ruf erweckt worden wären. Die Straßen, soweit wir blicken können, die Felder, die Hügel stehen voll Gerüsteter, und von San Luca flattern nicht allein die Standarten der Borgia, auch die Fahnen von Neapel und Frankreich sahen wir wehen.
HERZOG *zu Magnani*
Nun?

FÜNFTER BOTE *ist unterdes gekommen.*

HERZOG
Und was will dieser?

COSINI Fürst, er wagt es nicht,
Die Botschaft zu bestellen. Und ich selbst –

HERZOG
Ich dächte, was es immer Böses sei,
Zu klagen bleibt uns doch nicht lang mehr Zeit.

COSINI
Die Pfeile trafen schon.

HERZOG So sagt – wer ist's?

FÜNFTER BOTE Herr, von denen, die auf der Mauer von Isaia stehen, sind drei zu Tode getroffen worden.

HERZOG
Die Mauer von Isaia – das ist die,
Wo Graf Andrea steht mit seiner Schar –
Er ist's?

FÜNFTER BOTE
Wir sahn ihn stundenlang zuvor
An gleicher Stelle stehn, hochaufgerichtet –
Er war das erste Ziel und fiel sogleich.

HERZOG
Auch du vor mir? *Pause* Francesco! gehe hin
Zum Tore von Isaia, dir vertrau' ich
Die frühverwaiste Schar – du sollst sie führen!
Was heute not tut, ward dir mehr als allen.
*Francesco ab.*
Euch aber, denen diese Stadt vertraut ist,
Bis andre kommen, nicht mehr ich und die,
Trag' ich die Sorge auf, im ersten Glühn
Der Morgensonne, die zum Abschied grüßt,
Den Leichnam dieses sehr geliebten Dichters
Im Grab der Bentivoglio zu bestatten.
Und diese hier wie ihn! Die Spanne Zeit,
Die sie ums Licht des Lebens noch geflattert,
Bedeutet jetzt nichts mehr – sie starb mit ihm.
Er liebte sie, er starb, weil er sie liebte,
So ist sie hochgeehrt vor allen Fraun!

COSINI

Die Sonne steigt empor.

HERZOG

Der Tag ist da.
Und in den gleichen Glanz gehn wir hinaus,
Der uns vor einem Jahr ersehnte Fernen
Mit lichtem Schein umrandet hat, als baute
Der junge Morgen selbst das stolze Tor
Zum Eingang in die Welt, die uns empfing,
So festlich, wie der eignen Fülle jauchzend.
Heut weist kein unermeßner Weg ins Weite,
Und vor den Mauern endet unsre Fahrt.
Und dennoch – mir erglüht die Sonne heut
Verheißungsvoll wie damals, denn wir gehn
Von allen Abenteuern, die im Dunkel warten,
Dem neusten und gewaltigsten entgegen!
*Glocken von allen Türmen.*
Das Zeichen tönt, und mächt'ge Neubegier
Wie nie zuvor beflügelt meinen Schritt.
Ich freue mich des guten Kampfs, der kommt;
Die frischen Morgenlüfte atm' ich durstig
Und preise dieses Leuchten aus den Höhn,
Als wär' es mir allein so reich geschenkt.
Das Leben ist die Fülle, nicht die Zeit,
Und noch der nächste Augenblick ist weit!
*Er geht, andere folgen ihm.*

*Der Vorhang fällt*

# Abendspaziergang

*Im Prater. Die breite Allee, die vom Lusthaus nach den Auen der Donau führt. Ein Oktobernachmittag von milder Wärme; der mattblaue Himmel leuchtet durch das dünn gewordene Laub, welke Blätter liegen auf der bräunlichen Erde. Verflogene Krähenschreie tönen aus dem Wald.*
*Er und Sie haben den Wagen verlassen, der sie bis hieher geführt hat. Während der Fahrt haben beide geschwiegen, erst in der Nähe vor dem »Lusthaus« hat er sie gefragt, ob sie aussteigen will. Sie hat zur Antwort nur genickt. Jetzt wandeln sie stumm über die knisternden Blätter, und erst nach einigen Minuten beginnt er zu reden; ziemlich langsam und bedrückt.*

ER Es ist sonderbar. Mir scheint, daß ich trauriger bin als du.
SIE Ich kann das nicht sonderbar finden.
ER Immerhin. – Ich bin es doch, der gesagt hat: Es ist zu Ende.
SIE Ja, aber ich habe es früher gewußt, daß es so kommen wird.
*Sie schweigen.*
ER Was wirst du tun?
SIE Was geht's dich an? Wenn heute die Sonne untergegangen ist, bin ich auf immer für dich verschwunden.
ER Und du wirst nicht am Fenster stehen, mir nachschauen, zum letzten Mal?
SIE Nein. Aus ist aus.
ER Denke doch: Wir gehen hier zum letzten Mal mit einander spazieren, auf dem gleichen Wege, den wir im Frühling so oft gewandelt sind – und nun, nach wenigen Minuten, wird man einander die Hand reichen, – und der Eine geht dahin, der Andere dorthin. Ich weiß von heut abend an nichts mehr von dir, du nichts mehr von mir ... Macht dich das nicht ein wenig erschauern?
SIE Nein. –
*Sie schweigen.*

ER Die Sonne sinkt tiefer.

SIE Ja.

ER Herbst …

SIE Ja.

ER Die Dämmerung naht.

SIE Da die Sonne immer tiefer sinkt, wirst du das hoffentlich nicht auch sonderbar finden.

ER In Anbetracht der Stunde bist du sehr gut gelaunt.

SIE Du wirst mich nicht reizen, ich bring' mich doch nicht um.

*Pause.*

ER Gestehen wir einander ein: Es war sehr schön.

SIE Ja – es war schön.

ER Du wunderst dich vielleicht, daß ich plötzlich auf die Idee gekommen bin, wir müssen einander adieu sagen?

SIE Nein, du hast vollkommen recht gehabt. Ein Frühling und ein Sommer des … Glücks – das reicht für Leute wie du und ich vollkommen aus.

ER Du bist klug.

SIE Ja.

ER Die Erinnerung wird für uns beide rein und schattenlos sein.

SIE Gewiß.

ER Wir waren wenigstens immer ehrlich gegen einander.

SIE Ja. So sehr eben zwei Leute, die in einander verliebt sind, ehrlich mit einander sein können.

ER Ah!

SIE Warum bleibst du stehen?

ER Warte doch einen Augenblick. Es scheint fast, als wüßtest du nicht, was du eben gesagt hast.

SIE Ich weiß es ganz genau.

ER Du weißt es –! Nun – so sage mir …

SIE Was? …

ER *entschlossen* Wer war es?

SIE *lächelnd* Wer? –? Oh! Ihr stellt euch die Dinge viel einfacher vor, als sie sind.

ER Wir sehen uns ja heute zum letzten Mal … Du kannst es mir ruhig sagen … Wer war es? – Ich verspreche dir, ich werde keinerlei Konsequenzen daraus ziehen. *Überlegen* Ich werde ihn nicht töten …

SIE Das wäre auch schwer möglich. Denn der, den du meinst, ist vor ein paar tausend Jahren gestorben, und er heißt Alkibiades.

ER *aufatmend* Ach so, du bist geistreich!

SIE Nicht so sehr, als du hoffst. Alkibiades ist ein gefährlicher Nebenbuhler. Ich habe mich schon in der Schule in ihn verliebt. Er war jung, schön und kühn!

ER Eine imponierende Kühnheit, sich vor einen Wagen hinzulegen, wenn man weiß, daß er dann doch ausweichen wird.

SIE Du tust, als wenn du alle Kutscher von Athen gekannt hättest. Übrigens, er hat noch ganz andere Dinge vollbracht.

ER Ja – er hat seinem Hund den Schweif abgeschnitten.

SIE Das fällt auch nicht dem ersten besten ein, sonst stände es nicht in der Weltgeschichte. Er war ein Held. Er hat die Perser besiegt – oder die Mazedonier, was weiß ich! Es ist übrigens ganz egal, wen man besiegt! Was mich an ihm entzückt, ist, daß ihm alles gleichgültig war – selbst das, wofür er jeden Augenblick bereit gewesen wäre zu sterben. Er ist eigentlich der einzige Held, der nicht posiert hat! Darum lieb' ich ihn … Darum hätt' ich ihn geliebt …

ER Ach Gott – und Alexander der Große hätte kein Glück bei dir gehabt?

SIE O nein. Er hat seine Größe zu wichtig genommen. Alle andern können mir gestohlen werden, von Themistokles bis zu Napoleon. Nur für einen außer ihm hab' ich kurze Zeit hindurch eine gewisse Schwäche gehabt.

ER Und das war?

SIE Casanova.

ER Ja – der war auch um mehr als zweitausend Jahre jünger. Und … weiter hast du mir nichts zu gestehn …

SIE Wenn es dir Spaß macht …

ER Selbstverständlich … Man kann sich zum Abschied kein lustigeres Gespräch denken …

SIE Erinnerst du dich noch an den See von Lugano?

ER Gewiß … Im Mai waren wir dort.

SIE Weißt du noch, wie wir nach unserer Ankunft im Kahn auf dem See herumfuhren und wie ich dann ziemlich traurig wurde?

ER Ja ... Du warst ein wenig melancholisch ... Du hattest manchmal derartige Anwandlungen.

SIE Ja ... Abends bin ich lang auf der Terrasse gestanden, eh' ich schlafen ging. Da lag der See im Mondschein, still, sehnsuchtsvoll, unergründlich.
Wie fern warst du mir in dieser Nacht.

ER *faßt ihren Arm* Du! ... Weißt du nicht mehr?

SIE *mild* Eben! ... Am frühen Morgen, du hast noch geschlafen, bin ich hinabgelaufen; mit nackten Füßen, über die Wiese, ganz weit fort, an eine einsame Uferstelle. Dort hab' ich meine Kleider abgeworfen und mich in den See gestürzt. Und mir war, als hauchten kühle, feuchte Küsse über meinen zitternden Leib, süß, wie ich sie nie gefühlt. Und dann hab' ich mich nackt auf die Wiese hingestreckt, ganz nah am See, so daß das Wasser über meine Fußspitzen spülte, und mir war so wohl, als wäre irgendein tiefes heißes Sehnen in mir zum ersten Mal gestillt worden.

ER Oh! Wenn ich das geahnt hätte!

SIE Was hättest du getan?

ER Nun, ich wäre zu den Quellen des Luganer Sees aufgestiegen und hätte sie vergiftet ...

SIE Du sagst das im Scherz! Nun, ich sage dir, dergleichen wäre mindestens so klug, als irgendeinem beiläufigen Herrn, der uns eine Stunde lang gefiel, einen Degenstoß zwischen die Rippen zu versetzen. Auch der See hat sein Gedächtnis. Aber das werdet ihr nie verstehen!

ER *zuckt die Achseln.*
*Sie schweigen.*

ER Bist du zu Ende?

SIE Nein.

ER Noch ein Betrug?

SIE Ja ...

ER Also? Ich höre.

SIE Erinnerst du dich noch an unseren Aufenthalt in Innsbruck?

ER O ja.

SIE Am letzten Abend waren wir zusammen in der Hofkirche. Die Abendschatten lagen schon über dem Steinboden, und wir mußten uns beeilen. So hatten wir für alle nur einen flüchtigen Blick, – für Chlodwig von Frankreich, Zinnburga von Masovien, Rudolf von Habsburg, Eleonore von Portugal, Philipp von Kastilien, Elisabeth von Ungarn, Theodobert von Burgund ...

ER *erstaunt* Wieso weißt du all ihre Namen?

SIE Stehen diese Glücklichen nicht seit Hunderten von Jahren Tag und Nacht in seiner erlauchten Gesellschaft?

ER In seiner Gesellschaft –?

SIE Artus, König von England, Dichter und Held! Nie werd' ich glauben, daß du eine Statue bist, von einem Sterblichen gegossen, – die man mit Hammern zertrümmern könnte. Nein, deine herrliche Seele wohnt in diesem Erz und alle Glut deines Herzens! Und wär' ich in der Kirche geblieben und hätte zu deinen Füßen die Nacht erwartet, so wärst du gewiß von deinem Postament herabgestiegen, und ich hätte gewußt, ... daß du lebst.

*Sie schweigen.*

ER Daß du mich diese ... Schätze der Poesie, die in dir verborgen ruhten, erst in der letzten Stunde sehen läßt ... das ist nicht schön von dir ...

SIE Es freut mich ja sehr, daß du deinen Humor wiederbekommen hast.

ER Verzeihe, der Gedanke, ... daß ich nicht erst von einem Postament heruntersteigen mußte, hat etwas höchst Beruhigendes für mich.

SIE Wenn dir das genügt ...

*Schweigen.*

ER Aber solltest du vielleicht noch nicht zu Ende sein – ?

SIE Ja ... und nein ...

ER Das versteh' ich nicht.

SIE Es gibt nämlich noch eine Geschichte ... die ist aber ohne Bedeutung.

ER Nun, immerhin.

SIE Erinnerst du dich unseres Aufenthaltes am Karersee?

ER Am Karersee? Im August? – Gewiß. Ah, ich ahne! Es war der versteinerte König Laurin, der gegenüber unserem Fenster in die Höhe ragte. Oder der Mond, der über dein Bett geschlichen kam …

SIE So – du erinnerst dich noch des Mondscheins?

ER Gewiß. In dieser Vollmondnacht hab' ich ja meine schöne Felsenwanderung unternommen mit dem italienischen Führer und dem schwedischen Arzt. Nun, hab' ich's erraten? Nein? … War es der Himmel selbst, der sternbeglänzte, dem du deine trunkene Seele hingegeben …

SIE *schüttelt den Kopf.*

ER Nun?

SIE Vielleicht erinnerst du dich noch des englischen Offiziers, der damals bei der Table d'hôte uns gegenübersaß?

ER Des … englischen Offiziers?

SIE Wir haben später auch in der Hall mit ihm geplaudert. Er war in Südafrika gewesen, und hatte große, ganz stahlgraue Augen.

ER Nun? … Was ist's … mit diesem … englischen Offizier …?

SIE In der Nacht, da du deine Mondscheinpartie machtest, hatt' ich vergessen, meine Türe zu schließen.

ER Weiter!

SIE Was ist noch weiter zu sagen? Du hast ihn nicht wiedergesehen. Am nächsten Morgen reiste er ab.

ER Ist … es wahr? …

SIE Natürlich … Wie alles andere …

ER Wahr …?

SIE Ja … Ich schwör' es dir …

ER Ah! Ah! Elende – Elende! – Elende!

SIE Aber –

ER Kein Wort mehr! Oh der Schurke! Wie heißt er?

SIE Ich hab' ihn nicht gefragt …

ER Ich werd' ihn zu finden wissen! Ich reise nach England – ah!

SIE *schüttelt den Kopf.*

ER Ich hasse dich – ich verabscheue dich! Nun ist Alles vernichtet! Die ganze Vergangenheit ... alles, was wir zusammen erlebt haben. Schweig! Ich will nichts mehr von dir wissen! Mir graut! ... Du bist eine Dirne! – Oh! Oh! Oh!

*Er eilt davon, ohne sich noch einmal umzuwenden, steigt in den Wagen und fährt fort.*

SIE *schüttelt den Kopf* Und – gerade deswegen! – Sie sind doch immer noch etwas dümmer als man vermutet. –

*Es ist ziemlich dunkel geworden. Er entschwindet ihren Blicken. Sie wendet sich langsam dem Lusthaus zu, das ihr weiß und grün entgegenschimmert. – Verflogene Krähenschreie in dem dämmernden Wald ...*

# Die Mörderin

*Tragische Posse (Sketch)*
*in einem Akt*

## Personen

KARL DENGLER, *Oberaufseher beim Bau einer Bergbahn*
ELISA, *seine Frau*
PRANDTNER, *Wirt im Gasthof zum Bären*
MARIE, *seine Tochter*
GENDARMERIEWACHTMEISTER
*Stimmen zweier Arbeiter.*

*Spielt in einem südtirolischen Dorf;*
*im Gasthof zum Bären.*

*Gasthofzimmer, anständig, aber nicht sonderlich freundlich. Die Wände blau-grau gemalt, etwas abgeschilfert, die Decke schmutzig-weiß. Türe rechts auf den Gang. Zwei Fenster im Hintergrund. Dazwischen Kommode, über der Kommode zwei Öldruckbilder, auf der Kommode Photographien in Rahmen und ein Karton, offen, mäßig groß, wie ein Gebetbuch. Links ein Vorhang, fast geschlossen, durch einen Spalt der Erker mit den zwei Betten sichtbar. Links vorn an der Wand ein Waschkasten in leidlichem Zustand. Daneben ein eiserner Ofen, weiter hinten ein alter Schrank, das beste Möbel des Zimmers. Über dem Waschkasten ein Spiegel. Neben der Tür ein Kleiderstock, an dem ein weicher Männerhut, ein Havelock, ein Frauenmantel, ein Shawl hängen. In der Mitte des Zimmers ein runder Tisch, auf diesem einige zerlesene Bücher, ein gebundener Jahrgang einer illustrierten Zeitung, brauner Lederdiwan, zwei Plüschfauteuils, zwei Holzsessel.*
*(Elisa, 26 Jahre, von blassem, mattgelblichem Teint, das schwarze Haar kokett, aber nicht sehr ordentlich frisiert, in hellem, etwas abgetragenen Sommerkleid, vor dem Schrank, der offen steht; sie mustert die drin hängenden Kleidungsstücke, betastet eines und das andere, dann geht sie zur Kommode, nimmt das dort liegende kleine Gebetbuch, schlägt es auf, vergewissert sich, daß das Gesuchte noch vorhanden, geht mit dem Gebetbuch zum Schrank, legt es auf den Boden des Schrankes, schüttelt den Kopf, nimmt das Gebetbuch, geht damit zur Kommode, öffnet die unterste Lade, wühlt darin, gibt das Gebetbuch hinein, nimmt es wieder heraus und schlägt es auf. Jetzt klopft es an die Tür.)*

ELISA *schrickt zusammen* Wie? – Ja! Gleich! – Bist du's Karl? Ich kleide mich nur eben an. Gleich, gleich! *Sie verbirgt das Gebetbuch rasch wieder in der untersten Lade der Kommode.*

STIMME MARIENS *draußen vor der Tür* Ich bin's, ich, Marie. Aber Sie brauchen sich nicht zu beeilen, Frau Elisa; es ist nichts Wichtiges.

ELISA *aufatmend, ist damit beschäftigt, auf das Gebetbuch einige*

*Wäschestücke und dergleichen zu legen* Ah, Sie, Marie! Kommen Sie doch herein. *Als fiele es ihr eben ein* Richtig, ich habe ja zugesperrt. Nur einen Augenblick. *Sie schließt die Lade, öffnet rasch ihre Bluse am Hals, eilt zur Türe, schließt auf, läßt Marie eintreten.*

MARIE *die Tochter des Wirtes, 24, einfach, sehr nett, hübsch; eine Zeitung in der Hand* Guten Abend.

ELISA *knöpft die Bluse wieder zu, als würde sie eben mit dem Ankleiden fertig* Guten Abend, Fräulein Marie; ich dachte, Karl wäre schon von der Strecke zurück.

MARIE Dazu ist's wohl noch zu früh.

ELISA Freilich. Wie spät ist es denn?

MARIE Eben ist der Schnellzug aus der Station fortgefahren. Es muß fünf Uhr vorbei sein.

ELISA *zerstreut* Sind viele Leute angekommen?

MARIE Bei uns ist jedenfalls niemand abgestiegen. Übrigens geht ja die Saison zu Ende.

ELISA Wollen Sie sich nicht setzen, Fräulein Marie?

MARIE Ich danke. Ich komme nur herauf, Ihnen das Illustrierte Blatt zu bringen.

ELISA Richtig! – Daß Sie daran denken, das ist sehr nett von Ihnen.

MARIE Sie lesen es ja gern, eh es im Gastzimmer von den vielen Händen abgegriffen ist. Und vor acht wird da drunten doch nicht darnach gefragt.

ELISA Danke, danke. Aber Sie können die Zeitung auch gleich wieder mitnehmen. Ich bin so gar nicht aufgelegt, mir Bilder anzusehen. Und mein Mann, wer weiß, wann der nach Hause kommt. Gestern war's schon ganz dunkel, als er kam.

MARIE Freilich. Die Bahn auf den Berg hinauf soll ja im September unbedingt fertig werden. Auch die Arbeiter sind in den letzten Tagen immer so spät heimgekommen.

ELISA Warum sagen Sie: »auch« die Arbeiter? Karl ist doch am Ende auch nichts anderes als ein Arbeiter. *Sie sitzt auf einem Sessel und blättert mechanisch in der Zeitung.*

MARIE Er ist doch Ingenieur, denk' ich. *Sie steht noch.*

ELISA Er hat darauf studiert. Aber er hat seine letzten Prüfungen nicht gemacht. Er mußte ja früher eine Stelle annehmen. Man nennt ihn wohl: Herr Ingenieur, aber in Wahrheit ist er ja doch nur Oberaufseher. Wenn er sein Diplom hätte, ging es uns besser. Wir hätten auch ein schöneres Zimmer bei Ihnen. Oder wer weiß, wir wohnten gar drüben beim Schwarzen Adler, wie die wirklichen Herren Ingenieure.

MARIE *hat sich ihr gegenüber gesetzt* Das könnt' ich Ihnen nicht übelnehmen, Frau Elisa. Bei uns sieht es freilich nicht sehr vornehm aus. Aber im nächsten Jahre will der Vater renovieren.

ELISA Aufrichtig gesagt, es könnte nicht schaden.

MARIE Ihnen kann's wohl gleich sein, denk' ich. Sie kommen ja doch nicht wieder.

ELISA Kaum. Man wäre schließlich lang genug dagewesen; sechs Monate. Im nächsten Jahr werden Sie überhaupt bessere Kundschaft haben, wenn einmal die Bergbahn eröffnet ist.

MARIE Das soll ja noch heuer im Spätherbst geschehen.

ELISA Da ist dann das ganze Gesindel aus der Ortschaft fort.

MARIE – Gesindel! –

ELISA Leute, die kein Geld haben, sind immer Gesindel. Dann werden Sie auch Ihre miserabelsten Löcher für Touristen zur Verfügung haben, und für einen Tag mehr verlangen können, als jetzt für eine Woche. Und nebstbei – *Sie steht auf* nebstbei wird man Ihnen nicht schuldig bleiben. Aber Ihr Vater soll nur keine Angst haben. Eh wir abreisen, wird alles bezahlt sein. Schlimmstenfalls schickt man's Ihnen.

MARIE *kopfschüttelnd* Mein Vater hat von Ihnen noch immer sein Geld bekommen, und wenn sich's einmal verspätet hat, so sind Sie nie gemahnt worden, soviel ich weiß.

ELISA *an die Kommode gelehnt* Das hat seine Richtigkeit, Fräulein Marie. Wir können uns wirklich nicht beklagen. Nie sind wir gemahnt worden. Und ich glaube beinahe, Fräulein Marie, Sie hätten nicht einmal was dagegen, wenn wir ganz ohne Bezahlung hier bei Ihnen wohnen blieben.

MARIE *als verstünde sie nicht* Wissen Sie denn auch schon, wohin Sie von hier aus reisen werden?

ELISA *zuckt die Achseln.*

MARIE Sie müssen meine Frage nicht für zudringlich halten. Es ist nur – ich darf es wohl schon sagen – weil mein Vater Ihrem Mann einen Vorschlag zu machen hätte – vielleicht.

ELISA Einen Vorschlag? Meinem Mann –? Soll er vielleicht Kellner hier werden? Ja? Und ich Zimmermädchen?

MARIE Sie sind heute recht übel gelaunt, Frau Elisa.

ELISA Ach, warum denn –

MARIE Ich kann's am Ende begreifen. *Steht auf.*

ELISA Was können Sie denn begreifen?

MARIE Auch ich wäre nicht zufrieden an Ihrer Stelle. Sie verdienten ein besseres Los.

ELISA Wer sagt Ihnen, daß ich's besser verdiene! Karl vielleicht, ja. Aber ich?

MARIE Es muß nicht schön sein, sich so in der Welt herumzuschlagen und nirgends dauernd unterzukommen –

ELISA Das liegt nun einmal in dem Beruf.

MARIA Es müßte doch nicht so sein. Es gibt doch auch feste Stellungen für ... für Oberaufseher, die Technik studiert haben.

ELISA Freilich gibt es, aber Karl kriegt keine. Nein. Solang ich – ich bring' ihm kein Glück. Wahrhaftig, nein. Was lächeln Sie denn so bedeutungsvoll? Hätten Sie ihm am Ende schon eine Stellung verschafft?

MARIE So weit ist's freilich noch nicht. Aber das darf ich Ihnen wohl sagen, daß ein Verwandter von uns, ein Beamter von der Eisenbahndirektion in Innsbruck, dem Vater versprochen hat, sich zu verwenden.

ELISA So, hat er versprochen. Das haben wir auch schon manchmal erlebt, daß uns was versprochen wurde.

MARIE Wir erwarten in diesen Tagen einen Brief. Es ist nämlich ein Bruder meiner verstorbenen Mutter.

ELISA Und nehmen wir nun einmal den Fall, Fräulein Marie, Karl bekäme schon so eine Stellung und müßte nicht alle Viertel- oder Halbejahr sich um was Neues umsehen, und man könnte jeden Mittag was Warmes essen, um was wär' man dann schon weiter?

MARIE Ich glaube doch, Frau Elisa.

ELISA Ja, wenn Karl für sich allein wäre, aber mit einer Frau – und gar mit einer Frau, wie ich eine bin.

MARIE Warum »wie Sie eine sind«? Sie haben doch sein Wanderleben schon manches Jahr geteilt.

ELISA Ja, das hab' ich getan! Vier volle Jahre geht das schon. Aber wie satt ich dieses Wanderleben bin, das weiß kein Mensch.

MARIE Was Sie heute nur haben, Frau Elisa.

ELISA Nun, was hab' ich denn? Manchmal kommt's eben über einen. Es ist mir freilich nicht an der Wiege gesungen worden, daß ich mit sechsundzwanzig Jahren solch eine Existenz führen werde; nicht um ein Haar besser als irgendeine gemeine Arbeitersfrau. Im vorigen Jahr ist es uns ja besser gegangen. Bei der Tauernbahn war die Bezahlung beinahe doppelt so groß. Aber im Winter haben wir gehungert! Und die letzten Monate hier in dem Nest – trotz der guten Behandlung hier im Hause, für die wir natürlich ewig dankbar sein werden –

MARIE So habe ich Sie ja nie gesehen, Frau Elisa.

ELISA Einmal red't man sich's halt von der Seele. Nein, es ist kein Leben. Für mich gewiß nicht; und für ihn auch nicht, wenigstens, solang er mit mir zusammen ist. Es liegt eben daran, daß ich nicht die richtige Frau für ihn bin.

MARIE *fast erschrocken* Wie können Sie das – Er liebt Sie so sehr – –

ELISA Das weiß ich. Glauben Sie, sonst hätt' ich's so lang ausgehalten? Schon mehr als einmal war ich nah daran, auf und davon zu gehen. Aber jetzt, jetzt kann ich nicht mehr! – Ich halte dieses Leben nicht länger aus. Und hielte es auch nicht, wenn es etwas besser würde; nicht einmal, wenn Ihr Herr Onkel uns eine fixe Stellung verschaffte. Solche Frauen wie ich, die taugen nicht zu solch einer Existenz. Karl müßte eine andere Frau haben, eine sanftere, eine bescheidenere, eine bessere. So eine wie Sie, zum Beispiel.

MARIE Adieu.

ELISA *sie beim Arm fassend* Aber was ist denn? Warum wollen Sie denn fort?

MARIE Ich denke, es ist Zeit zu gehen.

ELISA Oh nein, ganz im Gegenteil, es ist Zeit zu bleiben. Ich habe Ihnen noch eine ganze Menge zu sagen, ja, wirklich. Und was ich Ihnen vor allem sagen muß, denn dann werden Sie alles Weitere viel leichter verstehen: Wir sind gar nicht verheiratet, Karl und ich. Er ist gar nicht mein Mann. Wie? Nun leuchten Ihre Augen!

MARIE Aber lassen Sie mich doch –

ELISA *läßt jetzt ihren Arm los* Er ist frei, frei! Er kann jeden Augenblick eine andere heiraten, wenn es ihm beliebt. – In vierzehn oder auch in acht Tagen können Sie Karls Frau sein.

MARIE Sie sind ja – Ich weiß wirklich nicht mehr – *Es klopft.*

WIRT *tritt ein.*

MARIE Suchst du mich, Vater? Ich gehe gleich mit dir hinunter.

ELISA Guten Abend, Herr Prandtner. Marie erzählt mir soeben, Sie wären so gütig, sich für Karl zu bemühen –

WIRT *zu Marie* Warum hast du denn – So ein Mädel kann nicht den Mund halten. *Zu Elisa* Es ist leider noch lange nicht sicher. Nicht deswegen – *Sehr eilig* Denkt euch, was geschehen ist. Heut nachmittag haben sie einen ermordet im Wald gefunden, einen Gast aus dem Berghotel.

ELISA Aus dem Berghotel?

WIRT Ja. Kaum eine halbe Stunde weit vom Hotel, ermordet und beraubt ...

ELISA Wer ist es denn?

WIRT Ein Hofrat oder Professor aus Wien soll es sein, so erzählen die Touristen, die eben vom Hotel herunterkommen. Die Kinder vom Hotelkoch haben die Leiche entdeckt.

ELISA Und wann ist der Mord geschehen? Schon vor ein paar Tagen? Wie?

WIRT Nein ... Es soll erst vor ein paar Stunden passiert sein. Man hat die Leiche ins Hotel transportiert. Übrigens wissen die Touristen unten nichts Näheres. Sie haben die Leiche nicht gesehen.

MARIE Das ist ja furchtbar. So was ist in der Gegend noch nie vorgekommen.

WIRT Oh doch. Aber das ist schon lange her. Da warst du noch nicht auf der Welt, Marie. Und Sie auch nicht, Frau Dengler. Ich war noch ein Bub, da hat hier einer seine Frau umgebracht, aus Eifersucht. Aber ein Raubmord, so was ist seit Menschengedenken nicht passiert.

ELISA Ein Professor sagen Sie? – Ein älterer Herr?

WIRT Jedenfalls.

MARIE Und hat man eine Spur von dem Mörder?

WIRT Es scheint nicht. Was die Leute da unten reden, das hat natürlich gar keine Bedeutung. Die wissen ja selber nichts.

ELISA Was reden sie denn?

WIRT Sie können's ja denken. Bahnbau, italienische Arbeiter. Ich habe sie aber gewarnt, daß sie nicht vielleicht ohne Beweise – es könnt' ihnen übel ergehen. Na, ich muß wieder hinunter. Guten Abend, Frau Dengler.

ELISA Also, Sie kommen nur herauf, um einem eine so gruselige Geschichte zu erzählen?

WIRT Ich wollt', es wär' was Lustigeres gewesen; aber bei sich behalten kann man's doch wohl auch nicht.

ELISA Na, Ihnen hier wird ja die Sache weiter nicht schaden, höchstens dem Hotel oben.

WIRT Möglich, obwohl es recht dumm wäre. Denn so ein Fall wiederholt sich doch nicht so bald. Na, guten Abend. Wir werden wohl bald Näheres erfahren. In einer Stunde kommt die Post von oben, der Kutscher wird schon mehr wissen, denk' ich. Na, wenn die Bahn einmal eröffnet sein wird, da wird das rascher gehen.

ELISA *zu Marie, die ihren Vater begleiten will* Möchten Sie nicht noch ein bißchen bei mir bleiben, Marie? Wir waren eben so gemütlich im Plaudern, und nun wollen Sie mich allein lassen, nach dieser Schaudergeschichte?

WIRT So bleib doch noch bei Frau Dengler. Unten gibt's ja doch nicht mehr zu hören, als ich eben erzählt habe. *Ab.*

MARIE *ist unschlüssig an der Türe stehen geblieben.*

ELISA *faßt ihre beiden Hände* Nun, so schlimm diese Mordgeschichte ist, uns beide bekümmert sie wohl nicht weiter, nicht wahr? Wir haben Dinge miteinander zu besprechen, die uns näher angehen.

MARIE Ich wüßte nicht.

ELISA Also, kurz und gut, da ich ja ein Paar Augen hab' und überhaupt nicht auf den Kopf gefallen bin, ist es mir natürlich nicht verborgen geblieben, daß Sie den Karl gern haben. Oh, mir liegt nichts dran, gar nichts. Ich bin nicht eifersüchtig, und ich wär' es nicht einmal, wenn er auch in *Sie* verliebt wäre. Aber er hängt vorläufig noch an mir. Ich weiß. Nun, wenn ich nicht mehr da bin, wird sich das geben, und je freundlicher Sie sich seiner annehmen werden, um so rascher wird er mich vergessen. Und das, liebe Marie, das ist es, um was ich Sie bitten möchte! Daß Sie sich seiner annehmen, wenn ich nicht mehr da bin. Sie könnten ihm viel Leid damit ersparen.

MARIE Ich versteh' ja immer weniger – Was heißt denn das alles? Ach, lassen Sie mich doch gehen.

ELISA Wenn es Ihnen beliebt. Aber Sie haben doch selbst keine Lust dazu. Und ich bin ja gleich zu Ende. Nur noch ein paar Worte. Daß ich die Absicht habe, mir meine Existenz anders einzurichten als mir bisher beschieden war, das ist Ihnen doch klar geworden?

MARIE – Sie sind nicht seine Frau?

ELISA Nein; aber auch wenn ich seine Frau wäre, ging' ich auf und davon. Nur für Sie wird die Sache dadurch beträchtlich einfacher, daß wir nicht verheiratet sind. Ich habe die Dummheit begangen, vor vier Jahren mit ihm durchzugehen; aus dem Hause meiner Mutter, wo ich's auch nicht sonderlich gut gehabt habe. Mein Vater ist nämlich als Major in Rovereto gestorben, schon vor zwölf oder fünfzehn Jahren, und seither hat's für meine Mutter, die da unten zu Hause war, überhaupt nichts anderes gegeben als Kirchgang und Gebet. Ein lustiges Leben war es wahrhaftig auch damals nicht. Es hätte vielleicht nicht einmal der Karl kommen müssen. Er hat bei uns im Haus gewohnt. Und wie das schon so geht – na, Sie haben ja auch eine Ahnung, wenn man sich so Tag für Tag sieht – Oh, nehmen Sie mir's nicht übel, ich weiß schon, bei Ihnen ist es anders. Wenn ich so wäre wie Sie – ach ja. – – Wir haben übrigens auch ein Kind gehabt. Das ist drei Tage nach der Geburt gestorben. In einem mährischen Dorf ist das passiert. Ich wär' auch beinah draufgegangen. Ja, man macht viel durch. Aber nun hab' ich's satt. Alles. Ich will auch kein Kind mehr haben. Nie. Dazu taug' ich nicht. Und will nicht so hundemäßig weiter existieren und zu alldem in der ewigen Angst leben, daß mich Karl einmal aus Eifersucht umbringt. Denn auch so was könnte mir blühen. Sehr leicht sogar. Ja, meine kleine Marie. Denn auch von der Treue hab' ich genug. Oh, schon lange. Aber auch in dieser Hinsicht habe ich bisher nicht viel Glück gehabt. Na, all das soll jetzt anders werden. Gründlich anders. Was, Sie sehen mich an, Marie? Ja, so bin ich. Nun, begreifen Sie, daß Sie ein gutes Werk an ihm täten, wenn Sie sich seiner annähmen?

MARIE *ausbrechend* Sie werden ihn nicht verlassen. Sie dürfen ihn nicht verlassen. Es wär' sein Tod!

ELISA Oh, daran stirbt man nicht. Und besonders, wenn Sie –

MARIE Sie glauben doch nicht, ich könnte mich zu so etwas hergeben? Selbst wenn er mir – selbst, wenn ich ihn liebte.

ELISA Er wird Sie gerade so gern haben mit der Zeit, wie er mich gern gehabt hat. Und später einmal wird er den Tag segnen, an dem ich aus seinem Leben verschwunden bin. Gott, das fühlen Sie ja selbst. Es handelt sich nur darum, ihm über die ersten schlimmen Tage wegzuhelfen. Und das, um was ich Sie vor allem bitten möchte, das ist, dabei oder wenigstens in der Nähe zu sein, wenn – er meinen Brief empfängt.

MARIE Ihren Brief? Was – haben Sie denn vor?

ELISA Das will ich Ihnen ganz genau sagen. Übermorgen früh mit dem Zug um sechs Uhr zwanzig, wenn Karl gerade zur Arbeit gegangen ist, reise ich ab. Finden wird er mich nicht; ich werde gut aufgehoben sein. Für dumm dürfen Sie mich nämlich nicht halten. Es ist alles aufs beste vorbereitet.

MARIE Nein, Sie dürfen nicht, es ist unmöglich. Denken Sie doch nur –

ELISA Er wird sich nicht umbringen. S i e sind da, Marie. Sie werden ihn trösten. Er wird es Ihnen danken, er wird Sie lieb haben, und Sie werden seine Frau werden. Er wird glücklich sein, Sie werden glücklich sein – und ich und andere auch, gar manche; denn ich, ich kann glücklich machen, das fühl' ich, dazu bin ich auf die Welt gekommen. Und darum taug' ich nicht zur Geliebten oder selbst zur Gattin eines Oberaufsehers oder eines Ingenieurs – und darum –

MARIE Das ist alles – nein, nein – Ich will, ich will alles das nicht gehört haben.

ELISA *lacht.*

MARIE Sie haben mich bei der Hand gehalten, Sie haben mich nicht fortgelassen, glauben Sie nur nicht –

ELISA Geben Sie acht, ich höre seine Schritte auf der Treppe. Daß Sie sich nicht verraten, Marie. Da könnte die Sache böse enden, sogar sehr böse. Dagegen, wenn ich einmal fort bin – aber wir besprechen morgen alles Nähere. Ein anderes Gesicht, Marie, geschwind! Ja, so! So ist's gut. Sehen Sie, wenn man nur will –

KARL *tritt ein; dreißig Jahre, in schlichter Kleidung* Guten Abend, Elisa. Guten Abend, Fräulein Marie, wie geht's? Sie haben wohl schon gehört? Es ist heut einer umgebracht worden in der Nähe des Hotels.

ELISA Weiß man schon Näheres?

KARL Ich weiß nicht mehr, als was mir Ihr Vater erzählt hat unten am Tor.

ELISA Ein alter Hofrat soll es sein.

KARL So? ... Ja, ich habe auch so was gehört. Nun, auch Hofräte müssen sterben. Freilich, sonst hätten sie es gar zu gut. Hofrat sein, Vergnügungsreisen machen, in einem feinen Hotel wohnen, und dann noch ewig leben – das wäre zu viel.

ELISA *beim Fenster* Da ist ja ein Gendarm im Hofe.

MARIE *zu ihr hin* Richtig. Da will ich doch gleich hinuntergehen. Guten Abend.

KARL Guten Abend, Fräulein Marie. Wir sehen uns dann unten beim Essen.

MARIE *ab.*

KARL Bist du fertig, Elisa? Ich bin hungrig. *Er geht zum Waschtisch, füllt das Lavoir mit Wasser aus dem Krug und wäscht sich Gesicht und Hände.*

ELISA *beim Fenster, mit einem flüchtigen Blick auf ihn* Ihr habt es heiß gehabt, auf der Strecke heut?

KARL Kannst dir wohl denken. Nun, wie hast du gelebt indessen?

ELISA Indessen?

KARL Nun ja, den ganzen Tag. Du hast noch fest geschlafen, als ich wegging.

ELISA Ja. *Blickt hinunter.*

KARL Ist der so besonders hübsch, der Gendarm?

ELISA Er ist nicht schöner geworden seit gestern. Es ist nämlich Roberto.

KARL *auch zum Fenster, über ihre Schulter hinuntersehend* Natürlich ist es Roberto. *Nahe bei ihr* Ach, wie hab' ich mich nach dir gesehnt.

ELISA *wie erstaunt* So? – Übrigens gibt es Neuigkeiten.

KARL Was für Neuigkeiten?

ELISA Du erfreust dich besonderer Protektion hier im Hause.

KARL Wie?

ELISA Herr Prandtner hat Schritte für dich unternommen.

KARL Schritte?

ELISA Er hat einen Vetter oder Schwager bei der Bahndirektion in Innsbruck. Dem hat er deinetwegen geschrieben.

KARL Du hast ihn gebeten?

ELISA Ich? Wie hätt' ich? Was weiß ich von der Verwandtschaft des Herrn Wirt? Die Idee ist wohl in dem Kopf des Fräulein Marie entsprungen. Na, es wird wohl wieder nichts werden.

KARL Warum? Warum soll nichts draus werden? Einmal muß es sich doch bessern. Und woher endlich das Glück kommt, das läßt sich ja nicht vorhersagen. Vielleicht kommt es gerade aus der Gegend.

ELISA Wäre schon möglich, daß es aus der Gegend kommt, wo zwei so schöne blaue Augen leuchten.

KARL *wie hoffend* Du – du bist eifersüchtig?

ELISA Ich?

KARL Es ist ja keine Schande, eifersüchtig zu sein. Wenn man wen gern hat, kommt das zuweilen vor. Das weiß ich, Elisa. Denn ich, ich liebe dich.

ELISA Jedenfalls sagst du mir's öfters.

KARL Und du, du wirst mich auch wieder lieben. Ja, du wirst. Wenn bessere Zeiten kommen, wirst du mich wieder lieben. Und sie werden kommen. Verliere nur die Geduld nicht. Du weißt, wenn's nach mir ginge, würdest du längst ein anderes Leben führen.

ELISA Kenn' ich, kenn' ich.

KARL Ich habe keine andern Worte. Es gibt keine andern. Du mußt mir nur glauben. Ich will, daß du glücklich wirst. Und da ich es will – Wir sind ja noch jung, Elisa, wir haben noch viel Zeit vor uns. Und ich, ich kann arbeiten.

ELISA Freilich kannst du arbeiten. Aber was hilft's uns? Die andern bei der Bahn, die arbeiten auch, rackern sich vielleicht noch mehr und verdienen noch weniger. Es ist schon so auf der Welt – jämmerlich! Und das Dümmste ist, daß du für zwei zu sorgen hast, daß du dich mit so einem Frauenzimmer herumschleppst ... wie –

KARL Elisa!

ELISA Mit so einer, die dir's nicht einmal dankt.

KARL Wie kannst du mir danken? Ich hab' dir doch nichts zu bieten. Wofür sollst du mir danken, Elisa, die du so schön bist wie eine Prinzessin und leben mußt wie eine Arbeitersfrau, die in Samt und Seide gehen sollte, und die sich mit dem abgetragenen Kleid behelfen muß, du, die Perlen und Diamanten –

ELISA So hör doch auf! Du hast wieder einmal deinen Tag. Perlen und Diamanten regnet's nicht, und auf der Strecke finden sich auch keine. Also, wozu das Gerede. Komm, gehen wir ... *Höhnisch* zum Diner.

WIRT *tritt ein* Wissen Sie schon, zwei sind verhaftet.

KARL Verhaftet? Zwei –? Man hat sie schon?

WIRT Zwei von Ihren Arbeitern sind es, Herr Dengler.

KARL Von meinen – Ist's möglich? Welche?

WIRT Das weiß ich nicht. Der Portier vom Berghotel hat es mir telephoniert. Es war nicht deswegen, daß er telephonierte; es war wegen der sechs Fässer Wein, die morgen hinaufkommen sollen. Aber ich habe ihn natürlich gefragt bei der Gelegenheit.

KARL Und er weiß nicht, wer –

WIRT Nein, das weiß er nicht. Es heißt oben nur, daß sie die zwei schon haben. Übrigens ist es nicht ein alter Mann, den sie umgebracht haben, sondern ein junger Mensch, der mit seiner Mutter oben im Hotel gewohnt hat.

ELISA *unwillkürlich* Ein junger Mensch?

WIRT Ja. Eine Professorswitwe ist die Mutter.

ELISA *sieht sich von Karl beobachtet, versucht sich zu fassen* Ein junger Mensch?

WIRT Er wird sich wohl gewehrt haben. Übrigens waren's zwei, die über ihn her sind ...

KARL Von meinen Arbeitern – ich – ich glaub's nicht. Der Portier oben –

STIMME *aus dem Hof* Herr Wirt –

WIRT Ja, ich komme, ich komme. *Zu den Zurückbleibenden* Der Herr Wachtmeister. *Rasch ab.*

KARL Was ist dir, Elisa?

ELISA Nichts. Was sollte mir –

KARL Du bist totenblaß, Elisa.

ELISA Nun höre, Karl, das ist doch kein Wunder, wenn solche Geschichten passieren.

KARL Jetzt erst bist du blaß geworden. Jetzt ... als der Mann da sagte, daß es ein junger Mensch ist, den er – den sie umgebracht haben.

ELISA Freilich, freilich. Es ist schon so, daß ein junger Mensch einem eher leid tut als so ein alter Professor ... *Sie lacht.*

KARL Elisa. *Auf sie zu.*

MARIE *eilig herein* Wissen Sie, wer eben heraufkommt? Der Herr Gendarmeriewachtmeister.

KARL Zu mir? Zu uns?

WACHTMEISTER *tritt ein* Guten Abend. Sie wissen wohl schon, Herr Oberaufseher, was passiert ist?

KARL Ich weiß, Herr Wachtmeister, es ist einer umgebracht worden. Aber stimmt es auch, daß zwei von meinen Arbeitern verhaftet sind?

WACHTMEISTER Verhaftet? Leider nicht. Die zwei, gegen die ein Verdacht besteht, sind nämlich verschwunden. Nur dies ist der Grund, daß sie nicht verhaftet sind. Freilich, wenn sie da wären, wären sie weniger verdächtig; das ist das Vertrackte. Ja, wir haben einen schweren Beruf, Herr Oberaufseher.

KARL Wer sind die zwei?

WACHTMEISTER *in seinem Notizbuch lesend* Luigi Raso heißt der eine, der andere Bardoni, von dem sonderbarerweise der Vorname nicht bekannt ist. Mit den Meldungsvorschriften wird es hier ja leider nicht sehr genau genommen.

KARL Raso und Bardoni sind verschwunden? Wie wollen Sie das in diesem Augenblick schon konstatieren?

WACHTMEISTER Die anderen zehn, die auf Ihrer Strecke arbeiten, Herr Oberaufseher, sind alle daheim, die zwei fehlen.

KARL Und das weiß der Portier im Berghotel schon?

WACHTMEISTER Natürlich. Ich habe sofort hinauftelephonieren lassen.

KARL Es ist doch erst halb sieben. Selten sind vor sieben alle Arbeiter daheim. Manche ruhen sich auf dem Weg aus.

WACHTMEISTER Es bleibt sehr auffallend, gerade heute.

KARL Und warum müssen es denn gerade zwei von meinen Arbeitern sein?

WACHTMEISTER Der Mord geschah in nächster Nähe Ihrer Strecke, Herr Oberaufseher. Dreihundert Meter weit davon, in einer Waldeslichtung. Und ich komme Sie fragen, Herr Dengler, ob Ihnen nicht vielleicht aufgefallen ist, daß die zwei Genannten oder andere sich im Laufe der Arbeitszeit auf eine längere Weile entfernt hätten.

KARL Nicht, daß ich wüßte. Natürlich hat man nicht immer alle im Auge ... aber ich glaube nicht. Raso und Bardoni, es sind so fleißige, brave Arbeiter –

WACHTMEISTER Oh, das –

KARL Ich halte es für ausgeschlossen. Sie werden sehen, in ein paar Minuten sind die Burschen da.

WACHTMEISTER Wir wollen hoffen. Obwohl auch eine solche Verspätung unter den obwaltenden Umständen – *Auf eine Idee kommend* Übrigens, Sie haben ja auch eine Mittagspause.

KARL Ja. Selbstverständlich. Soviel ich mich erinnere, blieben alle zusammen, wie gewöhnlich. Keineswegs hat sich einer weiter als zwanzig Schritt von der Strecke entfernt. Und Sie können sich ja denken, wie sich das mit der Mittagspause verhält, Herr Wachtmeister. Man schneidet sich ein Stück Wurst ab und ißt ein Stück Brot dazu. Ich mach' es auch nicht anders. Dann legt man sich für ein paar Minuten ins Gras hin, und dann fängt die Arbeit wieder an. Das ist unsere Mittagspause.

WACHTMEISTER Man legt sich ins Gras hin und schläft ein.

KARL Zuweilen schläft man wohl auch ein.

WACHTMEISTER Haben Sie heute während der Mittagspause geschlafen, Herr Oberaufseher?

KARL Ob ich – Es wäre möglich. Ja, ich glaube fast, daß ich ein wenig geschlummert habe.

WACHTMEISTER Nun, was während dieser Zeit geschehen ist, das können Sie nicht wissen. Und Sie haben doch die Leute nicht ununterbrochen unter den Augen gehabt.

KARL All das sind doch aber keine genügenden Verdachtsgründe gegen Raso und Bardoni.

WACHTMEISTER Die zwei sind nicht da, das steht fest. Und mit Verdachtsgründen fängt die Wahrheit an. In einer Stunde wird der Kommissär aus Bozen hier sein, den Tatbestand aufnehmen. Die zwei Leute fehlen nun einmal, also wird die Untersuchung –

*Lärm im Hofe.*

ELISA *die am Fenster stand, hinunterblickend* Da sind sie ja.

WACHTMEISTER Wer?

KARL *auch beim Fenster* Ja, da sind Raso und Bardoni.

WACHTMEISTER Hm. Immerhin bleibt es verdächtig, daß sie sich verspätet haben. *Gibt sich einen Ruck, zum Fenster, ruft hinunter* Roberto!

ROBERTO *unten* Herr Wachtmeister –

WIRT *tritt eiligst herein* Ich beschwöre Sie, Herr Wachtmeister, seien Sie nicht voreilig. Die beiden haben gehört, daß sie verdächtigt werden und sind rasend vor Wut. Und daß sie unschuldig sind, ist ja jetzt zweifellos. Wären sie sonst da? Und wenn man sie reizt, ich stehe nicht dafür ein –

WACHTMEISTER Sie denken wohl, die beiden würden sich an mir rächen? Und Sie meinen, derartige Bedenken könnten mich veranlassen – Ich mache Sie aufmerksam, Herr Wirt, daß ich früher Wachtmeister in einem Dragonerregiment war.

WIRT Herr Wachtmeister, die beiden denken ja nicht dran, davonzulaufen. Sie zu arretieren, wäre höchst verfehlt.

KARL *mit plötzlicher Heftigkeit* Und überhaupt, warum sollen es Arbeiter und gerade Arbeiter von meiner Riege sein?

WACHTMEISTER Es besteht der dringende Verdacht. Der Tatort ist dreihundert Meter weit von Ihrer Strecke, Herr Oberaufseher. Ich werde mich nicht abhalten lassen, meine Pflicht zu tun.

KARL Dann wär' es Ihre Pflicht, alle Arbeiter einzusperren und mich dazu.

STIMME *von unten* He, Herr Wachtmeister! Was ist's nun eigentlich?

ZWEITE STIMME Wollen Sie uns wirklich verhaften lassen, Herr Wachtmeister?

ERSTE STIMME Weil wir um eine halbe Stunde später von der Arbeit heimgekommen sind als die andern?

ZWEITE STIMME Hüten Sie sich, Herr Wachtmeister!

WACHTMEISTER *zum Fenster* Oh, guten Abend. Herr Raso und Herr Bardoni, nicht wahr? Wer spricht denn von verhaften? Ich komme gleich herunter, wir wollen uns nur ein wenig unterhalten.

ERSTE STIMME Unterhalten?

ZWEITE STIMME Mit einem solchen Schafskopf unterhalten wir uns nicht.

WACHTMEISTER Ihr seid verhaftet! *Lärm unten* Ruhe! Wegen Wachebeleidigung. Vorläufig wegen Wachebeleidigung. Roberto, tu deine Pflicht! *Lärm unten.*

WIRT Oh, Herr Wachtmeister –

WACHTMEISTER Soll ich sie etwa entwischen lassen? Jedes Jahr sitzen Hunderte auf einen Verdacht hin durch Monate im Gefängnis. Dann läßt man sie eben frei. Und wenn die beiden sich zu rechtfertigen vermögen, so werde ich keinen Anstand nehmen, sie ohne weiteres zu entlassen. Aber ich kann es doch nicht riskieren, vor dem Herrn Kommissär mit leeren Händen zu stehen. Bedenken Sie doch! Ein Mord ist geschehen, ein grauenhafter Mord, ein Raubmord –

KARL Ein Raubmord?

WACHTMEISTER Nun freilich, was denn? Ein junger Mensch, schläft im Walde, ein vornehmer junger Mensch, nicht etwa irgendein Landstreicher, nach dem kein Hahn kräht, nein, ein Reisender, ein Millionär, ein Hofratssohn. Die Bösewichte erwürgen ihn –

WIRT Erwürgen?

WACHTMEISTER Jawohl – erwürgen ihn, rauben ihm zweihundert Kronen und suchen das Weite. Nach allen Windrichtungen ist telegraphiert, der Bahnhof wird beobachtet, und ich sollte hier die Hände in den Schoß legen, denken Sie wohl?

WIRT Ein Millionär sagen Sie, Herr Wachtmeister? Und hatte nur zweihundert Kronen bei sich?

KARL Und wieso weiß man das so genau, daß ihm gerade zweihundert Kronen geraubt worden sind?

WACHTMEISTER Wieso man das weiß? Durch Nachforschungen, durch sogenannte Recherchen. Die Mutter des Ermordeten hat ausgesagt, daß sie ihm heute morgen zwei Banknoten à hundert Kronen gab; es war sein Taschengeld, offenbar. Diese zweihundert Kronen sind aus der Brieftasche verschwunden. Kleingeld im Betrage von zwei Kronen und etlichen Hellern sind bei dem jungen Mann gefunden worden.

ELISA Nun aber muß ich doch fragen, wenn die beiden da unten verdächtigt werden, warum durchsucht man sie nicht?

WACHTMEISTER Frau Oberaufseherin, Sie stellen sich die Gerichtsbarkeit etwas leichter vor, als sie ist. Daß die beiden Kerle die zweihundert Kronen nicht bei sich haben, und zwar um so weniger, je mehr sie den armen jungen Mann ermordet haben, darauf können Sie ruhig Gift nehmen. Wenn sie schuldig sind, haben sie die halbe Stunde benützt, um das Geld zu vergraben. Und in dieser Richtung wird auch die Untersuchung –

*Töff-Töff eines Autos.*

STIMME *von unten* Herr Wachtmeister!

WIRT *am Fenster* Das ist der Herr Kommissär.

WACHTMEISTER *mit einem Ruck* Der Kommissär! Herr Oberaufseher, halten Sie sich bereit. Eine Aussage wird Ihnen nicht erspart bleiben. Ihre Verantwortung ist groß. Schonen Sie keinen, es kann einer der tüchtigste Arbeiter sein und doch ein fürchterliches Verbrechen begehen. *Er spricht das folgende Wort deutsch aus* Moral insanity. Bedenken Sie das. *Ab. Der Wirt folgt ihm mit Marie.*

KARL *hat Elisa die ganze Zeit beobachtet* Elisa!

ELISA Was willst du?

KARL Warum bist du blaß geworden?

ELISA Ich bin nicht – bin ich denn blaß geworden? *Sie lacht und berührt ihre Wange.*

KARL Elisa! Du sinkst ja hin. Nie hab' ich dich so – Was ist dir, Elisa?

ELISA Was fällt dir denn ein?

KARL *sie bei der Hand nehmend.*

ELISA Was willst du denn von mir: Bist du verrückt? Ah! *Reißt sich los, will zum Fenster.*

KARL Bleibe! Bleibe! Das ist eine Sache zwischen dir und mir.

ELISA Was für eine Sache? Du bist ja –

KARL *sie bei den Händen nehmend* Sag mir die Wahrheit.

ELISA Welche Wahrheit? Was geht mich all das an? Bist du toll? Denkst du etwa, ich habe ihn ermordet?

KARL Nein! Das denk' ich nicht. Daß du ihn ermordet hast, glaub' ich nicht. Aber du hast ihn gekannt.

ELISA Wen kenn' ich? Ich kenne niemanden hier. Woher sollt ich jemanden kennen? Ich weiß ja gar nicht, wer es ist. Weißt du, wer es ist? Hast du ihn gekannt? Niemand hat uns gesagt, wer es ist. Ein junger Mann. Nun ja. Was weiter? Es gibt viele junge Männer hier. Ein Hofratssohn. Woher soll ich einen Hofratssohn kennen? Was kümmert mich das Berghotel? Was kümmern mich die Leute dort oben?

KARL Wo warst du heut? Was hast du den ganzen Tag gemacht?

ELISA Was soll ich denn machen? Da, in dem Zimmer bin ich gesessen, und eine Weile bin ich spazierengegangen, die Straße gegen den Kalterersee mit – mit Marie.

KARL Es ist nicht wahr.

ELISA Ich schwöre dir. Frag sie doch, ob ich nicht vor dem Mittagessen mit ihr auf der Landstraße spazierengegangen bin. Frag sie doch!

KARL Und vorher? Am Morgen? Wann bist du aufgestanden? Was hast du nachher getan?

ELISA Was soll ich denn? Angekleidet hab' ich mich. Dann hab' ich genäht, das Kleid da hab' ich ausgebessert, den Saum da, siehst du. Eine Weile war ich auch unten in der Wirtsstube, habe Zeitungen gelesen. Dann bin ich spazierengegangen mit Marie – frag sie doch. Zuerst eine Weile allein hin und her und dann mit ihr, bin ihr begegnet hundert Schritt weit vom Ort. Was kümmert dich all das? Was willst du denn? Laß mich! Laß meine Hände! Und was rollst du die Augen? Du bist ja toll!

KARL Du hast ihn gekannt!

ELISA Den sie umgebracht haben? Ich weiß nicht. Vielleicht hab' ich ihn einmal gesehen. Wie kann ich das denn wissen? Wie lange hat er sich denn in der Gegend aufgehalten? Weißt du's? Manche, die oben auf dem Berg wohnen, kommen ein oder das andere Mal herunter ins Dorf. Vielleicht hab' ich ihn gesehen, schon möglich. Wenn ich ihn wiedersehe, würde ich ihn vielleicht erkennen. Vielleicht auch nicht. Was weiß ich? Du bist ja toll!

KARL Rühr dich nicht! Rühr dich nicht! Ein Wort, und du bist des Todes! Ich schwöre es dir! *Er sperrt die Tür ab, dann schließt er das Fenster.*

ELISA *eine Weile starr, will zum Fenster hin, er ergreift sie bei beiden Händen, schleppt sie nach vorn, drückt sie auf den Diwan nieder.*

KARL Ich könnte dich auch anbinden. Ich könnte dir auch

irgend etwas in den Mund stopfen. Aber ich hoffe, es wird nicht nötig sein. Ein Wort, und du bist – *Er blickt sich im Zimmer um, dann geht er zur Kommode, wühlt zuerst in der oberen Lade.*

ELISA In aller Heiligen Namen, was tust du?

KARL Keinen Laut, wenn dir dein Leben lieb ist. *Er öffnet die untere Lade, wühlt darin, findet das Gebetbuch.*

ELISA *hat sich unwillkürlich erhoben, steht regungslos.*

KARL *durchblättert das Gebetbuch, schüttelt es, zwei Banknoten fallen heraus. Er nimmt die Banknoten in die Hand, hält sie wortlos Elisa entgegen.*

ELISA Ich habe ihn nicht ermordet. Bei allen Heiligen, ich hab' ihn nicht – Um Gottes willen versteck das Geld! Wenn man das bei uns fände. – Ich will dir ja alles erklären. Ich habe es von ihm, ja. Er hat es mir geschenkt. Heute früh. Er hat es mir geschenkt. Aber wenn du glaubst – nein, nein, nein! Geschenkt! Er hat es mir gegeben, damit ich fort kann. Mit ihm hab' ich auf und davon wollen. Ich hab' ihn gern gehabt. Ja ... das ist nun einmal so. Frage die Marie. Grad hab' ich's ihr erzählt. Von dem Geld weiß sie nichts. Aber, daß ich hab' fort wollen, das weiß sie. Ich hab' ihn gern gehabt und er mich. Schon öfters haben wir uns gesehen. Zum fünften oder sechsten Mal heute morgen. Öfter noch. Jeden Morgen. Dort im Wald, wo sie ihn heut umgebracht haben. Geliebt hab' ich ihn, ja. Und darum habe ich nicht länger bei dir bleiben wollen. Es war alles verabredet. Drum hat er mir heut früh das Geld gebracht. Ein paar Stunden weit von hier, da wollten wir uns treffen und miteinander fortreisen, weit fort – nach Wien oder nach Paris. Er mit mir. Er hat mich geliebt, verstehst du? Und die zweihundert Kronen hat er mir gegeben, damit ich mir das Nötigste kaufen kann. Schuhe vor allem, meine sind ja hin, und ein Kleid und ein Billet für die Bahn. Was willst du nun? Soll ich es dem Kommissär erzählen? Er würde mir's nicht glauben. Niemand würd' es glauben. Sie würden alle glauben, daß ich ihn ermordet hab'. Einsperren würden sie mich. Versteck das Geld, ich beschwöre dich! Sonst denken sie am Ende, du und ich – Bring du mich lieber um. Ich will nicht vor Gericht. Ich will nicht ins Gefängnis, ich will nicht – Versteck das Geld!

KARL Hab keine Angst, Elisa! Dir wird nichts geschehen. Keine Angst! Du hast ihn nicht umgebracht ... Ich weiß.

ELISA *beginnt zu verstehen, beinahe unhörbar, mehr mit Blick und Geste* Du – Du?

KARL Ich – ja.

ELISA Du? Du hast uns zusammen gesehen – Du bist uns nachgegangen? Du hast uns gesehen? Du hast uns belauscht? Du hast mich davongehen lassen – und dann gewartet, bis er schläft – du, du Schuft, du feiger!

KARL Ich habe euch nicht belauscht – Ich hab' euch nicht gesehn – Ich bin kein Schuft, Elisa. Nichts hab' ich gewußt, gar nichts. Wenn ich nur eine Ahnung gehabt hätte, wie leicht du dir dein Geld verdienst, bei allen Heiligen, ich hätt's nicht getan.

ELISA Du – hast ihn umgebracht, du?

KARL Es war ein hübscher Kerl, ja. Und so fein angezogen. Meiner Seel', wie er da auf der Wiese lag, du kennst sie ja ... er war wohl sehr müde von deinen Küssen? Von deinen Küssen auf der grünen Wiese im Sonnenschein – Nicht gerührt, Elisa! Er schlief tief und fest. Wenn ich gewußt hätte, wer da liegt, daß vor einer Stunde, oder einer halben – Aber nichts hab' ich gewußt. Keine blasse Ahnung hab' ich gehabt.

ELISA Und im Schlaf, im Schlaf hast du ihn – –

KARL Es wäre vielleicht besser gewesen. Aber er ist erwacht.

ELISA So rede doch. Willst du nicht endlich? Rede!

KARL Du sollst alles hören, Elisa. Alles. Wir wollen wahrhaftig kein Geheimnis mehr voreinander haben. Die Sache war nämlich so. Sein Rock ist neben ihm gelegen. Verstehst du? Und da hat die Brieftasche hervorgeschaut ... Das war das Unglück. Ja, die Brieftasche. So eine braune, du kennst sie ja. Mit Silbereckchen. Da hab' ich mir gedacht, so bequem wirst du's wohl in deinem Leben nimmer haben. Und daß vor mir schon wer anderer da war und es noch bequemer gehabt hat, das hab' ich nicht gewußt. Und ich bleibe noch eine Weile stehen, und er schläft weiter, atmet tief und ruhig ... träumt ... wahrscheinlich süß. Und endlich beug' ich mich nieder und leise, ganz leise taste ich mich hin und hab' sie schon in den Fingern, die braune Tasche mit den Silbereckchen, da, mit einem Mal rührt er sich. Ich will schon davon, da reißt er weit die Augen auf, und im selben Augenblick mit der Hand in den Sack nach dem Revolver und springt auf, und ohne ein Wort zu sagen, legt er auf mich an. Da stürz' ich mich auf ihn, er drückt los, der Schuß versagt, ich pack' ihn am Arm, mit der anderen Hand beim Hals, und er fällt nieder, ich auf ihn, und er stößt mit den Knien und wehrt sich und faucht, und ich hab's gewußt, wenn er sich losmacht, so ist es aus mit mir, und wenn ich ihn frei lasse, ist es aus, und da halte ich ihn fest und halte so lange, und halte und presse so lange – – bis ihm der Revolver aus der Hand fällt. Aber da war's schon zu spät. Da war es schon aus mit ihm.

ELISA Es ist ja alles nicht wahr. Du willst mir nur angst machen. Du hast jemanden umgebracht, du? Weder ihn noch einen anderen. Jetzt kannst du mir's ja sagen, du weißt ja doch alles, was du wissen willst. Und tot ist er ja auch. Es kann dir ja genug sein.

KARL Ich habe ihn umgebracht. Und es hat sich nicht einmal gelohnt. Nichts mehr war in der Brieftasche, nichts.

ELISA Du hast nachgesehen?

KARL Denk dir, auch das habe ich noch getan. Es war wohl nicht das schlimmste. Aber nichts mehr, nichts. Alles hat er seinem Schatz gegeben. Nur ein paar Visitenkarten. Nun, den Namen kennst du ja.

ELISA Schweig, schweig!

KARL Ein hübscher Kerl und reich, reich. Schad um ihn.

ELISA *auch wie erwachend* Karl, Karl, versteck das Geld und sperr die Türe auf. Aber zuerst versteck das Geld. Wenn sie kommen und die Tür versperrt finden – Karl, Karl! – *Sie greift nach seinen Händen, in denen er die Banknoten zerknüllt hält.*

KARL Nicht mich anrühren!

ELISA Karl, niemand weiß! Bedenke doch, niemand weiß was.

Nicht der geringste Verdacht ist auf dich gefallen. Rette dich, Karl! Rette uns beide! Ich war ja rasend! Ich war ja so wenig bei Sinnen wie du! Weißt du denn, warum – weißt du denn –? Ich hab' ja nicht geahnt. Ich habe mir gedacht, Karl, die ganze letzte Zeit hab' ich gedacht, du hältst es mit der Marie.

KARL *lacht auf.*

ELISA Ich schwör's dir. Ich habe mir eingebildet, du willst von mir nichts mehr wissen, du warst ja – Ich hab' ja nicht geahnt, daß du mich noch liebst ... so liebst bis zum Verbrechen. Daß du meinetwegen – Wenn ich das geahnt hätte, Karl, wenn – – Aber es kann ja noch alles, es wird alles gut werden. Keiner weiß es, Karl, keiner denkt an dich. Versteck das Geld!

KARL Und jetzt käm' es grade recht für eine kleine Hochzeitsreise. Nähmst sogar mit mir vorlieb – wie?

ELISA Karl!

KARL Es wird nicht gehen, Elisa. Ich dürfte verhindert sein. Und auch der andere ist leider tot. Ein so hübscher junger Mensch. Und splendid ... Aber was liegt daran. Es gibt andere, hundert, tausend hübsche, reiche, junge Leute, kann dir doch egal sein, du – du –!

*Es klopft.*

ELISA Versteck's! Wir sprechen dann weiter. In den Schuh. Du kannst es dir dann noch immer überlegen. Aber –

MARIE *draußen* Herr Dengler!

KARL Nur einen Augenblick, Fräulein Marie.

ELISA Karl, Karl, alles wird wieder gut. Ich, ich liebe dich ja.

KARL *als hörte er es nicht* Es dauert nicht mehr lang, so wird dir das wie der reine Bettel vorkommen!

MARIE *draußen* Der Herr Kommissär läßt Sie rufen, Herr Dengler. Er ist unten in der Gaststube.

KARL Sofort, Fräulein Marie. Will mir nur den schwarzen Rock anziehen zum Verhör. Das schickt sich doch wohl. *Zum Schrank, nimmt seinen Rock, bürstet ihn ab, legt ihn an, alles in Ruhe. Währenddem*

ELISA Karl, ich beschwöre dich. Wir könnten es ja verbrennen. Karl! Das Ganze wird ein böser Traum gewesen sein. Du warst ja nicht bei Sinnen. Auch vor Gericht möchten sie dich freisprechen. Es war ja Notwehr ... Und siehst du denn nicht, daß, daß ich ihn nie geliebt habe. Ich denke ja gar nicht mehr an ihn. Nur an dich denk' ich. Es war ja nur – denk doch nur, wie du zu mir warst all die Zeit. – Wie hab' ich denn ahnen können. Ich hab' dich ja immer geliebt. Und ich werde dir eine treue Frau sein. Auf den Knien werd' ich dir mein ganzes Leben lang – – Verzeih mir, verzeih mir! Und wenn du mir nicht verzeihen kannst, Karl, so werden wir zusammen sterben. Ja, Karl? Bald. Morgen, wenn du willst. Nur laß uns noch einmal glücklich sein. Ich hab' ja nicht geahnt – ich – ich – *Auf den Knien.*

KARL Du hast nichts zu tun, als zu schweigen, verstehst du. Nichts anderes! Ich rate dir gut. Sonst bleibt's doch nicht aus, daß sie dich auf eine Weile wenigstens unter dem Verdacht der Mitschuld und der Hehlerei einsperren. Und es wäre doch schade, auch nur noch einen Tag zu verlieren. Keine Stunde mehr, Elisa. Es gilt, die Zeit benützen. Schau dich in den Spiegel. Wenn man so viel durchgemacht hat, das hinterläßt seine Spuren ... Falten. Du mußt an deine Zukunft denken. – Elisa, man bleibt nicht ewig jung.

ELISA Karl, nur dich, dich allein –

KARL Rühr mich nicht an!

WACHTMEISTER *draußen* Herr Dengler!

ELISA *erstickt* Karl!

KARL Ja. Da bin ich.

WACHTMEISTER *tritt ein* Herr Oberaufseher, der Herr Kommissär ist sehr ungeduldig. Ich will Ihnen nur mitteilen, daß sich die Verdachtsgründe gegen die beiden Verhafteten erheblich verstärkt haben. Sie brauchen weiter kein Blatt vor den Mund zu nehmen.

KARL *hat das Fenster geöffnet* Vor allem einmal lasse man die Burschen los. Bardoni, Raso, ihr seid frei! Sagt es ihnen doch!

*Unruhe unten, einige Leute kommen die Treppe herauf, die Tür steht offen.*

KARL Hier sind die zweihundert Kronen, Herr Wachtmeister.

Und hier bin ich! Ist Ihnen alles klar? Und bitte, lassen Sie doch die Türe hier frei.

WACHTMEISTER Was heißt das? He?!

KARL Das ist mein armes Weib, die kann gar nichts dafür, daß ich elender Kerl einen erwürgt hab' – Haben Sie doch Mitleid mit ihr. Sie ist unschuldig, ich weiß es ... Elisa, geh!

ELISA *eine Weile unschlüssig, stürzt plötzlich wie wahnsinnig zwischen den Leuten, die vor der Tür angesammelt sind, davon.*

KARL Nun, Herr Wachtmeister, was zögern Sie? Hier sind die zweihundert Kronen. Der Mörder bin ich!

WACHTMEISTER Platz da! Herr Oberaufseher Dengler, ich erkläre Sie für verhaftet im Namen des Gesetzes.

MARIE *die im Zimmer nahe der Türe steht, sinkt ohnmächtig in die Arme ihres Vaters.*

*Vorhang*

# Die Gouvernante

*Eine Familienszene*

## Personen

DER PAPA
DIE MAMA
EMIL, EMMI, BUBI – *die Kinder*
HELENE, *das Fräulein*
DR. FIBULUS, *der Hofmeister*

*Das Zimmer von Fräulein Emma, der Tochter des Hauses. Das Bett hinter Vorhängen. Hellblaue Tapeten, weißes Mobiliar.*

EMMI *vor dem Frisierspiegel, Fräulein* HELENE *frisiert sie.*

EMMI Fräulein, Sie sind so geschickt! Sie sind ein Genie. Sie sind mir tausendmal lieber als die Friseurin von Mama. Neulich für Hahns hat mich die Friseurin von Mama hergerichtet – lächerlich! Sie kann nur alte Damen frisieren. Obzwar ... Mama ist doch nicht alt; sie macht einen jugendlichen Eindruck. Wenn man denkt, daß Emil heute fünfundzwanzig Jahre alt ist – nicht wahr, – allerdings mit sechzehn hat sie geheiratet. Das gelingt mir nicht mehr.

HELENE Wann werden Sie achtzehn, Emmi?

EMMI Am vierundzwanzigsten Mai. Und ich erkläre hiermit feierlich, daß ich an diesem Tag verheiratet sein werde. Es hängt nur von Ihnen ab.

HELENE Von mir?

EMMI Ja. Der heutige Abend, insbesondere diese Frisur, muß ihm den Rest geben.

HELENE Oh, ich denke, der braucht gar nicht mehr so viel.

DER HAUSLEHRER, DR. FIBULUS, *und* BUBI *(9 Jahre) erscheinen an der Tür.*

EMMI Wer ist denn da?

FIBULUS Oh pardon, wir dachten, Fräulein seien schon fertig. *Er versucht, Helene im geheimen die Hand zu drücken.*

EMMI Was willst du denn, Bubi?

BUBI Ich hab' dich anschauen wollen, eh' du auf den Ball gehst. Ich soll ja schon schlafen gehn.

EMMI Bitte Fräulein, erlauben Sie einen Moment. *Friseurmantel herunter, in Toilette* No, g'fallt's dir?

BUBI Riesig, geradezu aufregend.

FIBULUS Bubi! ... O Fräulein Emmi, er meints nicht so. – So, jetzt hast du dein Fräulein Schwester gesehn, jetzt komm.

MUTTER *tritt in Balltoilette ein.*

MUTTER Was heißt denn das, Bubi, warum bist du noch nicht zu Bett?

BUBI Ich werd' mir doch die Emmi anschaun dürfen!

EMIL *der Sohn des Hauses tritt ein, im Frack.*

EMIL Guten Abend. Donnerwetter! Donnerwetter! Ich sage nichts als dieses. Wenn du nicht meine Schwester wärst, würde ich mich in dich verlieben.

DER VATER *tritt ein, im Frack.*

VATER *ärgerlich* Was gibt's denn? Ist man noch nicht bald fertig? – Bubi, warum bist du noch nicht zu Bett? Nun, was ist eigentlich? Woran liegt es wieder? Seit einer Stunde warte ich, sitze im Frack in meinem Zimmer und erfriere.

EMMI Wenn ihr mir jetzt alle auf dem Hals sitzt, kann ich nicht fertig werden.

HAUSLEHRER *und* BUBI *ab.*

EMIL Na, adieu. Wir sehn uns ja bei Wernheimer. Servus, Emmi! Adieu, Papa – Adieu, Mama. Guten Abend, Fräulein. *Ab.*

VATER Ich erkläre hiermit: Wenn man nicht in fünf Minuten bereit ist, so lege ich mich ins Bett! *Ab.*

MUTTER *betrachtet Emmi* Sehr hübsch – ja. Und was ich dir noch sagen wollte, Emmi –

EMMI Jajajajajajaja!

MUTTER Bitte, höre mich an: Benimm dich heute einmal anständig – verstehst du mich? Wenn du dich heut anständig benimmst, ist alles in Ordnung. Dann hält er morgen um dich an. Es war schon neulich so weit.

EMMI O nein.

MUTTER Ja. Nur deine blöde Kokettiererei mit Paul hat ihn wieder schwankend gemacht. Ich bitte dich, kokettier heut nicht mit Paul, wenn er zufällig dort ist, und geh nicht ins Rauchzimmer – und trink keinen Champagner – und wenn du tanzt, mach keine solchen Augen ... du weißt schon, – höchstens, wenn du mit ihm tanzt.

EMMI Jajajajaja! Wenn du dastehst, Mama, werd' ich nicht fertig. Überhaupt machst du mich nervös.

MUTTER Man wird seinem Kind doch noch etwas sagen dürfen. *Ab.*

EMMI Was sagen Sie, Fräulein? Sehen Sie, es ist nicht so leicht, einen Mann zu kriegen – den richtigen wenigstens.

HELENE Herr Egon Meier ist sehr liebenswürdig.

EMMI Ja; er gefällt mir auch ganz gut. Das ist doch ziemlich egal, wen ich heirat'. Betrügen werd' ich ihn jedenfalls.

HELENE Sie wissen ja gar nicht, was das heißt, Fräulein Emmi.

EMMI Oh! oh! oh! Glauben Sie, nur Sie ... Wo waren Sie denn eigentlich, bevor Sie bei uns waren?

HELENE Sie wissen ja: bei Rappers.

EMMI So? Haben Sie dort auch mit dem Sohn des Hauses ein Verhältnis gehabt?

HELENE Fräulein Emmi!

EMMI Hahahaha!

HELENE Fräulein Emmi, was fällt Ihnen denn ein!

EMMI Mein Gott, warum denn nicht? Sie haben's ja gut ... Ah, wie ich Sie manchmal am Sonntag beneide, wenn Sie nachmittag fortgehen dürfen, – ganz allein – ganz allein!

HELENE Da besuch' ich meine Tante.

EMMI Ja freilich! Ich weiß sehr gut, was Sie da tun. Da sind Sie mit einem Herrn zusammen, mit Ihrem Geliebten, und er knöpfelt Ihnen die Taille auf – und dann küßt er Sie auf die Brust – und dann schnürt er Ihnen das Mieder auf – und dann sind Sie im Hemd – und ...

HELENE Emmi! Ich bitte sehr, Fräulein Emmi!

EMMI Oh, ich weiß alles! Im übrigen werden wir getrennte Schlafzimmer haben, mein Mann und ich – jedenfalls ... Aber meines wird ein wahres Feenmärchen sein, lauter Spiegel – und einen Schlafrock werd' ich haben, ganz aus Seide – und unter'm Schlafrock – manchmal nichts, gar nichts ... No, sagen Sie mir noch, daß ich nichts versteh'!

HELENE Oh Emmi!

EMMI Wissen Sie, was ich heut nacht geträumt hab'?

HELENE Das wird was Nettes gewesen sein.

EMMI Ach, gar nicht so arg. Nur daß ich auf einem Ball war und die Schleife oben ist gerissen und das Kleid ist mir heruntergerutscht – nur auf einer Seite – und ich hab' mich riesig geschämt und hab' immerfort versucht, es wieder heraufzukriegen, es ist aber nicht gegangen – und jemand – ich sag' Ihnen nicht, wer ...

HELENE Schöne Träume – ha!

EMMI No, was denn? Es ist gar nichts geschehn. Jemand hat mich halt da her geküßt ... Hat Sie noch nie jemand da her geküßt?

HELENE Fräulein Emmi – nein!

EMMI Was kann ich dafür, daß ich solche Sachen träum'? Ich hab' halt Temperament.

VATER *tritt ein, im Pelz.*

VATER Nun? Ich erkläre hiermit, daß ich mich sofort ins Bett lege!

EMMI Ich bin ja schon fertig.

MUTTER, *zum Fortgehen bereit, tritt ein.*

MUTTER Na, laß dich anschaun. – Schön ... *Zu Helene* Sehr gut haben Sie das gemacht, Fräulein. *Zum Vater* Sieht sie nicht wie ein Engel aus.

VATER Jaja, sie sieht wie ein Engel aus.

EMMI Also adieu, Fräulein Helen'.

HELENE *Hängt ihr den Mantel um.*

VATER, MUTTER, EMMI *ab.*

HELENE *allein, bringt den Frisiertisch in Ordnung, geht dann zum Fenster, dann wieder ins Zimmer zurück, dann setzt sie sich auf den Sessel vor dem Frisiertisch und scheint nachzudenken.*

EMIL *tritt ein.*

HELENE *steht auf.*

EMIL Ich hab' im Kaffeehaus drüben gewartet. Hab' ich deinen Blick früher richtig verstanden?

HELENE Ja. Es ist kein Zweifel mehr möglich – absolut kein Zweifel.

HELENE *zärtlich.*

EMIL *hinnehmend, aber nicht erwidernd* So ... na ja, also ...

HELENE *leise* Was soll ich tun?

EMIL Ja vorläufig ... Was denkst du denn, wie lang es geheim bleiben kann?

HELENE Das ist schwer zu sagen. Vielleicht zwei, drei Monate.

EMIL Das ist ja immerhin ein Zeitraum, in dem manches überlegt werden kann.

HELENE Was kann überlegt werden?

EMIL Nun, die nächsten Wochen bleibst du ja jedenfalls noch hier, bei meiner Schwester.

HELENE Gewiß. Aber dann ... dann ...

EMIL Nun, das wollen wir überlegen – es drängt ja nicht. Jetzt werd' ich gehn müssen. Ich will mich nicht gar so sehr verspäten.

HELENE Bleib noch ein bißchen.

EMIL Warum denn? Wir können ja heut doch zu keinem Entschluß kommen.

HELENE Emil ... Emil ...

EMIL Na –

HELENE Es ist ja furchtbar! Was soll ich denn tun?

EMIL Gar so furchtbar kann ich das eigentlich nicht finden. Solche Dinge waren schon einmal da.

HELENE Meine Eltern –!

EMIL Deine Eltern – Gott! – Du hast eben eine Stellung auswärts gefunden. In etwa vierzehn Tagen wirst du von uns fortgehn – bis dahin werden wir schon etwas ...

HELENE Ja, wohin soll ich denn gehn – wohin?

EMIL Nach Deutschland – in irgendeine kleine Stadt – es gibt so eine Unmasse kleiner Städte in Deutschland –

HELENE Allein – allein?

EMIL Ja, liebes Kind, begleiten kann ich dich nicht, das wirst du doch einsehn.

HELENE Könnt' ich nicht irgendwo in der Nähe von Wien – wo du mich besuchen kannst – und auch, weißt du, wegen des Kinds ... ich möcht' es doch später in der Nähe haben.

EMIL Nein, nein! Das ist ein Unsinn. Ich bin entschieden für Deutschland. Ja. – Es ist doch absolut kein Grund zu weinen.

HELENE Ich wein' ja nicht.

EMIL Nachdem ich – du entschuldigst, daß ich davon rede – die Kosten tragen werde, so darf ich wohl auch den Ort bestimmen – das siehst du wohl ein. Und ich bin nun einmal für Deutschland – oder auch für die Schweiz – die Schweiz wär' vielleicht noch besser.

HELENE Und du bleibst hier –!

EMIL Selbstverständlich. *Milder* Im übrigen, vielleicht kann ich dich einmal besuchen – ja, zu Ostern, das ging' ganz gut.

HELENE Emil!

EMIL Na also, was denn?

HELENE Sag', warum heiratest du mich eigentlich nicht?

EMIL Na, hör', mein Kind – davon war doch niemals die Rede.

HELENE Nein, ich hab' es auch nicht behauptet. Es ist ja nur eine Frage. – Aber schau, du weißt ja, daß ich dich sehr lieb hab' – daß ich nie einen andern als dich …

EMIL Ja, ich weiß alles und habe ausdrücklich von allem Anfang an erklärt, daß ich in keiner Weise … *Auf und ab* Es ist doch wirklich ganz überflüssig, über alle diese Dinge wieder zu sprechen. Nie in meinem Leben hab' ich daran gedacht, und ich habe immer ausdrücklich gesagt, daß ich nicht daran denke. – Ist es so?

HELENE Ja, es ist so.

EMIL Na also! – Ich denke, du kannst mit den Verpflichtungen, die ich übernehme, vollkommen zufrieden sein. Es wird dir an nichts fehlen – es wird Dir ganz gut gehn – viel besser als hier, wo du die Launen von Mama und Emmi … *Vor ihr stehen bleibend* Ja, ich seh' überhaupt nicht ein, warum du nicht gleich fortreisen solltest.

HELENE Weshalb? Es ist doch nicht notwendig. Man merkt noch gar nichts. Bis man etwas merkt, dauert's mindestens noch bis zum März.

EMIL Es handelt sich nicht gerade darum, daß man es merkt … ich gebe auf solche … äußerlichen Dinge gar nicht viel. Es genügt, daß wir es wissen. Wir wissen es doch? Und schließlich – unter diesen Umständen – ich begreif' nicht, daß du nicht die Empfindung dafür hast!

HELENE Wofür soll ich eine Empfindung haben?

EMIL Nun, ganz ehrlich: Es ist mir ein – bitte, mißversteh' mich nur nicht wieder – ein sonderbares Gefühl, daß du als Gouvernante meiner Schwester ... daß du bei einem jungen Mädchen ... also kurz und gut: daß du, meine Geliebte, die Gouvernante meiner Schwester bist!

HELENE Nun ...?

EMIL Ja, begreifst du denn das nicht? – Meine Schwester ist ein unschuldiges junges Mädchen –

HELENE Haha!

EMIL Bitte!

HELENE Was bittest du?

EMIL Ich bitte dich höflichst, daß du nicht lachst, wenn ich mit dir von ernsten Dingen spreche.

HELENE Bitte, sprich nur! – Also deine Schwester ist ein unschuldiges Mädchen – nun?

EMIL Also, ich will es dir ganz aufrichtig sagen: Schon von allem Anfang an ist mir der Gedanke bis zu einem gewissen Grad peinlich gewesen – ja – aber ich hab' mich dagegen gewehrt – ich hab' den Gedanken nicht aufkommen lassen – aus Egoismus, will ich zugeben. – Aber du mußt doch einsehn, daß es ein bißchen peinlich für mich war, wenn ich dachte: Dieselbe, die sich heut nacht in dein Zimmer gestohlen hat, dieselbe, die in deinen Armen ... na, kurz und gut, daß meine Schwester sozusagen unter deiner Obhut ...

HELENE Sag, redest du im Ernst?

EMIL Bei Gott, mir ist gar nicht spaßhaft zumut. Es ist wahrhaftig keine Kleinigkeit, – wenn ich denke, daß ich vorläufig nur auf mein Taschengeld angewiesen bin ...

HELENE Nur weiter, nur weiter!

EMIL Na, davon wollt' ich ja nicht reden. Das ist meine Sache. Ich spreche von der moralischen Seite; und da mußt du begreifen, daß ich als Bruder eines jungen Mädchens ...

HELENE – eines unschuldigen jungen Mädchens –

EMIL Kurz und gut: Es paßt mir nicht! Es paßt mir nicht! – Und ich bin dagegen, daß du weiter die Gouvernante von Emmi bleibst.

HELENE Von deiner unschuldigen Schwester.

EMIL Sag' mir, was willst du denn eigentlich? Was ist das für ein ironischer Ton? Ich erkläre dir, daß ich absolut nicht dulde ...

HELENE Was duldest du nicht?

EMIL Hüte dich! Meine Schwester ist Braut – sie ist so gut wie Braut –

HELENE Na, ich hätt' nicht übel Lust, ihrem Bräutigam das Gespräch zu erzählen, das wir vor einer halben Stunde miteinander geführt haben!

EMIL Du bist ja verrückt! Was fällt dir denn ein?

HELENE Ein Luder ist deine Schwester!

EMIL Helen'!

HELENE Es ist egal, wen sie heiratet, hat sie gesagt – sie betrügt ja doch einen jeden – und sie möchte im Hemd auf den Ball gehn, hat sie gesagt – und sich von den jungen Leuten die Brust küssen lassen –

EMIL Schweig, schweig! – Du – du – du –.

HELENE Schlag mich noch – schlag mich noch!

EMIL Nun, ich will es mit deinem Zustand entschuldigen – ja. Aber umsomehr bin ich von der Notwendigkeit überzeugt, daß du noch morgen das Haus verlassen mußt. Genug, – die Angelegenheit ist erledigt. Du wirst morgen kündigen, ich besteh' darauf; was das Kind anbelangt ... für das wird gesorgt werden.

HELENE Ich brauche nichts von dir – ich will nichts von dir!

EMIL Helene ... du!

HELENE Ein Schuft bist du – ein Schuft, verstehst du? Und deine Schwester ein Luder!

EMIL Helene! Du! Du!

HELENE Gesindel Ihr alle!

EMIL *will auf sie zu.*

HELENE *steht vor ihm groß aufgerichtet* Hinausjagen? Ihr?! Ich jag' dich hinaus! Ich, ich!

EMIL *zuerst fassungslos vor Wut, dann höhnisch, scheinbar ruhig* Na, umso besser!

HELENE *bleibt eine Weile regungslos stehn, dann geht sie im Zimmer hin und her, dann setzt sie sich eine Weile vor den Spiegel, dann stützt sie das Gesicht in beide Hände, dann blickt sie in Zorn auf; allmählich verändern sich ihre Züge. Sie lächelt ein wenig, sie fährt sich über die Stirn. Sie steht auf, scheint zu überlegen. Sie zuckt die Achseln. Dann geht sie zur Türe rechts und verschwindet. Man hört sie draußen sagen:* Herr Doktor. *Man hört eine Türe öffnen.*

STIMME DES DR. FIBULUS Helene! – Sie sind es?

STIMME HELENES Schläft er? *Beide treten ein.*

FIBULUS Ja, ja. – Fräulein Helene, was wünschen Sie?

HELENE Lieber, lieber Doktor – ich kann mir nicht mehr helfen! Denken Sie, jetzt war er wieder hier – – – Haben Sie nichts gehört?

FIBULUS Nein, gar nichts.

HELENE Er hat drüben gewartet, bis die andern auf dem Ball sind.

FIBULUS Unglaublich!

HELENE Es ist nicht mehr zu ertragen!

FIBULUS Ich hab' es Ihnen genau gesagt!

HELENE Ich bleibe nicht mehr in diesem Hause ... ich kann nicht mehr! – Wer weiß, wozu dieser Mensch in seiner Raserei noch fähig ist.

FIBULUS Helene!

HELENE Hätten Sie ihn jetzt gesehen! *Sie verbirgt ihr Gesicht in den Händen* Und auch ich bin nur ... ein ... schwaches Menschenkind ...

FIBULUS Ja ... was soll man tun? ...

HELENE Retten Sie mich ...

FIBULUS Helene! Sie wissen ja. – Erinnern Sie sich doch ...

HELENE Nun, lieber Freund, – hier haben Sie meine Hand: Ich bin bereit, Ihre Frau zu werden.

FIBULUS Ist es möglich? – Helene! ... Sie wollen ...

HELENE Lang' genug hab' ich gekämpft. Ja. Ich liebe dich – Seit heute weiß ich es, daß ich dich liebe.

FIBULUS Helene ... So sind Sie ... so bist du ... meine Braut?

HELENE Deine Braut. *Sie sinkt ihm in die Arme.*

FIBULUS Ich bin ja so glücklich!

*Pause.*

FIBULUS Nun aber will ich dir ... doch lieber gute Nacht sagen.

HELENE Schon? ... Du willst ... schon gehn?

FIBULUS Ja. – Eine Braut ist etwas Heiliges ...

HELENE Und ... etwas Geliebtes, – hoff' ich.

FIBULUS Ja ... eben deshalb ... Auf morgen – lebe wohl! Auf morgen!

HELENE Aber ich hab' ja solche Angst!

FIBULUS Angst?

HELENE Solche Angst! – Ich fürcht' mich vor dem Alleinsein ... Wenn er zurückkehrt ...

FIBULUS O Helene!

HELENE Bleib' doch bei mir ... Ja?

*Vorhang*

# Das Haus Delorme

*Eine Familienszene*

## Personen

MATHILDE DELORME
CHARLES, *ihr Bruder*
IHRE MUTTER
IHR VATER
FRÄULEIN ELSA POLLAK
ANITA, *Stubenmädchen*
EIN PICCOLO
FRANZ

*Ziemlich elegantes Zimmer bei Mathilde Delorme. Abend. Gedeckter Tisch, elektrischer Luster.*

*Die Mutter sitzt am Tisch und ißt. Die Uhr auf dem Kaminsims schlägt zehn. Die Mutter klingelt. Anita, das Stubenmädchen, tritt ein.*

MUTTER *immer mit französischem Akzent* Räumen Sie ab!

*Anita räumt ab.*

MUTTER *liest Zeitung, dann blickt sie auf* Was aben Sie denn, Anita? Was maken Sie ein solkes Gesikt? Wenn meine Tokter kommt, müssen Sie maken ein anderes Gesikt. Verstanden? Mathilde ist nervos, sie kann nik sehen ein solkes Gesikt. Maken Sie ein eiteres Gesikt. *Es schellt draußen.* Da ist sie son.

*Anita ab. Gleich darauf tritt Mathilde ein. Sie kommt aus der Vorstellung und hat einen Theatermantel um, eine Rolle in der Hand.*

MATHILDE Guten Abend, meine Mutter.

MUTTER Guten Abend, mein Kind.

MATHILDE Ist er schon da?

MUTTER Wer?

MATHILDE Es gibt nur einen: Franz!

MUTTER Nein, ik glaube nik, daß er son da ist.

MATHILDE Du weißt ja nie etwas *Sie ruft* Fräulein Ringelspiel!

*Anita kommt.*

ANITA Was wünschen Fräulein?

MATHILDE Ist er schon da?

ANITA Bitte, welcher?

MATHILDE Fragen Sie nicht so stupid. Sie wissen, daß es seit acht Tagen nur einen gibt, ihn, den Herrlichsten von allen.

ANITA Es war noch niemand da.

MATHILDE Ich danke, Fräulein Ringelspiel. Sobald er kommt, nun, Sie wissen – *Geste, daß sie ihn direkt in ein anderes Zimmer zu führen hat. Anita ab.*

MUTTER Nun, mein liebes Kind, wie war es heut im Theater?

MATHILDE Ausverkauft. Ich habe gesungen wie eine Göttin. *Sie ißt und trinkt.*

MUTTER Viel Applaus?

MATHILDE Die Leute haben getobt. Voricki hat falsch gesungen wie ein Kamel. Wenn ich denke, daß ich diesen Mann einmal geliebt habe – allerdings nicht wegen der Stimme. – Warum ißt du nicht, Mama?

MUTTER Mein Kind, ik abe kein Unger, ik abe nur Sorg und Kummer.

MATHILDE Nun ja, das ist Menschenlos. *Sie trinkt* O! *Sie ruft* Fräulein Ringelspiel! *Anita kommt.*

MATHILDE Fräulein Ringelspiel, Sie sind wohl fest überzeugt, daß das Vöslauer Ausstich ist?

ANITA Ja, Fräulein, bitte –

MATHILDE Sie irren sich, Fräulein Ringelspiel, es ist Essigsäure.

ANITA Ich will eine andere Flasche holen.

MATHILDE Bemühen Sie sich nicht, Fräulein Ringelspiel. Für eine kleine Operettensängerin ist Essigsäure gut genug. – Warum sind Sie denn so traurig? Wer ist Ihnen denn schon wieder untreu geworden?

ANITA O, Fräulein –

MATHILDE Mein Bruder, der Lump?

ANITA O, Fräulein –

MATHILDE No, was haben Sie denn?

ANITA Fräulein, Fräulein! O Gott, o Gott! ... Ich trau' mich's nicht zu sagen.

MATHILDE Ach so! ... Mutter, und du läßt so etwas zu?

MUTTER Was soll ik denn tun? Es ist ja immer dieselbe Geschichte.

MATHILDE Nun, Fräulein Ringelspiel, es soll Ihr Schade nicht sein. *Entläßt sie mit einer königlichen Handbewegung. Anita ab.*

MATHILDE Wo ist denn der Bursche? Man müßte ihm wieder einmal ins Gewissen reden. Betti weint sich die Augen aus.

Immer macht sie mir Szenen in der Garderobe, wenn dieser Rigo Janczi sie betrügt oder prügelt. Ich werde nicht mehr gestatten, daß Charles mit meinen Kolleginnen Verhältnisse hat. – Wo ist er denn?

MUTTER Er ist heute zum Diner geladen bei Pollak.

MATHILDE Bei diesem Börsenjobber?

MUTTER Ja.

MATHILDE Es wird doch damit enden, daß er eine Tochter Israels heimführt.

MUTTER Gott geb's.

MATHILDE Wieviel Töchter hat denn dieser Judas?

MUTTER Eine einzige. Sie bekommt eine Million Mitgift. Sie ist ja so verliebt in Charles!

MATHILDE Das ist allerdings begreiflich. Charles ist dazu geboren, ein Dollarkönig zu werden.

MUTTER Ja, mein liebes Kind, der ist klüger als du.

MATHILDE Was soll denn das nun wieder heißen?

MUTTER Ach Gott, mein liebes Kind, rege dich doch nicht auf. Iß nur weiter. Ik abe ja nikts gesagt.

MATHILDE Entschuldige, meine Mutter, du hast etwas gesagt.

MUTTER Nein, ik abe nikts gesagt. Gar niks! Du kannst ja maken, was dir Vergnügen makt.

MATHILDE Gott sei Dank!

MUTTER Ik war ja auch jung.

MATHILDE Wenn du es nur einsiehst. Du hast doch auch meinen Vater geliebt. Du hast ihn sogar geheiratet.

MUTTER Das ist ja meine Angst, liebes Kind, daß es dir auch so geht. Wenn ik diesen Filou nikt geheiratet ätte, säh' es anders mit mir aus.

MATHILDE Ach, erzähl' mir doch nichts – der Großfürst hätte dich doch nicht geheiratet.

MUTTER Gewiß hätt' er es getan. O Gott, ik wäre heute Schwägerin von die Kaiser von Rußland!

MATHILDE Das ist abgeschmackt. – Keineswegs hast du mir vorzuwerfen, daß ich den Grafen hinausgeworfen hab'!

MUTTER Aber nein, das fällt mir ja nikt ein.

MATHILDE Jawohl, du wirfst mir vor, daß ich Franz liebe!

MUTTER Rege dik dok nikt auf, denk' an deine Stimme!

MATHILDE Nun, ich frage: Wer erhält das Haus? Von wem lebt ihr? ... Ich kann Grafen hinauswerfen, soviel ich will, und ich kann so viele Fränze lieben, als es mir beliebt. *Anita kommt.*

MATHILDE *leuchtend* Ist er es?

ANITA Ja.

MATHILDE Nun, melden Sie doch, wie ich es Ihnen vorgeschrieben habe.

ANITA Der Herrlichste von allen.

MATHILDE Es ist gut, Fräulein Ringelspiel. *Mathilde ab.*

MUTTER *zu Anita* Nun, was aben Sie denn? Wenn Sie lieber den Staub besser abwischen mökten.

CHARLES *tritt ein. Er ist ein sehr schöner, großer, junger Mann, mit schwarzem kleinem Schnurrbart. Er ist in eleganter Balltoilette* Bon soir, meine Mutter, bon soir.

MUTTER Mein lieber Charles!

CHARLES Anita, bringen Sie eine Flasche Champagner. *Zur Mutter* Ist Mathilde schon zu Haus?

MUTTER Ja. Aber – – – –

CHARLES Hm, eine Flasche Champagner, Anita! *Anita ab.*

CHARLES Mama, wir wollen eine Flasche Champagner auf das Wohl meiner Braut, Fräulein Elsa Pollak, trinken!

MUTTER O, mein lieber Sohn – mein lieber, lieber Charles!

CHARLES Ja, ich bin Bräutigam. Heute abend haben wir uns verlobt, während des Diners. Jetzt eben spricht sie mit ihren Eltern, und morgen mittag halte ich offiziell um ihre Hand an.

MUTTER Charles, Charles, ik bin so glücklik! Erzähl mir dok ausführlik!

CHARLES Geduld, Mama. – Wo ist Mathilde? Ich möcht' es ihr auch erzählen. Sie soll unsere Freude teilen.

MUTTER Nun ja –

CHARLES Mutter – sie ist nicht allein.

MUTTER Nein.

CHARLES Ich habe es geahnt. – Wer ist es denn?

MUTTER Dieser Herr Franz natürlich.

CHARLES Ich hasse diesen Menschen ... Was ist er denn eigentlich? Weißt du, Mutter, wer dieser Herr Franz ist? – Wie heißt er mit dem Zunamen? Hat er überhaupt einen Zunamen?

MUTTER O gewiß.

CHARLES Warum bringt er ihn nicht mit? *Geht hin und her.*

*Pause.*

CHARLES Und wo bleibt der Champagner?

MUTTER Sie muß ja in den Keller gehen. – Erzähl' mir dok unterdes ... es ist also gewiß?

CHARLES Absolut. Sie ist in einer Weise verliebt ... Ich habe sie einfach gefragt: Wollen Sie die Meine werden? ... Während der Gänseleberpastete habe ich sie gefragt. Sie ist beinahe ohnmächtig geworden vor Glück.

MUTTER Und die Eltern?

CHARLES Ach, du weißt ja, daß ich schon neulich einmal mit dem Vater Pollak über eine eventuelle Stellung in seinem Bankgeschäft geredet habe.

MUTTER Mein lieber Charles!

CHARLES Wenn wir von der Hochzeitsreise zurückkommen, trete ich ein. Es wird nicht lang dauern und ich bin Kompagnon.

MUTTER Und was sagt die Mutter Pollak?

CHARLES Ach Gott, die Mutter Pollak, die halt' ich sicher. Mit der könnt' ich doch jeden Moment ein Verhältnis haben.

*Anita bringt Champagner.*

CHARLES Gläser! *Er öffnet die Champagnerflasche* So! *Schenkt ein* So! – Sie, Anita, trinken Sie nur. Na ja, Sie können auch auf mein Wohl trinken.

ANITA O, Herr Charles! ... *Sie will trinken.*

CHARLES Nehmen Sie sich das Glas gefälligst mit. Trinken Sie's draußen. *Anita ab.*

MUTTER Charles, mein liebes Kind, sie at mir gesagt –

CHARLES So? ... Weiber, Weiber! –

MUTTER *trinkt* Ja, aber wie wird das sein mit Betti?

CHARLES Wieso?

MUTTER Ik abe große Angst vor Betti. Sie liebt dik abgöttis, sie wird dir Vitriol ins Gesikt gießen.

CHARLES Liebe Mama, mach' dir keine Sorgen. Es ist schon alles geordnet. Direkt vom Diner aus bin ich zu Betti gefahren. – Was, du staunst? Ich liebe Ordnung in allen Dingen.

MUTTER Aber, wie ist denn das möglik? Nok gestern at sie zu Mathilde gesagt, sie geht in die Donau, wenn du sie verläßt.

CHARLES Aber ich verlasse sie ja nicht! Was fällt dir denn ein, Mama?

MUTTER Ach so, ach so! ... Was hast du für ein goldnes Erz!

CHARLES Also Mama, auf Betti!

MUTTER Auf Betti! *Sie trinken.*

CHARLES Jetzt wollen wir aber auch endlich einmal auf Elsa trinken. *Beide trinken und beide beginnen allmählich leicht angeheitert zu werden.*

MUTTER Sieht sie sehr jüdis aus?

CHARLES O nein, sie ist sogar blond. Sie ist ein schönes, sanftes Geschöpf *Er wird weich* Sie wird dir gefallen, Mama. Du wirst sie lieb haben. Sie ist edel. Ich verdiene sie vielleicht gar nicht.

MUTTER Was für ein Unsinn! Du bist der schönste junge Mann in Wien, und jetzt wirst du auch fleißig werden in der Bank.

CHARLES Ja, ja Mama, ich werde ein neues Leben beginnen. Ja. – Ist es nicht traurig, Mama, daß wir dieses Fest ohne meine Schwester feiern müssen?

MUTTER Mein lieber Charles, was soll ik maken? Ik kann sie jetzt nikt rufen lassen.

CHARLES Warum?

MUTTER Aber Charles, sie plaudern jetzt wahrscheinlik.

CHARLES Gute Mama, du kennst die Welt nicht!

MUTTER Trinken wir doch ein Glas auf den guten Papa.

CHARLES Wo mag er jetzt sein?

MUTTER Was weiß ik? Seit er mit diesem Frauenzimmer durchgegangen ist, vor sieben Jahren, ab ik nikts mehr von ihm gehört.

CHARLES Du hast viel durchgemacht, Mama.

MUTTER Ja, was für ein Leben ab ik geführt! Wie at mik das Schicksal behandelt. *Sie weint.*

CHARLES Wir wollen Mathilde rufen.

MUTTER Charles, aber nein … es ist ja unmöglik! Bleib!

CHARLES Warum unmöglich? Du solltest es nicht dulden, Mama.

MUTTER Nun ja, es ist so swer mit ihr.

CHARLES Mama, bedenke doch: Wir sitzen hier zusammen, – ich habe mich verlobt mit einem Mädchen aus einer der besten Familien – und du, Mama, bist in Ehren grau geworden … Und nur Mathilde, Mathilde –! Das muß sich ändern! Dieses Haus soll rein werden! Von Sittlichkeit und Edelsinn soll es widerstrahlen! … Fleckenlos und blank! … Kurz und gut: – es muß anders werden!

MUTTER O Gott, mein lieber Charles – mein lieber Charles!

CHARLES Nicht weinen.

MUTTER O, mein lieber Charles, was glaubst du, wie oft ik weine, wenn ik allein bin! Du kannst ja nikts wissen, du bist ja nikt zu Haus! …

CHARLES Wer ist er eigentlich, dieser Franz? … Was ist er? … Sie ist auf einem schlechten Weg. Der Graf war ein Edelmann. Erinnerst du dich, Mama. *Beinahe schluchzend* Wie oft ist der Graf hier gewesen an diesem Tisch, hat unser frugales Mahl mit uns geteilt … Was für ein charmanter, reizender Edelmann! Der Graf hätte sie heimgeführt, sie wäre sein ehelich Gemahl geworden … Frau Gräfin! – Aber dieser Franz! Wann werd' ich endlich seinen Zunamen erfahren? …

MUTTER Arme Mathilde! Sie ist ja zu gut. Er at ihr den Kopf verdreht. Er at sie bezaubert. Seit einem Monat lebt sie nur für Franz.

CHARLES Und jetzt, während Mutter und Bruder hier friedlich zusammensitzen, – während ein keusches Mädchen namens

Elsa Pollak in ihrem jungfräulichen Bette des Geliebten denkt ... *Er wird immer betrunkener* Ich duld' es nicht! Anita!

MUTTER Was willst du?

CHARLES Ich will dieser Sache ein Ende machen! *Zur Türe* Mathilde! Mathilde!

MATHILDE *von drinnen* Ja, ist man denn in diesem Hause irrsinnig?

CHARLES Mathilde, wir wünschen –

MATHILDE Wie, bist du es, Halunke?

CHARLES Wir wünschen, daß du den Abend im Kreise deiner Familie verbringst.

MATHILDE Familie? Ha! Ha! *Totenstille.*

MUTTER *zur Türe* Alles still.

CHARLES Nur Geduld. Sie wird kommen. Herr Franz mag unterdessen durchs Hinterpförtchen verschwinden. So beruhige dich doch, Mama.

MUTTER *an der Türe* Ganz still ... Am Ende aben sie sik umgebrakt! Mathilde! *Zärtlich* Mathilde! ... Mein liebes Kind, was makst du denn? ... Warum antwortest du nikt? ... Es ist ja alles nur Spaß!

CHARLES Es ist kein Spaß.

MUTTER Es rührt sich nikts ... Mathilde! ... Bist du tot, Mathilde! ... Nikts!

*Mathilde tritt angekleidet mit Mantel aus der Türe, steckt eben den Hut fest und will einfach durchs Zimmer fortgehen.*

MUTTER Mathilde!

CHARLES Was tust du?

MATHILDE *zornbebend* Was ich tue? ... Ich verlasse dieses Haus!

CHARLES, MUTTER Mathilde!

MATHILDE Ich verlasse dieses Haus auf immer ... Wenn ich noch einen Augenblick hier bliebe, würde ich das Weib, das mich geboren hat, niederschießen! ... Und so etwas soll in besseren Kreisen nach Tunlichkeit vermieden werden. – Leben Sie wohl, Fräulein Ringelspiel. Mein Beileid zu dem Bösewicht, den Sie unter dem Herzen tragen. – Niemand folge mir! *Ab.*

MUTTER Charles!

CHARLES Laß sie nur gehen, es ist ganz gut so. In dieses Haus hat sie längst nicht mehr gehört, – sie ist deine Tochter nicht mehr!

MUTTER Wohin geht sie nur?

CHARLES Kümmer dich nicht drum; hast du nicht mich? – – – Ich bin ein reicher Mann. So Mama, jetzt leg dich schlafen. Ich will auch zu Bett, morgen muß ich frisch sein.

ANITA *tritt auf* Herr Charles!

CHARLES Was wollen Sie, Caroussel?

ANITA Herr Charles, es ist eine Dame da.

MUTTER Eine Dame ... c'est Babette!

CHARLES Aber nein, mit Babette ist ja alles in Ordnung.

ANITA Nein, es ist nicht Fräulein Babett', es ist eine noch ganz junge Dame.

MUTTER Noch eine?

CHARLES Hm ...

ELSA *tritt ein. In Balltoilette, mit Mantilla und Shawl* Ich bin es, Charles.

CHARLES Elsa!

MUTTER Deine Braut?

CHARLES *Wie erwachend* Sofort bin ich zu Ihrer Verfügung, Fräulein Elsa. *Von ihr fort, zu seiner Mutter* Mama, geh jetzt schlafen.

MUTTER Sei vernünftig, Charles, jetzt kann sie dir nikt mehr entgehen.

CHARLES *drückt seiner Mutter verständnisvoll die Hand. Mutter und Anita ab.*

CHARLES Elsa, ... ja – ich bin ...

ELSA Charles! – Charles! *Sie wird beinah ohnmächtig.*

CHARLES Elsa, was gibt's denn? ... Ich bitte Sie, reden Sie doch! Was ist denn geschehen?

ELSA Charles, lieben Sie mich?

CHARLES Welche Frage! – Ich bete Sie an!

ELSA Nun, da bin ich. Ich habe keine Eltern mehr, ich habe nur mehr dich … Sie haben mich hinausgeworfen!

CHARLES Das ist doch nicht möglich!

ELSA Ja, verstoßen! … Ich habe nur mehr dich –

CHARLES So erzähle doch!

ELSA Sie haben mir erklärt, daß sie eher sterben, als daß sie je ihre Einwilligung geben werden.

CHARLES Na, dafür laß mich sorgen, mein Kind. Sie werden sie dir geben.

ELSA Man hat dich bei ihnen verleumdet … Sie sagen, du bist ein Taugenichts!

CHARLES Das ist stark!

ELSA Und Mama hat gesagt, eher stürzt sie sich zum Fenster hinunter … Und Papa hat gesagt, er läßt dich die Treppe hinunterwerfen! …

CHARLES Ha, famos! … Na, mein Kind, beruhige dich nur. Auf den Knien sollen sie mich bitten, daß ich dich zur Frau nehme!

ELSA O, Charles!

CHARLES Geliebtes Wesen, vertrau' auf mich. Ich bete dich an!

ELSA Ah, Charles!

CHARLES Habe keine Angst, es kommt niemand … O komm! Wie schön du bist! Laß mich deine Hände küssen.

ELSA Charles!

CHARLES Elsa – Elsa! Ich bin berauscht! Verzeih mir, deine Schönheit reißt mich hin! … Darf ich dir nicht ein Glas Champagner anbieten?

ELSA Nein.

CHARLES O bitte! Nippe nur daran, – nippe, mein Engel! … So. Nun ist es Nektar für mich geworden. *Er trinkt und schenkt ein zweites ein* So, nun will ich nippen und du sollst trinken. O bitte! *Sie trinkt* So, ein Kuß! … Ach, ein Kuß auf diesen Rosenmund! Welche Wonne! … Ach! und ist es möglich, daß mich dieser Engel liebt, – wirklich liebt? … Hab keine Angst, es kommt niemand.

ELSA Charles … ach, Charles … was machst du aus mir!

CHARLES Sei ruhig, mein Kind, es ist alles nur zu deinem Besten.

Vor Gott bist du die Meine, du sollst es bald auch vor den Menschen werden. – Es kommt niemand.

ELSA Ach ja, ich weiß, daß du ein Ehrenmann bist. Ich hab' es ja immer gewußt, daß du nicht dein Spiel mit mir treibst. Sie sind nur alle neidisch, wenn sie auf dich schimpfen ... Ja, ich will deine Frau werden! O, ich kann mich in alle Verhältnisse finden! Wir werden arbeiten, Charles, nicht wahr? Du wirst irgendeine Stellung annehmen in einem Bureau, ich werde englische Lektionen geben, ... Klavierstunden ... Aber wir werden beisammen sein.

CHARLES Ja, wir werden beisammen sein. Und dann werden wir sehen, was sie sagen werden, deine geschätzten Herren Eltern, – dann wollen wir sehen, ob ich ihnen noch zu schlecht sein werde! Ja, auf den Knien werden sie mich bitten, im Triumph werden wir einziehen, Rosengirlanden werden über dem Eingang prangen, bengalisch wird der Park beleuchtet sein, vor dem Tor wird ein Transparent leuchten: »Willkommen.«

ELSA Was für ein Tor? ... Was für ein Park? ...

CHARLES Nun, Euer Ischler Park?!

ELSA Der Park, – ach Gott, der gehört uns ja nicht mehr.

CHARLES Wieso?

ELSA Ach Gott! Die Villa ist ja längst verkauft.

CHARLES Seit wann denn? ... Warum denn?

ELSA Ja, wahrscheinlich, weil Papa das Geld gebraucht hat.

CHARLES Warum hat dein Papa das Geld gebraucht?

ELSA Nun, weil wir zugrunde gegangen sind.

CHARLES Zugrund gegangen?! ... Du scherzt wohl?

ELSA O nein, ich hab' es längst geahnt ... Daß es so arg ist, hab' ich freilich nicht gewußt. Heut abend erst, in seiner Wut hat Papa alles gesagt.

CHARLES Er wird dich haben schrecken wollen.

ELSA O nein, das geht ja jetzt schon seit ein paar Monaten. Ich hab' oft Papa und Mama reden hören; ich schlafe ja nebenan.

CHARLES Zugrund gegangen? ... Ihr seid absolut zugrund gegangen? *Elsa nickt.*

CHARLES Und da gebt ihr Diners? ... Da ladet ihr die Leute ein? ... Das ist doch ein Leichtsinn sondergleichen!

ELSA Das sagt Papa auch. Aber Mama hat erklärt, wir waren so viel geladen, sie will wenigstens diese Schulden zahlen, ehe –

CHARLES Ehe …?

ELSA … ehe wir eine kleine Wohnung nehmen, wie sie unseren jetzigen Verhältnissen entspricht.

CHARLES Das ist aber nett … das ist sehr nett!

ELSA Charles, bist du böse?

CHARLES Meine liebe Elsa, ich finde diese ganze Geschichte unerhört! – Was fällt dir denn eigentlich ein, unter solchen Umständen mitten in der Nacht zu mir gelaufen zu kommen?

ELSA Ja, wenn Papa absolut nicht zugeben will …?

CHARLES Dein Vater hat recht, dein Vater ist ein vernünftiger Mann. Wovon sollen wir denn leben?

ELSA Wir haben es ja eben besprochen: wir wollen arbeiten.

CHARLES Arbeiten? Ich bin nicht gesonnen, Opfer von dir anzunehmen.

ELSA Es ist ja kein Opfer, wenn es für dich geschieht.

CHARLES Bemüh dich nicht länger, es wäre alles vergebens. *Er klingelt.*

ELSA Was willst du? *Anita kommt.*

CHARLES Besorgen Sie einen Wagen für das Fräulein!

ELSA Aber – was fällt dir ein?

*Anita ab.*

CHARLES Du sollst in so später Stunde nicht zu Fuß nach Hause gehen.

ELSA Er schickt mich fort! …

CHARLES Ja, es wäre geradezu verbrecherisch von mir, deine Unüberlegtheit zu mißbrauchen. Du hast dich vertrauensvoll an mich gewandt, – du wirst hoffentlich nicht überrascht sein, einen Ehrenmann in mir zu finden.

ELSA Charles, du hast mich nie geliebt!

CHARLES Ich habe dich geliebt.

ELSA Nie … nie! … Ich durchschaue dich! Sie haben recht zu Hause. Auf mein Geld ist es dir angekommen.

CHARLES Was fällt dir denn ein?

ANITA *kommt* Der Wagen ist da.

CHARLES Anita, geleiten Sie das Fräulein zum Wagen!
ELSA Charles!
CHARLES Leben Sie wohl, mein Fräulein. *Elsa, Anita ab.*

*Charles setzt sich zum Tisch und trinkt ein Glas Champagner.*

MUTTER *kommt* Sie ist wieder fort?
CHARLES Ja.
MUTTER Nun?
CHARLES *ärgerlich* Sie ist fort. *Geht auf und ab.*
MUTTER Ah, du bist ein ungesikter Burs!
CHARLES Ich bin kein ungeschickter Bursch.
MUTTER Ihr Männer seid alle so dumm! Du bist brutal gewesen – gewiß. Du hast vergessen, daß es nikt Betti ist und nikt Anita, sondern ein anständiges junges Mädchen.
CHARLES Beruhige dich, Mama.
MUTTER Ich kann nikt. Wenn man solke Kinder at –
CHARLES Der alte Pollak ist zugrund gegangen.
MUTTER Wie? ...
CHARLES Ja; wir hätten dann die Familie erhalten müssen. So steht die Sache. Man soll sich mit dieser Rasse nicht einlassen.
MUTTER Ja, aber was sollen wir jetzt tun?
CHARLES Inwiefern?
MUTTER Na ja, jetzt stehen wir da.
CHARLES *dumpf* Jetzt stehen wir da.
MUTTER Warum aben wir Mathilde ... warum ast du Mathilde –
CHARLES Meine Mutter, hast du vielleicht Lust, mir Vorwürfe zu machen?
MUTTER So srei dok nikt mit mir! Ik kann dok nik dafür. Ättest du dik vorher erkundigt. Warum ast du Mathilde inausgeworfen? ... Mathilde ist ein anständiges Mädel, die wenigstens einen Beruf at. Sie kann maken, was sie will. Sie verdient sik ehrlik ihr Geld. Sie singt in die Operett. Sie kann sik von Zeit zu Zeit auch einen solken jeune homme pour le cœur gönnen ... Du weißt, das mit Franz ätte nik mehr lange gedauert. Dann wär' ein anderer gekommen, ein Edelmann, wie der Graf, oder ein Bankier.

CHARLES Meine Mutter, wenn du mir eine Szene machst, gehe ich aus dem Hause.

MUTTER So geh dok, – geh zum Teufel, du Lump! Du bist gerade so ein Filou wie dein Vater! *Anita tritt ein.*

MUTTER Was wollen Sie?

ANITA Ein junger Herr im Frack ist da.

CHARLES Wer?

ANITA Ein junger Herr im Frack. Er will mit der gnädigen Frau sprechen.

MUTTER Nein, ik danke. Ik abe nikt zu spreken mit eine junge Err in Frack.

CHARLES Lassen Sie ihn herein. Man kann nie wissen. *Anita ab.*

PICCOLO *tritt ein* Guten Abend, küß die Hand.

CHARLES Wer sind Sie?

PICCOLO Bitte sehr, ich bin der Piccolo vom Hotel Royal.

CHARLES Was wünschen Sie? Ich habe nie im Hotel Royal gespeist. – Was wollen Sie denn mitten in der Nacht? Eine Frechheit!

PICCOLO Ja, bitt' schön, i bin ja herg'schickt word'n vom Fräulein Delorme.

MUTTER, CHARLES Wie?

PICCOLO Ja, i soll der gnädigen Frau sagen, daß sie mir augenblicklich ... *Stampft mit dem Fuß* augenblicklich, ja so hat sie g'sagt, – alle ihre Toilettesachen, also das russische Kölnerwasser, die Zahnbürsten, das seidene Nachthemd ... da hat sie eh alles aufg'schrieben – – –

MUTTER *reißt ihm den Zettel aus der Hand* Mon pauvre enfant! ... O Gott! O Gott! im Otel muß sie slafen! ... im Otel und nix hat sie dort! ... Warten Sie ein Moment, junger Err, ik werde die Saken einpacken.

CHARLES Mama, sie soll nicht im Hotel schlafen. Es ziemt sich nicht, daß eine Mathilde Delorme im Hotel schläft. – Kleiner, holen Sie einen Fiaker, Sie bekommen schon was. Sie können dann auf dem Bock sitzen. Piccolo auf dem Bockolo – haha! *Piccolo ab.*

CHARLES Mama, du wirst deine Tochter holen!

MUTTER Anita, snell, snell, meine Mantille, meine Andsuh, mein Ut! ... O, ik bin ja so froh! ... Du mußt sie aber um Verzeihung bitten, Charles. *Anita hat alles gebracht, hilft der Mutter beim Ankleiden und begleitet sie hinaus.*

CHARLES *setzt sich, schenkt sich ein Glas Champagner ein; gedankenvoll* Wenn ich noch zu Betti ginge? ...

*Anita tritt ein.*

CHARLES Anita, Anita, was machst du denn?

ANITA Nun, ich will das Zimmer von Fräulein Mathilde wieder herrichten.

CHARLES Na! *Er folgt ihr. Es klingelt* Was ist denn das?

*Anita eilt hinaus, gleich darauf erscheint die Mutter.*

MUTTER O Charles, Charles! Sie ist da ... sie ist wieder da!

CHARLES Wer? Elsa?

MUTTER Mathilde! – Sie hat im Wagen unten gewartet.

CHARLES Sie ist da?

MUTTER Sie kommt gleich hinter mir. Aber du mußt sie um Verzeihung bitten.

CHARLES Meinetwegen.

MUTTER Err Franz war auch im Wagen; er kommt mit erauf. Ik ab ihn eingeladen –

CHARLES Du hast recht getan, meine Mutter. Man soll nicht unversöhnlich sein. *Mathilde und Franz treten ein.*

*Franz, ein sehr hübscher, ganz junger Mensch im Überzieher, ist sich nicht sehr klar über das, was vorgeht, bleibt ununterbrochen still.*

CHARLES Schwester, sei mir gegrüßt!

MATHILDE Du bist wohl ein Halunke!

CHARLES Kannst du mir verzeihen? ... Soll ich mich auf ein oder beide Kniee niederwerfen? *Er schickt sich dazu an.*

MATHILDE Na, es ist schon wieder gut. Wir wollen die Sache nicht auf die Spitze treiben. – Aber Franz mußt du um Entschuldigung bitten.

CHARLES Herr Franz, hier reich' ich Ihnen meine biedere Rechte!

MATHILDE Nun, ich liebe keine Rührszene. Komm, Franz!

CHARLES Nicht also, meine Lieben! – Herr Franz, nehmen Sie Platz! Mathilde, nimm Platz! Meine Mutter, nimm Platz! Bitte, hierher, Herr Franz! *Weist ihm den Sessel neben Mathilde an* Es ist kein schlechter Platz. Hier saß vor wenigen Wochen ein reizender Edelmann.

MUTTER *leise* Halt's Maul!

MATHILDE Was willst du denn eigentlich, Hanswurst?

CHARLES Anita – Anita Ringelspiel – Caroussel, wie ich sie scherzhaft zu nennen pflege – schenken Sie ein! Mehr als das: Nehmen Sie an unserer Seite Platz! Anita ist ein braves Mädchen, meine Herren! Ich kenne keine Standesunterschiede. Zarte Bande knüpfen uns aneinander. – Auf Ihr Wohl, Herr Franz! Auf daß es Ihnen bei uns behagen möge. *Klingel.*

MATHILDE Was ist denn das?

MUTTER Anita, schauen Sie nach!

*Der Vater tritt ein. Großer Herr, schwarzer Gehrock, rotes Bändchen im Knopfloch, schwarzgefärbter Schnurrbart.*

MUTTER Da hört sich alles auf!

MATHILDE Mon père!

CHARLES Guten Abend.

VATER Habt Ihr für mich auch noch einen Platz an diesem Tische?

MUTTER Halunke! Filou! Seit sieben Jahren ab ik niks von ihm gehört! ... Jetzt kommt er mitten in der Nakt! Vor sieben Jahren at er mir alles davongetragen – alles! Küchengeschirr und Bettzeug! ...

VATER Man muß doch haben, wo man sein Haupt hinlegt. *Zu Franz* Ich heiße Narciss Delorme und bin aus einer Emigrantenfamilie. Im Jahre 1792 mußten wir Paris und unsere Schlösser in Frankreich verlassen. Unsere Güter wurden eingezogen, unsere Rinder- und Schafherden verkauft, ein Delorme ließ sein Haupt auf dem Schafott ... Und mit wem habe ich das Vergnügen? – Daß Sie ein anständiger Mensch sind, sehe ich Ihnen an. Man hat ein Auge dafür. Ihr Name ist mir gleichgültig, denn es ist wahrscheinlich, daß wir uns nie wiedersehen werden.

MATHILDE Das ist mein Franz.

VATER Ich frage nicht, wann die Hochzeit sein wird, da ich verhindert sein dürfte, ihr beizuwohnen.

CHARLES Vater!

VATER Mein Sohn! – Donnerwetter, er ist ein schöner Kerl!

CHARLES Ein Glas für unseren Vater, Caroussel!

MUTTER Ich verbiet' es, ich duld' es nicht! ... Ich stürze mich zum Fenster hinaus!

MATHILDE Aber Mutter, warum denn? ... Wenn wir schon alle so gemütlich beisammensitzen ... Auf ein Kuvert mehr oder weniger kommt es doch nicht an.

VATER Meine Kinder! ... sie haben ein Herz für ihren alten Vater!

MUTTER Woher kommst du? ... Wie kannst du es wagen? ... Mein Bettzeug at er mir gestohlen, meine Staubtücher, mein Küchengeschirr!

VATER Ich habe viel durchgemacht, Kinder, – viel: Die Frau, die ihr Schicksal an das meine gekettet hat, ist tot. Wir wollen ihrem Andenken ein Glas Wein widmen.

MATHILDE Du hast ja wieder einen neuen Orden.

VATER Ach, du weißt, daß ich darauf nie etwas gegeben habe. Aber es geht mir jetzt besser als seit langer Zeit. Ich lebe in Paris und führe einen Prozeß gegen die Republik wegen Rückgabe unserer Schlösser, und ihr könnt euch denken, daß man mich anfeindet, – umsomehr, als die Schlösser dem Erdboden gleichgemacht sind und ich wünsche, daß sie neu aufgebaut werden. – Meine Feinde haben es endlich durchgesetzt, daß man mich für irrsinnig erklärt hat, und seit vielen Wochen bin ich in einem Irrenhaus. Vorgestern hab' ich meinen Wärter totgeschlagen, bin durchgegangen und habe mir ein Billet nach Konstantinopel genommen, um dem Sultan meine Angelegenheit vorzutragen. Dort werde ich Gerechtigkeit finden! – Da bin ich nun hier ausgestiegen, um doch meine Familie wiederzusehen. *Zur Mutter* Habe keine Angst, altes

Weib, es ist nur eine kleine Fahrtunterbrechung. Bitte. *Er zieht sein Billet aus der Westentasche, zu Franz* Wollen Sie sich überzeugen, junger Mann, hier hat der Stationschef einen Knips gemacht.

FRANZ *bestätigt* Ein Knips.

MATHILDE Ha, Franz hat gesprochen! Ein Knips! Sag's noch einmal, Franz! Was hat der Stationschef gemacht?

FRANZ Einen Knips!

MATHILDE Ha, er ist entzückend!

VATER Knips, mit p.

FRANZ Ja, Knips.

VATER Sie sprechen es mit einem weichen b aus. Es heißt Knips mit einem harten p.

FRANZ Knips.

VATER Knips. *Er zieht einen Revolver* Ich bin nicht hergekommen, um mich verhöhnen zu lassen. *Er legt auf Franz an, Mathilde schüttelt sich vor Lachen.*

MUTTER *zu Charles* Mach Musik!

FRANZ *in Todesangst* Knips! *Charles, am Klavier, beginnt einen Walzer zu spielen.*

VATER Schön, trefflich! Ja, das lass' ich gelten. Ein Tänzchen! ... Wer? ... Nein, mit der eigenen Frau kann ich nicht tanzen. Aber dieses Fräulein – Darf ich bitten?

ANITA Oh, oh!

VATER Auf! Auf!

MATHILDE So tanzen Sie doch!

CHARLES Na, Caroussel!

VATER Ich will tanzen!

MUTTER Anita, tanzen Sie! *Der Vater tanzt mit Anita.*

MATHILDE *zur Mutter* Er ist ja nicht böse, er ist nur irrsinnig. *Der Vater läßt Anita plötzlich hinsinken.*

VATER Es wird spät. Meine Karte verfällt, meine Schlösser verfallen, der Sultan wartet, der Zug fährt ab ... Wo ist mein Knips? Da, da, – Gott sei Dank! Ich habe euch gesehen, meine Lieben, ich weiß, daß ihr alle wohl seid, – klingkling, trara! ... *Er pfeift wie eine Lokomotive; rasch ab.*

MATHILDE Der Mann wäre imstande, mich nervös zu machen.

MUTTER So ein Filou! Mein Bettzeug at er mir gestohlen, Vorhänge, Teppiche, das Klavier …

CHARLES Fassen Sie sich, junger Mann, er kommt erst in sieben Jahren wieder.

ANITA Sollte man nicht nachsehen, wohin der gnädige Herr –

CHARLES So setzen wir uns doch wieder hin und nehmen die unterbrochene Festlichkeit wieder auf. – Meine verehrten Herrschaften! Ich bin so frei, einen kleinen Toast zu halten, und zwar trink' ich auf die wahre Liebe, die frei und lose von den Fesseln der Konvenienz, uneigennützig, Herz zu Herzen, was auch geschehen möge, – wie auch die Hindernisse sich türmen – einem brausenden Strome gleich über die blühenden Fluren sich ergießt. Ich will nicht viel Worte machen – hier erheb' ich den schäumenden Becher und trinke auf den sympathischen jungen Mann, der heute zum ersten und hoffentlich nicht letzten Male unter uns weilt, und dem ich wünsche, daß er sich in unserem stillen kleinen Kreise so recht von Herzen wohl und behaglich fühlen möge! Herr Franz, ich bin so frei, Ihnen das Du anzutragen. *Händedruck* So! Und nun ein Kuß!

MUTTER Er hat ein gutes Erz!

MATHILDE Nun, Herr von Knips. Wie fühlen Sie sich? Nun? Man muß wohl aus dem Irrenhaus entsprungen sein, um von Ihnen einer Antwort gewürdigt zu werden?

FRANZ *schluchzt plötzlich laut auf, dann beginnt er zu weinen. Alle sind um ihn bemüht.*

MUTTER Was aben Sie denn, Err Franz?

ANITA Der arme junge Herr!

MATHILDE Knips! So sprich doch!

CHARLES Ich bin nur froh, daß er endlich einen Zunamen bekommen hat!

MATHILDE So sprich doch! Was hast du denn?

FRANZ *hilflos, irr* Ich kenn' mich absolut nicht mehr aus! *Er weint weiter.*

*Vorhang*

# Sylvesternacht

*Ein Dialog*

*Das geräumige Speisezimmer der Familie, in dem eben ein Souper zu vierundzwanzig Gedecken stattgefunden hat. Gläser mit Champagner, andere mit rotem und weißem Wein halb gefüllt, stehen auf dem Tisch. Die Sessel in Unordnung.* ZWEI KELLNER, *die für den heutigen Abend gemietet worden sind, verschwinden durch die Ausgangstür. Eine andere Tür, die in den Salon führt, ist angelehnt. Gewirr von Stimmen dringt herein. Zwei Fenster sind geschlossen, das dritte steht weit offen.* FRAU AGATHE, *die ganz allein ist, blickt hinaus; der Schnee fällt dicht und lau; zahlreiche erleuchtete Fenster gegenüber. Unten fährt ein Wagen vorbei wie über einen Teppich. Stimmen tönen gedämpft herauf.* DER SOHN *des Hauses, jung und blond, kommt aus dem Salon und will das Speisezimmer passieren; da erblickt er Agathe und wendet sich zu ihr.*

EMIL Haben Sie nicht Angst, sich zu verkühlen, gnädige Frau?

AGATHE O nein; es ist ja ganz mild.

EMIL *eine Hand zum Fenster hinaushaltend* Merkwürdig – der Schnee ist beinah' warm. Der Frühling muß schon in der Nähe sein. Im übrigen, glückliches neues Jahr.

AGATHE Danke, gleichfalls. Sagen Sie mir, was wird denn jetzt eigentlich geschehen?

EMIL Inwiefern?

AGATHE Nun, es wird doch auf irgendeine Weise für die Unterhaltung gesorgt werden.

EMIL Selbstverständlich. Ich weiß allerdings nicht ... aber die Stimmung ist ja schon durch den bedeutenden Augenblick gehoben. Bedenken Sie: ein neues Jahr beginnt.

AGATHE Freilich.

EMIL Wahrscheinlich wird man tanzen.

AGATHE Haben Sie einen Klavierspieler?

EMIL Fritz wird spielen – jedenfalls.

AGATHE Ihr Cousin?

EMIL Ja. Wir sind ja ganz unter uns: es ist nichts als ein erweiterter Familienkreis. Glauben Sie denn, gnädige Frau, Sie wären heute bei uns geladen, wenn nicht Ihr Gemahl der Cousin von Mama wäre?

AGATHE Ach ja.

EMIL In unserem Haus hält man noch an der schönen Sitte fest, daß an solchen Abenden nur die Menschen zusammenkommen, die auch zusammengehören, die durch die Bande der Verwandtschaft miteinander verknüpft sind. Na ja, darum unterhält man sich auch so gut, daher die festliche und gerührte Stimmung. Haben Sie das gar nicht bemerkt?

AGATHE Gewiß. Auch hab' ich die Sitzordnung so sinnig gefunden: Ehepaare zusammen, Kinder neben den Eltern …

EMIL Ja. –

AGATHE Und was sollen die Leute tun, die nicht tanzen?

EMIL Nun, die Herren werden Karten spielen; Ihr Mann, Papa und Herr Friedmann haben bereits angefangen. *Klavierspiel im Nebenzimmer* Hören Sie, Fritz hat sich schon an den Flügel gesetzt.

AGATHE Darauf wird man schwerlich tanzen können.

EMIL O, er fängt immer mit Tristan und Isolde an, aber es wird immer wieder die Fledermaus. Darf ich Sie nicht hineinführen, gnädige Frau?

AGATHE Es hat Zeit; ich tanze nicht mehr.

EMIL O, gnädige Frau!

AGATHE Bitte, bemühen Sie sich nicht. Ich bin sechzehn Jahre verheiratet. Wenn Sie mir vielleicht mein Cape reichen wollten? Dort über der Lehne hängt es.

EMIL Hier, gnädige Frau.

AGATHE Danke. So – ich bleibe noch ein bißchen am Fenster; es ist so wunderschön. Aber stören Sie sich nicht um meinetwillen, ich bitte sehr. Sie wollten wahrscheinlich fortgehen.

EMIL O nein.

AGATHE Sie sind gewiß noch irgendwo eingeladen und werden wohl noch Ihre besondere Sylvesterfeier haben, in der richtigen Gesellschaft.

EMIL Das wäre nicht unmöglich … aber geladen bin ich nicht,

wirklich nicht. Ich wollte nur in mein Zimmer gehen; denn in meinem Zimmer hab' ich ein Rendezvous.

AGATHE O! was für Zustände in diesem anständigen Bürgerhause!

EMIL Das anständige Bürgerhaus braucht sich nicht zu schämen; ich habe Rendezvous mit einer Unsichtbaren.

AGATHE Sehr interessant!

EMIL Hören Sie?

AGATHE Was denn?

EMIL Wie sich der König Marke allmählich in den Rentier Gabriel Eisenstein verwandelt hat. *Trällert mit* »O je, o je, wie rührt mich dies ...«

AGATHE Also was ist das für ein geheimnisvolles Rendezvous?

EMIL Das verhält sich folgendermaßen: ich bin hier, wie Sie bemerken, und sie –

AGATHE Die Unsichtbare ...

EMIL Ja, die Unsichtbare ist in diesem Augenblick auch irgendwo, wo sie nicht hingehört oder wo sie nicht sein will, ebenso –

AGATHE Ebenso wie Sie. Das ist nicht sehr liebenswürdig, aber es ist wahr. Nun weiter. Wo Sie sind, weiß ich – aber die Unsichtbare ...

EMIL Lassen wir das dahingestellt; vielleicht auch im Kreise ihrer Familie, vielleicht in einem andern Kreis – kurz, wir können zusammen nicht kommen, der Champagner ist viel zu tief.

AGATHE Ich bin gegen Witze.

EMIL Entschuldigen Sie, gnädige Frau. – Nun, und da haben wir uns einfach *Zum Himmel weisend* da droben ein Rendezvous gegeben.

AGATHE Wo?

EMIL Bei den Sternen.

AGATHE Süß!

EMIL So haben wir uns verabredet: wenn der Festesjubel aufs Höchste gestiegen – hören Sie? *Trällert wieder mit* »Die Majestät wird anerkannt ...« Also, wenn der Jubel aufs Höchste gestiegen ist, wie zum Beispiel jetzt in diesem anständigen Bürgerhause, ziehen wir uns beide auf wenige Minuten zurück und treten beide einsam an ein Fenster –

AGATHE Ich wünsche Ihnen von Herzen, daß die Einsamkeit der Unsichtbaren ehrlicher sei als die Ihre ...

EMIL Ich wage es zu hoffen – treten ans Fenster, schauen den Großen Bären an – sehen Sie, dort ist er – und träumen voneinander, so lebhaft als nur möglich. Ja, das ist unser Rendezvous in der Sylvesternacht. Darum wollte ich eben in mein Zimmer gehen. Aber von hier aus sieht man den Großen Bären gleichfalls, und nichts hindert mich, zu träumen – es sei denn, daß Sie so freundlich sein wollten, gnädige Frau.

AGATHE Nichts liegt mir ferner. Träumen Sie.

*Auf der Straße gehen Leute; Gruppen begegnen einander, gedämpfte Rufe: »Prosit Neujahr!«, Lachen, Versuche, zu singen; dann wieder Stille. – Agathe und Emil schweigen.*

AGATHE Ausgeträumt?

EMIL Ja.

AGATHE Nun erlauben Sie mir vielleicht, Ihnen zu sagen, daß Sie mir nicht im geringsten imponieren.

EMIL Nun ja, ich habe auch niemals den Ehrgeiz gehabt ... aber trotzdem, wie meinen Sie das?

AGATHE Warum sind Sie denn nicht bei ihr?

EMIL Gnädige Frau, das ist eben unmöglich, die Verhältnisse liegen nun einmal so.

AGATHE Und ich sage Ihnen, Sie lieben die Unsichtbare nicht, sonst wäre es nicht unmöglich.

EMIL Aber gnädige Frau, ich versichere Ihnen ... Wenn Sie ahnten, wo sie jetzt ist –

AGATHE Das ist ganz gleichgültig; keineswegs ist sie in Ketten geschmiedet und Sie sind es auch nicht.

EMIL Aber es gibt auch Ketten, die –

AGATHE Nein.

EMIL Wenn Sie wüßten, wo sie ist!

AGATHE Warum geht sie nicht fort? Warum gehen Sie nicht hin? Verkleidet, wenn es nicht anders möglich ist – als Kellner – als Irrsinniger – Warum holen Sie sie nicht?

EMIL Ich weiß gar nicht, was ich Ihnen antworten soll.

AGATHE Allerdings ist es gefahrloser, sich auf dem Großen Bären ein Rendezvous zu geben.

EMIL Gnädige Frau, es ist eigentlich komisch, daß ich mich bei Ihnen entschuldigen muß – aber schauen Sie, man kann doch nicht wegen einer Viertelstunde – wegen eines Augenblicks soviel – alles – riskieren.

AGATHE Das ist eben der Irrtum. Wenn ich Ihnen erzählen würde, was einmal eine meiner Freundinnen wegen einer solchen Minute oder Stunde gewagt hat ...

EMIL Bitte, erzählen Sie, vielleicht kann ich was lernen.

AGATHE Ich versichere Ihnen, daß es mir darauf nicht ankommt. *Sie schweigt ...*

EMIL Ich bitte Sie!

AGATHE Was denn?

EMIL Die Geschichte Ihrer Freundin.

AGATHE Es war offenbar eine Nacht wie heute, es war sogar Sylvesternacht, das weiß ich. Meine Freundin –

EMIL Sie ist längst tot.

AGATHE Selbstverständlich. Aber damals lebte sie und war verheiratet.

EMIL Und hatte sieben Kinder.

AGATHE Was fällt Ihnen ein?

EMIL Ich sage das, um meinen Verdacht abzulenken.

AGATHE Sie hatte kein Kind – zu jener Zeit kaum einen Gatten. Aber sie waren nun einmal ein Paar, und so gaben sie gemeinschaftlich ein Fest, so eine Art Familienfest, wie heute in diesem Hause – ja. Aber er, der, den sie liebte, war nicht geladen.

EMIL Er gehörte eben nicht zur Familie.

AGATHE Niemand kannte ihn. Der Gatte und er hatten sich nie gesehen. Aber meine Freundin wollte mit ihm zusammen sein, gerade in dieser Sylvesternacht – und er mit ihr; denn sie liebten einander, und da es nun einmal ein Fest war, wollten sie es zusammen feiern. Und sie taten es auch.

EMIL Ja – aber wie?

AGATHE Auf die einfachste Weise von der Welt. Er wartete im

Wagen, nicht weit vom Haustor, von Mitternacht an, und meine Freundin verließ das Haus, ihre Wohnung, ihre Gäste, ihren Mann, während man tanzte, spielte, trank.

EMIL Wie? Wie konnte sie das tun?

AGATHE Wie man alles kann –: indem man es tut. Sie eilte zu dem Wagen, in dem er wartete, und stieg ein.

EMIL Unglaublich! Und dann?

AGATHE Dann fuhren sie zusammen in den Prater. Es … muß wunderschön gewesen sein. Eine Nacht etwa wie heute, Schnee, überall Schnee und alles still vor lauter Schnee. Und unten in der großen Allee sind sie wahrscheinlich ausgestiegen und Arm in Arm spazierengegangen und waren … wahrscheinlich glücklicher, als man es auf irgendeinem Sternbild sein kann. Und eine Stunde, nachdem sie fortgegangen, war die Frau wieder daheim unter ihren Gästen.

EMIL Ohne daß es jemand gemerkt hätte?

AGATHE Das will ich eben nicht sagen; vielleicht war ihre Abwesenheit dem einen oder dem andern aufgefallen – aber da sie nun doch zurückkam …

EMIL Ja – sie kam zurück – und doch –

AGATHE Es hätte schlimm ausgehen können, meinen Sie?

EMIL Ja, das mein' ich allerdings. – Wenn der Gatte der Sache nachgeforscht – wenn er entdeckt hätte …

AGATHE Ja – dann wäre es eben mißglückt. Er hätte sie davongejagt.

EMIL Ah! was für ein Mut! Was hat Ihre Freundin nicht alles aufs Spiel gesetzt!

AGATHE Ja, wenn man nichts aufs Spiel setzen will …

EMIL Schade, schade …

AGATHE Was?

EMIL Daß Ihre Freundin tot ist. Ich hätte eine solche Frau einmal sehen mögen; ich habe nicht geglaubt, daß es solche Frauen überhaupt gibt. Sie sind alle so bequem, so feig!

AGATHE Beinah' wie die Männer.

EMIL Ihre Geschichte hat mich sehr ergriffen, gnädige Frau – ja … Sie sind gewiß nur deshalb hieher gekommen und sind am

Fenster stehen geblieben, um sich an diese Freundin und an ihr sonderbares Abenteuer erinnern zu können.

AGATHE Nein. Wenn ich die Wahrheit sagen soll, ich hatte sie schon lang vergessen. Ich stehe hier am Fenster nur, weil die Luft mir wohltut. Und dann – da ich weder tanze, noch Karten spiele. –

EMIL Jedenfalls steht es fest: Auch Sie feiern Ihren Sylvesterabend nicht an dem rechten Ort. Auch Sie sind nicht – wo Sie eigentlich sein möchten –

AGATHE *lachend* Was fällt Ihnen denn ein!

EMIL Und ich sage noch mehr: Sie wären mit ihm, wenn er nicht sehr fern wäre!

AGATHE Er? Welcher Er?

EMIL Er, mit dem Sie in dieser festlichen Stunde am liebsten zusammen sein möchten.

AGATHE Sehr fern? ... Da drin sitzt er und spielt Whist mit Ihrem Papa und Herrn Friedmann.

EMIL Wieso? Entschuldigen Sie ... das ist ja Ihr Mann.

AGATHE Natürlich.

EMIL Aber –!

AGATHE Nun ja; er ist's, mit dem ich Sylvester feiern möchte – und er spielt Whist mit Ihrem Papa und Herrn Friedmann. Übrigens wäre er nicht sehr geschmeichelt, wenn er jetzt Ihr Gesicht sähe. Ich bin nicht so romantisch, wie Sie glauben – und wie meine tote Freundin war.

EMIL O gnädige Frau, ich durchschaue Sie ja. Das ist einfach ein ehrenvoller Rückzug, nichts anderes.

AGATHE Sie irren sich sehr. Ich versichere Ihnen, daß es keinen Menschen auf der Welt gibt, der mir näher steht, als mein Mann – ja. Sehen Sie mich nicht so dumm an. Es ist nun einmal so. Ich sage Ihnen, wenn zwei Menschen nur überhaupt zusammen bleiben, so kommt immer eine Zeit, wo sie einander wieder finden. Und man verzeiht einander sehr viel, hauptsächlich weil es gar nichts Unverzeihliches gibt, wenn es nur vorbei ist.

EMIL Nun – warum sind Sie dann eigentlich so melancholisch

am Fenster gestanden? Sie werden Ihr Fest eben um zwei Stunden später feiern, das ist alles. Denn in zwei Stunden fahren Sie mit Ihrem Mann nach Hause. Ich hingegen bin und bleibe allein.

AGATHE Und doch ist Ihre Sylvesterfeier die schönere. Denn bei jedem Fest kommt es auf das Morgen an. Und darum gibt es nur Feste, solang man auch morgen noch jung ist.

EMIL Gnädige Frau, reden Sie doch nicht so – man kann Ihnen wirklich gar nicht zuhören. Sie reden vom Altwerden! Sie wissen ja gar nicht, wie jung Sie sind. Während Sie die Geschichte Ihrer verstorbenen Freundin erzählten – o gnädige Frau …

AGATHE *auf den Himmel weisend* Sie vergessen –

EMIL Nein, gnädige Frau; wenn Sie vom Alter reden, das ist wirklich …

AGATHE Koketterie – natürlich. Ja, ich weiß schon, wenn ich wollte –! o gewiß, es kostete mich nicht viel Mühe, einen jungen Mann vom Großen Bären herunterzuholen – vielleicht nur ein Wort.

EMIL Ja, nur ein Wort, nur ein Blick. Diesen zum Beispiel. – Warum gestehen Sie mir's denn nicht ein, gnädige Frau? Sie sind es, Sie waren es, die in einer Nacht wie heute mit ihrem Geliebten durch den Schnee fuhr, während zu Hause die Leute tanzten und Karten spielten. Und während Sie die Geschichte erzählt haben, glühten Ihre Augen in der Erinnerung jener Nacht.

AGATHE Sie irren sich ganz gewiß. Im übrigen ist das ganz gleichgültig – ob eigene oder fremde Vergangenheit, es ist fern.

EMIL Aber es kann wiederkommen.

AGATHE Was fällt Ihnen ein. Nichts kommt wieder. –

EMIL Aber Neues kommt. Wie sagten Sie, gnädige Frau? Bei jedem Fest kommt es auf das Morgen an. So könnte das das schönste sein, das ich je erlebt habe.

AGATHE Aber!

EMIL *faßt ihre Hand* Sie wissen ja nicht, wie schön Sie sind! O glauben Sie mir! Wenn man von einem Wesen Ihrer Art geliebt würde, da wär' es wohl der Mühe wert, alles aufs Spiel zu setzen.

AGATHE Glauben Sie?

EMIL Ich weiß es, ich fühle es!

*Sie sind nah nebeneinander; ihre Lippen begegnen sich, wie zufällig. – In diesem Moment hört das Klavierspiel im Nebenzimmer auf; Emil sieht besorgt nach der Tür.*

AGATHE Nein, es hat's niemand gesehen.

EMIL *verlegen* O –

AGATHE Im übrigen – wir könnten beschwören, daß es gar nichts zu bedeuten hatte.

EMIL Nun ja ... gnädige Frau ... *Er will wieder ihre Hand fassen.*

AGATHE *sie ihm leicht entziehend* Oder bilden Sie sich am Ende ein, daß Sie es waren, den ich geküßt habe?

*Sie tritt vom Fenster weg, geht zur Türe, und ohne sich noch einmal umzuwenden, tritt sie in den Salon.*

*Der Schleier der Beatrice.* Schauspiel in fünf Akten. (1899.) Erste Buchausgabe: Berlin, S. Fischer Verlag 1901 (= Textvorlage).

*Abendspaziergang.* (1900?) Erstmals in ›Entworfenes und Verworfenes. Aus dem Nachlaß‹, herausgegeben von Reinhard Urbach, (Frankfurt am Main:) S. Fischer Verlag 1977 (= Textvorlage).

*Die Mörderin.* Tragische Posse (Sketch) in einem Akt. (1900?) Von der Theaterabteilung des S. Fischer Verlags, Berlin, 1932 als Manuskript gedruckt. Aufgenommen in ›Entworfenes und Verworfenes. Aus dem Nachlaß‹, herausgegeben von Reinhard Urbach, (Frankfurt am Main:) S. Fischer Verlag 1977 (= Textvorlage).

*Die Gouvernante.* Eine Familienskizze. (Nach einer ersten Fassung von 1893 im Jahre 1900 abgeschlossen.) Erstmals in ›Entworfenes und Verworfenes. Aus dem Nachlaß‹, herausgegeben von Reinhard Urbach, (Frankfurt am Main:) S. Fischer Verlag 1977 (= Textvorlage).

*Das Haus Delorme.* Eine Familienszene.

Erster Entwurf von 1895:

»Mutter und Bruder, die im Rausch plötzlich moralisch werden, den Geliebten der Tochter (resp. Schwester) hinauswerfen und es dann, nüchtern geworden, bereuen.«

Erste Aufführung 1900, zweite 1902. 1904 bei den Proben am ›Neuen Theater‹ in Berlin entstand ein neuer Schluß, der den hier folgenden ersetzte.

Erstabdruck in: ›Ver Sacrum‹, 1970, S. 46–55. Dort weitere Daten zur Entstehung.

Mathilde Der Mann wäre imstande, mich nervös zu machen.

Mutter So ein Filou! Mein Bettzeug hat er mir gestohlen, das ganze Küchengeschirr, die Vorhänge, die Teppiche.

Charles *hat den Revolver genommen und legt auf Anita an. Anita flüchtet schreiend in eine Ecke. Charles lacht.*

Mathilde Nun, Herr von Knips, wir haben schon zu viel versäumt. Komm!

Charles Noch nicht. *Er nimmt ein Spiel Karten aus der Tasche.* Jetzt wird's erst gemütlich. Erlauben Sie, daß ich Ihnen ein kleines Kunststück zeige. Wir sitzen heute so fröhlich zusammen, daß ich mir wohl erlauben darf. Zieh eine Karte, Franz!

Mathilde *ungeduldig* Nun, zu solchen Dingen ist doch auch bei Tag Zeit.

Charles *mit dem Revolver* Zieh eine Karte, Franz! *Franz zieht eine Karte.*

Charles Hast du dir sie gemerkt, Franz? So mische sie nun wieder hinein. *Er nimmt das Spiel wieder und schnippt die Karte in die Höhe.* Ist es die? *Franz nickt.* Treff sieben.

Mutter Großartig! Er kann alles.

Charles Noch ein kleines Kunststück. Franz, gib mir einen Silbergulden.

*Franz greift in den Sack.*

Mathilde *zu Franz* Mensch, bist du irrsinnig? Wenn du ihm einen Silbergulden gibst, sind wir geschiedene Leute. Komm! *Sie faßt Franz beim Arm und geht rasch mit ihm ab.*

Charles Mutter, gib mir einen Silbergulden.

Mutter Ach Gott, jetzt will ik slafen gehen. *Ab.*

Charles *zu Anita, die noch immer verzweifelt in einer Ecke steht* Anita, gib mir einen Silbergulden.

*Anita nimmt ihre Geldbörse aus dem Sack und gibt ihm einen Silbergulden.*

Charles *steckt ihn ein* Nun komm, ich werde dir gleich ein Kunststück zeigen. *Er umarmt sie.*

Aufgenommen in ›Entworfenes und Verworfenes. Aus dem Nachlaß‹, herausgegeben von Reinhard Urbach, (Frankfurt am Main:) S. Fischer Verlag 1977 (= Textvorlage).

*Sylvesternacht.* Ein Dialog. (1900.) Erstmals in ›Jugend‹, München, Heft 8, 1901. Aufgenommen in ›Die Dramatischen Werke. Erster Band‹, (Frankfurt am Main:) S. Fischer Verlag 1962 (= Textvorlage).

# *Arthur Schnitzler*

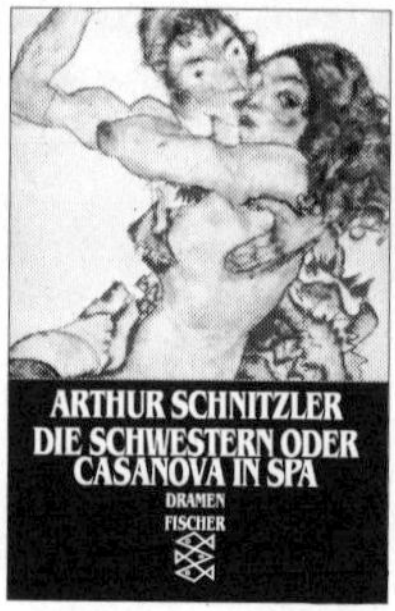


*Das dramatische Werk*

**Anatol**
Dramen
1888-1891
Band 11501

**Freiwild**
Dramen
1892-1896
Band 11502

**Das Vermächtnis**
Dramen
1896-1898
Band 11503

**Der Schleier der Beatrice**
Dramen
1899-1900
Band 11504

**Lebendige Stunden**
Dramen
1900-1904
Band 11505

*Das dramatische Werk*

**Zwischenspiel**
Dramen
1905-1909
Band 11506

**Der junge Medardus**
Drama 1909
Band 11507

**Das weite Land**
Dramen
1910-1912
Band 11508

**Komödie der Worte**
Dramen
1914-1916
Band 11509

**Die Schwestern oder Casanova in Spa**
Dramen
1919-1924
Band 11510

*Das dramatische Werk*

**Das Wort**
Dramen
1926-1927
Band 11511

**Im Spiel der Sommerlüfte**
Dramen
1928-1930
Band 11512

*Einzelausgaben*

**Reigen/Liebelei**
Band 7009

**Jugend in Wien**
Autobiographie
Band 2068

**Medizinische Schriften**
Band 9425

*Fischer Taschenbuch Verlag*

fi 297 / 5 b